U0119171

出走

艾莉絲・孟若——著

張讓——譯

Alice Munro

MASTER PIECE
大師名作坊

目錄

譯序

渴望和顫慄：一個故事的一千零一夜

張讓

當代西方作家裡，有兩位只要出新書我必馬上奔到書店買來（通常我都等到出平裝本）：英國的裴娜樂琵・費滋傑羅和加拿大的艾莉絲・孟若。兩位都是女性，但風格迥異，除了都雋永耐讀。

可惜裴娜樂琵已逝，我尤愛她的淡淡幽默。孟若難得幽默，若有也帶點酸。

有的作家畫布很大，尤其男性作家，洋洋灑灑幾十萬字馳騁宇宙時空，要寫下經典鉅作。相對，孟若的畫布很小，時間通常局限在人物一生，地點不脫她熟悉的安大略鄉下，人物勉強可以坐滿一張普通餐桌。好像小津安二郎的電影，類似的人物、情節和時空背景，固定的幾位演員在那裡走換，電影開始你覺得已經看過，而且不止一次，一旦開始情不自禁又陷了進去——有意思，你告訴自己，看完了只覺若有所思、回味無窮。

孟若的作品最獨特處是難以捉摸，也就是當她好像告訴你一個有頭有尾的故事了，你得到的卻是不知所云。她的故事並不在解釋或澄清（當然，起初你以爲她做的正是這件事），知識和分析這種工具在孟若國度裡一點用都沒有。如果小說的作用不在說明而在演示，孟若正做到了這點。她演示的不是由A到B必然的邏輯，而在看似直線的兩點間包含的無窮可能。讀完她的故事你不會恍然大悟說：「原來如此！」而是：「什麼？」然而畢竟，你似乎知道了什麼，那點什麼如果要點破，便是生命潛藏了未知的暴力和恐怖，其實不可言說。她在〈鑾子〉裡，曾以「肉慾和顫慄」來形容女主角的心情。換個字成「渴望和顫慄」，便可把握她作品的神髓。

其次，故事性和畫面性很強。懸疑迫使你盯緊書頁跟下去，因爲你已經化爲裡面的人物，隨她（通常是她）期待和煎熬。你充滿了恐懼等候，然後在關鍵時刻，以自己的意志試圖扭轉現狀。未知的暴力在這裡，不是人身傷害，而是那種將你吊在火上燒烤的無情——孟若寫的，正是人生處處這種如刀俎的無奈和對那無奈的反叛。生命的奮爭不是走上戰場在砲火中衝鋒陷陣的英勇，而是面對似乎無可轉寰的現實做飛蛾撲火的投擲。現實必然反撲，許多人成了生活的炮灰，有的人卻由炭燒成了煤——孟若筆下便有不少這樣的人，愈燒而愈熾。

《美國二〇〇四散文精選》裡有篇〈嫉妒〉，寫異性同行相愛，但一人得意而另一人失意的困境。讀時我有同情，也有疑問。B幸而不同行，但不止一次我想像：設使我們同行？——我好勝心強，連玩連字遊戲輸了有時都要氣惱，甚至大怒。因此很能體會〈嫉妒〉裡的不堪：我恐怕不具腹可撐船的雅量。但作者談的不止是她和他，而擴張到兩性全體。她引用孟若多年前的短篇〈素材〉來自我辯護：她眞正嫉妒的不是他，而是他們。但她的個案能做那樣擴張嗎？同行同性間難道不會有類似的嫉妒嗎？我很懷疑。

像孟若的絕多短篇，〈素材〉留給人無限驚詫。不是小說裡的男女遭遇，而是孟若交代故事的方式所透露出的人間大疑：你無法知道人心，尤其是自己的。這份疑難便是孟若幾十年寫作以來一貫的主題，只不過出之以大同小異的包裝出現。她的小說總讓人覺得似曾相識，主要便在那對人生之謎的呈現。

〈素材〉，像〈嫉妒〉，由「我」來敘述，回憶她和前夫的一段刻苦生活。那時他還沒成名，仍在掙扎寫作。後來他們離婚又各自再婚，她讀到了他的一篇小說，材料正是他們共同經歷的那一段。她承認他寫得好，忠實卻又動人。她想寫信恭賀他，提筆寫的卻是：「這不夠，雨果。你以爲足夠了，可是不夠。」然後她坦白承認：她怨他，她「嫉妒他又鄙視他」。〈嫉妒〉的作者因此認爲孟若在寫嫉妒，但我不盡同意。我以爲孟若寫的是更深的，男性社會裡的女性普遍具有的情緒：憤恨。這故事並不在寫前夫如何化日常陳腐爲神奇，給它光，給它魔力。而在前夫和現任丈夫儘管性情迥異，其實在對人生的掌握上差不多。「我」說：「他們倆都有權威。他們並不受宰制（They are not at the mercy）。」癥結就在這裡：他們並不受環境擺布而無能爲力。儘管「我」承認，他們的權威有限不定，而且她並不責怪他們對生命所做的安排。

從無能爲力之下逃脫，不管是在生活上的狡獪出軌，還是大舉的叛逆，似乎是孟若宇宙的風暴圈裡那個靜止的無風眼，你在哪裡都撞見。

她的上一本小說集《感情遊戲》裡有篇〈蕁麻〉，寫離婚去追求寫作的「我」渴望再續的童年戀情，當然，現實的無情是一水不能二渡、過去無法挽回——孟若的故事裡充滿了這樣逼視現實的殘酷。但最驚心的並非必然的失望，而是「我」對自己毫不掩飾的描述：「陽光很快把小房間曬熱了，我的腿背——我穿了短褲——黏在椅子上。聞得到我的塑膠涼鞋吸了腳汗後特殊的化學甜味。我喜歡那味道——那是我勤奮的味道，而且，我希望，是我的成就的味道。」這段描述誠實到幾近於自我蹧蹋，同爲寫作人，我讀來格外悚然。當我們想到一般掙扎寫作的男作家，聯想到的氣味是：煙酒和咖啡。而這裡，孟若的黑色喜劇是，一個辛勤掙扎的女作家卻蒸騰出塑膠的臭味，她叛逆的結果是寂寞而不是輝煌。

戀情和外遇是經常重現的主題。《感情遊戲》裡另有篇〈記得的〉，也是第一人稱敘述。這裡，「我」正是那種以狡獪出軌來代替大舉叛逆（如〈蕁麻〉裡的我）的女子。她早年經歷了一次驚心動魄的外遇，供她一生回味咀嚼。故事癥結不在只此一天一回的外遇本身，而在日後她如何在記憶裡一再翻找和修正，重建那場外遇，甚至重新組合那陌生戀人的「眞相」，就像作家所爲。

孟若的小說在看似自然同時，並深具細心經營組合的痕跡。她文字精簡，只給人最起碼的線索，要求讀者像偵探一樣追蹤思考，自行拼出全圖。而身爲讀者，我們永遠無法得到全圖，因而在有限的所知下無限好奇又無限感慨。有時我們簡直怨她說故事時太小氣，只肯點點滴滴透露，逼得我們不得不以茶匙來衡量汪洋、以碎片來權充完整。然正是她的經濟，讓故事能夠既明快又充滿了懸疑和無奈。

《出走》是孟若二〇〇五年的小說集。都是典型的孟若式故事，熟悉而又全新——這裡生命的驚奇似乎更加冷酷，接近恐怖。寫一個年輕女教師遠程到小島上去會晤一位火車上遇見的男人，一個到小城去看莎士比亞戲劇的年輕女性和一位外國鐘匠的巧遇，一個在旅館打工的女孩在富裕男友家的遭遇……。特別在三個獨立卻相關的故事，敘述一個女人一生怎麼從對生命充滿熱切到再三失去和失望而一點點走向蒼白、沉寂，像失血的過程。這些女主角都有個共同點：總帶著突破和奔逃的渴望，那激切爲的是追求自我，也爲追求愛情。她們總想出走，或總在出走。

我以爲《出走》雖然維持孟若作品一貫水準，但稍比不上《感情遊戲》，因爲沒有那直逼眼前的震撼。故事性更強，但時而露出爲了說故事而說故事的嫌疑，削弱了強度，譬如〈弄人〉和〈異能〉。最動人的是書名那篇〈出走〉，寫鄉下一位年輕妻子離家出走的經過。這故事裡包含了典型孟若故事的所有元素：窒息的生活、不滿的女性、潛藏的暴力。不同的是這裡暴力走到幕前，現身說法。當那年輕丈夫怒沖沖前來，和幫他妻子出走的女教授鄰居隔門對峙，那緊張不下希區考克。接下來，正像希區考克，孟若給了我們一個霧氣濛濛的夜晚：「那霧現在濃了，聚集成形，變得光線如杜明亮逼人。」那團亮光像隻純白的大獨角獸朝他們奔來，驚懼中他隔門抓住了她的肩膀，然後那亮光散去，跳出一頭小白羊，原來是他先前走失的小羊。眞正的暴力不在這裡，而回到了幕後。但那仿如神諭的一幕給了我們一廂情願的錯覺，以爲某種良善或體悟將要帶來眞正的轉捩。

我不能再多說，否則就破壞了故事的力道。只能說孟若從不溫情，她總以冷酷的意外來震驚你，好似義無反顧。她的故事絕對沒有「從此他們永遠快樂生活」那種童話結局，總暗藏了什麼推翻全局的機關。她的故事其實沒有故事，沒有結局，沒有宗旨，除了「不盡像你以爲的那樣。」就像傑米森太太最後發現，她「誤以爲卡拉的快樂和自由是同一件事」時那樣。

讀孟若的故事我總不免自問：「她爲什麼告訴我們這件事？爲什麼沒告訴我們別的？」或

是：「爲什麼她以這種方式來告訴我們？以這種次序？」總是沒有解答。那一組三篇的〈機遇〉、〈快了〉和〈沉默〉尤其讓人不解。

「孟若，你到底在說什麼？」我想問，而她只是神祕微笑。

所謂知道，難道只是一種印象，一種想像，一種誤會，或是一種假設，而並不是確鑿如岩石鋼鐵的知識？

似乎，她眞正在說的是：「你永遠不會知道的。」

或者該說：「我們永遠不會知道的。」

出走

車子還沒上到路面有點隆起當地人叫小山的坡頂，卡拉已先聽見了車聲。是她，她想。傑米森太太——西薇雅——從希臘度假回來了。從穀倉門裡——但夠裡面門外人看不見——她注視傑米森太太將會駛過的路上，從克拉克和卡拉家到她住處還要半哩路。

若是個準備要轉進大門的人這時車速應會緩下來了。不過卡拉還是抱著希望。但願不是她。

是她。傑米森太太轉了頭一次，匆忙地——開車駛過雨在石子路面造成的深溝和水窪已夠她手忙腳亂的——但她沒從方向盤抬手招呼，她沒看見卡拉。

卡拉瞥見一隻從肩部裸起曬深了的臂膀，頭髮漂白成比以前淺的顏色，現在比較白而不是銀金色，臉上帶著堅決、氣急因而又自覺好笑的神情——正是傑米森太太在和這樣的路奮鬥時會有的表情。她轉頭時表情似乎有——詢問、期望——之情一掠而過，讓卡拉退縮。

所以。

也許克拉克還不知道。如果他在用電腦會背對窗和路。

可是傑米森太太可能需要再出來一趟。從機場開車回來的路上，她可能沒順道買菜——除非先到家弄清需要什麼。那時克拉克可能會看見她。而且天黑以後，她屋子的燈光會顯出來。不過七月，天要很晚才黑。她可能累得連燈都不開，早早就上床了。

然而，她可能會打電話來。可能隨時就會打來了。

這個夏天雨下了又下。早上第一件事就聽見雨聲，大聲打在車屋頂上。路徑深陷到泥巴裡，長草濕透，即使在天並不下雨、雲好像要散的時刻，頭頂上的樹葉也會忽然就潑下一陣雨。每次出去，卡拉都戴上高頂寬邊的澳洲氈帽，粗長的辮子收進襯衫裡。

雖然克拉克和卡拉已經在露營區、小餐館，和觀光辦公室的公布牌和所有想得到的地方都張貼了廣告，並沒人來騎馬。只有幾個學生來上課，那些是定時來的，不是那些成群成群的放假學生，從夏令營一巴士又一巴士地來，去年夏天他們就是這樣才撐過了。就連那些他們仰賴的常客也停課度假去了，不然就是因爲天氣太壞根本把課取消了。如果他們太晚打電話來，克拉克還是算他們時段的錢。有兩人很不滿，乾脆就不再來了。

有三匹馬租馬廄住，還算帶來一點收入。那三匹，加上他們自己的四匹，現在來到草地上，在樹下的草間遊逛。牠們好像對雨勢暫停一點都無所謂，午後通常會停一下，剛好到讓你以爲會停了——雲轉白轉稀，讓稀薄的陽光透過但總不眞變成大太陽，到午飯前就沒有了。

卡拉做完了穀倉裡的活。動作從容——她喜歡日常工作的韻律、穀倉屋頂下寬裕的空間、那裡的氣味。現在她到運動場察看地面有多乾，萬一五點的學生眞來的話。

大部分持續的陣雨並不特別大，或挾帶了風，可是上星期突然來了一陣風，然後從樹頂直貫而下，一場幾乎是橫著下的茫茫豪雨。十五分鐘後暴雨停了。但路面滿是樹枝，水管掉下來了，運動場上遮頂的塑膠皮扯開了一大片。跑道盡頭有個像湖一樣的水窪，卡拉挖渠放水，一直做到天黑。

屋頂還沒修。克拉克布了鐵絲網欄，以免馬匹走到泥裡，卡拉標出了一條比較短的跑道。現在，克拉克正在網路上找買修屋頂材料的地方。看有哪個他們負擔得起的舊貨批發，或什麼人有這類材料要脫手。鎮上亥和羅柏特・巴克里建材店他不願去，叫那家是超級搶劫混蛋店，因爲他欠了他們太多錢，又跟他們吵過架。

克拉克不只是和債主吵架而已。他那原本吸引人的親切態度會一下子猙獰起來。有些地方他不去了，總是叫卡拉去，出於某種爭執。藥店是一處。一位老婦擠到他前面——因爲她去拿個忘了的東西回來，沒排到隊伍後頭而擠到了他前面，他表示不滿，店員對他說：「她有氣腫。」克拉克說：「是嗎？我自己有痔瘡。」經理給請了出來，說沒必要那樣。還有馬路上的咖啡店過了早晨十一點不再打廣告早餐的折扣，克拉克和他們理論，還把叫的咖啡掉在了地上——剛好沒打中一個嬰兒車裡的小孩，他們說。他說那小孩在半哩外，而他之所以掉杯子是因爲他們沒給把手。他們說他沒要把手。他說應該不必他開口要。

「你就發作了。」卡拉說。

「男人就是這樣。」

她沒爲他和喬依・塔克的爭執說他什麼。喬依・塔克是鎮上的圖書館員，她有匹馬寄住在他們的馬廄裡。是匹急性的栗色小牝馬，叫莉吉——喬依・塔克心情好時叫她莉吉・柏頓。昨天她開車來，以不帶玩笑的語氣指責屋頂還沒修，而且莉吉模樣悽慘，好像著了涼。

其實，莉吉根本沒事。克拉克試圖——對他來說——討好。倒是喬伊．塔克發作了，說他們的地方是個爛窩，莉吉應該受到好一點的待遇。克拉克說：「隨你。」喬伊沒——或還沒——像卡拉預期的，把莉吉遷出。可是，克拉克，他本把那小牝馬當寶貝的，現在不理她了。莉吉傷心了，結果——運動時老停下來，清她的蹄時不肯安分，他們每天都清她的蹄，怕長霉。卡拉得提防被咬。

可是對卡拉來講最糟糕的，是在穀倉和草地上陪馬群的小白羊弗羅拉不見了。兩天了，一點她的蹤跡都沒有。卡拉怕是野狗或小野狼，甚至熊，把她捉走了。

昨晚和前晚她夢到弗羅拉。在第一場夢裡，弗羅拉嘴裡啣了隻紅蘋果直直走到床邊，可是在第二場夢裡——昨晚——她一見卡拉來就跑掉了。她的腿好像受傷了可是她還是跑了。她領卡拉到一個好像戰場才有的鐵絲網欄，可是她——弗羅拉——鑽過去了，受傷的腿連同其他，像條白鰻一樣溜過去不見了。

群馬看見卡拉穿過到賽馬場去，都移到欄杆邊——牠們看來髒兮兮的，儘管身上披了紐西蘭毯子——好讓她回來時注意到牠們。她同牠們輕語，爲空手而來道歉。她撫牠們的脖子摸牠們的鼻子問牠們是否知道弗羅拉的下落。

葛蕾絲和朱尼帕鼻子噴氣然後抬起鼻子，好似牠們認出那名字也和她一樣擔心，可是那時莉吉插進來把葛蕾絲的頭從卡拉輕拍的手底下推走。她在那手上好好咬了一口，卡拉不得不花好些時間罵她。

直到三年以前，卡拉從沒好好看過活動家屋。她也不那樣叫。像她父母，她覺得「活動家屋」造作。有些人住在拖車裡，如此而已。每個拖車都一樣。等卡拉選擇和克拉克一起生活，搬進這裡後，便開始以新的眼光來看待。那之後她開始叫「活動家屋」，並看人家怎麼裝潢。他們用的窗帘，他們漆木邊用的顏色，大手筆的陽臺、天井或加蓋的房間。她簡直等不及自己來。

有一陣，克拉克順她。搭了新台階，還花很多時間找搭配的舊鐵欄。他沒抱怨過花在廚房、浴室或窗帘材料的錢。她的油漆工有點草率——那時她不知道得把廚櫃門的樞紐拆下來。或窗帘應加上一層裡，那些帘子已經褪色了。

讓克拉克卻步的是揭掉地毯。每間房的都一樣，是卡拉最想換掉的。地毯隔成棕色小方塊，每方塊上是深棕色、銹色和深膚色的曲線和形狀的花樣。有好一段時間，她以爲每個方塊裡的曲線和形狀是一樣的，做同樣排列。等她有了時間（許多時間），好好細看以後，才認出有四種花樣拼成比較大的相同方塊。有時她輕易就可以找出拼法，有時要用心找才看得出來。

每當外面下雨，克拉克的情緒拖得全屋的空間下沉，他除了電腦螢光幕什麼都不理時，她就做這。不過在那種時候最好是捏造或想起了穀倉裡要做的事。她心情不好時馬群不看她，可是弗羅拉（她從不綁住），會過來在她身上摩擦，並抬頭看她，黃綠色眼裡帶種未必是同情的眼光——比較像同道的嘲諷。

弗羅拉是克拉克爲了馬鏈到一個農場去討價時帶回來的，那時她還是隻半大的小羊。那農場的人放棄了鄉下生活，不然起碼是放棄了飼養牲口——他們已經賣了馬但羊還沒賣掉。克拉克聽說羊可以讓馬廄裡的馬比較安定，想要試試看。他們本想什麼時候讓她受孕的，可是她始終沒有發情的跡象。

起初她完全是克拉克的寶貝，到處跟著他，跳來跳去引他注意。她小時快捷優美又惱人，她那好像戀愛中女孩的無辜樣逗得他們倆發笑。可是等她長大些好像黏定了卡拉，這份依戀讓她忽然比較懂事也不那麼膽小了——代替的，是脾氣好像比較收斂比較無奈。卡拉對馬的態度是既溫和又嚴厲，頗像個媽媽，可是和弗羅拉的情誼相當不同，弗羅拉給了她優越的感覺。

「還是沒弗羅拉的消息？」她剝下穀倉靴時問。克拉克在網路上發了個走失羊的啓事。

「還沒。」他以心不在焉但還算好氣的聲音說。他說過，不止一次，弗羅拉很可能自己跑去找公羊了。

沒有傑米森太太的消息。卡拉放上熱水壺。克拉克正自哼唱，他坐在電腦前時經常這樣。有時他跟電腦回嘴。放屁，他會說，回應什麼挑戰。或者會笑——可是等事後卡拉問他，就不記得爲什麼好笑了。

卡拉叫：「你要不要茶？」讓她驚訝的是，他竟起身進廚房來了。

「所以啊，」他說。「所以，卡拉。」

「什麼？」

「所以她打電話來了。」

「誰啊？」

「女皇陛下。西薇雅女皇。她剛回來。」

「我沒聽見車聲。」

「我沒問你有沒有聽見。」

「那她打電話來幹嘛？」

「她要你過去幫她清房子。她是這樣說的。明天。」

「你怎麼跟她說的？」

「我說沒問題。不過你最好打電話確定一下。」

卡拉說：「你既然已經告訴過她，我看就沒必要了。」她倒好茶。「她走前我才清過她的房子。我看不出才這一下就需要清。」

「說不定她不在時浣熊跑進去弄得一團糟。那可難說。」

「我不必馬上就回她電話。」她說。「我要喝茶，然後沖個澡。」

「越快越好。」

卡拉端了茶到浴室，回頭叫：「我們得到洗衣店去。毛巾就算乾了聞起來還是有霉味。」

「別換話題，卡拉。」

連她進了浴室他還站在門外對她叫。

「我可不打算讓你逃掉，卡拉。」

她以爲她出來時他還會站在那裡，可是他已經回到電腦前了。她穿得好像他們要到鎮上去——

她希望若能離開這裡，到洗衣店去，在卡布契諾店買點吃的，說不定他們能以別的方式來談，說不定可以擺脫。她快步走到客廳，從後面環住他。可是她立刻就讓一陣悲傷淹沒了——一定是沖澡的熱氣，鬆動了她的淚水——她彎向他，泣不成聲。

他將手移開電腦但靜坐不動。

「只要別生我的氣。」她說。

「我不生氣。只是討厭你這個樣子，這樣而已。」

「我會這樣是因爲你生氣。」

「別跟我講我怎樣。你勒得我沒法呼吸。弄晚餐吧。」

她就做了。這時候顯然五點的人不來了。她取出馬鈴薯開始削皮，可是眼淚直流看不見在做的事。她拿紙巾擦臉，又撕下一張乾淨的拿了走到外面雨裡。她沒去穀倉，因爲沒有弗羅拉那裡太悽慘。她沿路走到樹林裡。馬群在另一片草地上。牠們到欄杆邊看她。大家都來了，只有莉吉沒來，她跳了一下又從鼻子噴了一口氣，知道卡拉心思在別的地方。

＊

事情是在他們讀到訃聞，傑米森先生的訃聞時，開始的。訃聞登在城裡的報紙上，而他的臉上了晚間新聞。一直到去年，他們只當傑米森一家是不與人來往的鄰居。她在四十哩外的學院教植物學，因此花很多時間在路上。他是個詩人。

這些大家都知道。可是他心思似乎在別的事上。身爲詩人，而且是個老人——他可能比她大上二十歲——他既粗糙又活躍。他改進住宅地面的排水系統，把陰溝清乾淨了，再鋪上石頭。挖地闢了塊菜園，用欄杆圍起來，在樹林裡砍出一條路來，照顧家裡需要修理的地方。

房子本身是棟三角形老宅，他許多年前和一些朋友在一片舊廢棄農家的地基上蓋的。那些朋友大家談起來叫嬉痞——雖然傑米森先生做嬉痞已經有點老了，即使是在那時候，在傑米森太太之前。有個傳聞是他們在樹林裡種大痲，賣了，然後把錢裝在密封玻璃罐裡，埋在產業四周的地裡。克拉克從鎮上認識的人那裡聽來的。他說是放屁。

「要不然早就有人進去挖出來了。總會有人想辦法讓他說出藏在哪裡。」

等他們讀了訃聞，卡拉和克拉克才知道里昂·傑米森死前五年曾得過一個大獎。一個詩獎。這從沒人提到過。好像大家能相信迷幻藥的錢埋在玻璃罐裡，卻不能相信寫詩贏來的錢。

不久後克拉克說：「我們大可以讓他賠。」

卡拉馬上就知道他指什麼，但當那是笑話。

「現在太晚了。」她說。「人一死就沒法賠錢了。」

「他不能。她能。」

「她要到希臘去。」

「她不是去希臘住。」

「她不知道。」卡拉比較清醒說。

「我沒說她知道。」

「她一點也不清楚。」

「這我們可以解決。」

卡拉說：「不要，不要。」

克拉克只管說下去，好像她沒開口。

「我們可以說要告他們。爲這種事而拿到錢的人多的是。」

「你怎麼做？總不能告一個死人。」

「威脅說要上報紙。大詩人。報社鐵會信。我們只要一威脅她就投降了。」

「你只是在做夢。」卡拉說。「你是在開玩笑。」

「不，」克拉克說。「其實，我不是在開玩笑。」

卡拉說她不要再談了，他說好。

可是第二天他們談了，以及隔天，再隔天。他有時會生出像這樣不切實際甚至非法的念頭。越談越興奮，然後——她不確定是爲什麼——就不提了。如果雨停，天氣變得像普通夏天一樣，他可能會像拋棄其他念頭一樣丟下這念頭。然而那還沒發生，上個月裡他不斷反覆談這計謀，好似完全可行又認眞。問題是該要多少錢。要太少，那女人可能不拿他們當眞，以爲他們只是恐嚇而已。要太多，她可能脊背一硬頑固起來了。

卡拉已不再說那是玩笑。改說行不通。她說一方面大家以爲詩人就是那樣。因此不值得花錢遮掩。

他說若做對了就會行得通。卡拉得失控向傑米森太太全盤托出。然後克拉克出面，一副才剛剛發現，大吃一驚的樣子。他會大怒，說要向全世界宣揚。他會讓傑米森太太先提到錢。

「你受了傷害。你受到了侵犯和侮辱，既然你是我太太我也受到了侵犯和侮辱。這是尊嚴的問題。」

一次又一次，他這樣跟她說，她試過轉移他，可是他堅持。

「答應了，」他說。「答應。」

事情起於她告訴他的話，那些話她現在既不能收回也不能否認了。

有時他對我發生興趣。

那個老頭？

有時當她不在那裡時，他叫我進到他房裡？

是。

在她需要出去買東西而護士還沒到時。

她運氣好的靈感，馬上就讓他高興起來了。

那你怎麼做？進去嗎？

她假裝害羞。

有時。

他叫你到他房裡。然後呢？卡拉？然後呢？

我進去看他要什麼。

那他要什麼？

這些都是悄悄說的，就算沒人聽得見，就算他們在自己無人之境的床上。一則床邊故事，裡面的細節都很重要而且每次都要增添，以讓人信服的勉強、害羞、嬌笑、下流、下流。而不止是他急切又感激。她也是。急於想要討好他刺激他，刺激她自己。慶幸每次都有效。

在她部分心裡那是真的，她看見那好色的老人，他在床單下形成的隆起，確實是臥床不起，幾乎沒法說話了但手勢流利，表示他的慾望，動手動腳試圖讓她答應照他意思做特別和親密的行為。（她必須推拒，但奇怪的是，對克拉克，這可能也有點讓他失望。）

有時會來了一個景象她得不斷強調，以免破壞整件事。她得想到在那租來的病床上，那陰暗床單覆蓋下的實體，服了藥，一天天萎縮下去，只有在傑米森太太或臨時護士忘了關門時她才曾見過幾次。她自己其實從沒比這更接近過。

其實，她很怕到傑米森家去，可是她需要錢，又同情傑米森太太，她一副張皇失措的樣子，好像在夢遊。有一兩次卡拉忍不住做點趣事，讓氣氛輕鬆點。在初次騎馬的人笨拙又驚惶時，她會做的事。以前當克拉克心情一直惡劣時她也會試用。對他已經失效了。可是關於傑米森先生的故事管用，很管用。

沒法避開徑上的水窪或兩邊濕透的長草，或是最近開了花的野胡蘿蔔。可是空氣夠暖，讓她不覺得冷。她的衣服濕透了，好像是給自己的汗水或是臉上流下來混了雨水的淚水浸濕的。漸漸她哭泣停了。沒有東西可以擦鼻子——紙巾現在已經濕爛——不過她彎身向水窪用力擤鼻子。

她抬起頭，給弗羅拉發出一聲深長顫音的口哨，這是她的訊號——也是克拉克的。她等了幾分鐘，然後叫弗羅拉的名字。一次又一次，口哨和名字，口哨和名字。

然而，比起她造成的和傑米森太太的麻煩，或是她和克拉克間來回拉鋸的難受，感到失去弗羅拉，或者永遠失去弗羅拉的單一痛苦，幾乎是種慰藉。至少，弗羅拉走掉和她——卡拉——所做的錯事無關。

屋子裡，除了打開窗戶西薇雅幾乎無事可做。此外想到——以一種令她訝異但並不真正意外的迫切——很快就可以見到卡拉。

所有關係疾病的私人用品都移走了。那原是西薇雅和她先生臥房然後是他臨死的房間已經清掃乾淨，看來就像那裡從沒什麼事發生過。在火化和出發到希臘間那些慌亂的日子裡卡拉幫忙做所有的清掃。每一件里昂穿過或一些沒穿過的衣服，包括那些他妹妹們送的連包裝都沒開的，統統都堆上車子後座送到廉價商店去了。他的藥丸、刮臉用具、一罐罐沒開過的加強營養多少維繫他的飲料、許多盒他一度成打成打吃的芝麻糖、裝滿了止他背痛藥水的塑膠瓶、他躺臥的羊皮——所有那些都丟到塑膠袋裡準備當垃圾拖走，而卡拉沒提出任何質疑。她從沒說：「說不定有人可以用那個。」或指出整箱沒開過的罐頭。當西薇雅說：「但願我不是把衣服拿到鎮上而是統統放進焚化爐裡燒掉。」時，卡拉一點都不顯得意外。

她們清烤箱、刷廚櫃、擦乾淨牆壁和窗戶。有一天西薇雅坐在客廳裡看所有的慰問信。（沒有累積的文件和筆記簿等著處理，像你以爲作家應有的那樣，沒有未完的作品或是信手寫的草稿。幾個月前，他就告訴過她，他全丟了。而且毫無遺憾。）

房子南邊的斜牆是一整片大窗。西薇雅抬頭——爲看見出來的水淋淋的陽光驚訝——或可能是，爲卡拉的影子而驚訝，光腿，光臂，站在梯子上，堅定的臉上是一頭毛茸茸短得編不成辮子的蒲公英頭髮。她正用力噴灑和刷洗玻璃。她看見西薇雅在看她，便停下張開手臂好像撐在那裡，做了個有趣的怪臉。兩人都笑了起來。西薇雅覺得這笑意像一道好玩的溪流貫穿她全身。她回去看信而卡拉繼續清洗。她打定主意所有這些善意的文字——眞心或敷衍，紀念和遺憾——都可以同羊皮和餅乾一樣下場。

當她聽到卡拉拿下梯子，聽見靴子在陽臺上的聲音，忽然害羞起來。卡拉進來從她後面經過到廚房去放水桶和抹布到水槽下時，她低頭而坐。卡拉毫不停留，像鳥一樣快捷，不過還是在西薇雅頭上親了一下。然後自顧自吹著什麼調的口哨。

從那時起那一吻便留在了西薇雅心上。那一吻並無特殊意義。意思在放開心。或快好了。在她們兩人是共同經歷了一段困難的好朋友。或可能只是太陽出來了。卡拉想的是回到她的馬群邊。無論如何，西薇雅把它當做一朵鮮明的花朵，它的花瓣帶著激烈的熱氣在她裡面展開，好像更年期間熱潮發作。

有時在她的植物學班上會有一個特別的女生——她的聰明用功和笨拙的自負，或甚至是對自然界的眞正熱情，讓她想起年輕時的自己。這樣的女生抱著崇拜跟在她身邊，期望某種——大部分情形——她們無法想像的親密，很快就讓她煩了。

卡拉完全不像她們。若她像西薇雅生命裡的任何人，應是像她高中時認識的某些女生——那些聰明但從不過分聰明，有運動天分但並不過於愛競爭，輕快但不莽撞的人。天生快活。

「我在的地方，這個小村子，我和兩個老朋友在這個小村子裡，嗯，是那種旅遊巴士偶爾會停下來的地方，就像是巴士迷路了，乘客下車四下看看，見到一片荒涼，不知怎麼辦。因爲完全沒東西可買。」

西薇雅在談希臘。卡拉坐在離她幾呎處。這個大手大腳、不自在、令人眩目的女孩終於坐在那裡了，在那充滿了對她的想念的房間裡。她隱約地微笑，遲鈍地點頭。

「起初，」西薇雅說：「起初我也不知道怎麼辦。好熱。可是那裡的光線是眞的。美極了。然後我知道了可以做什麼，只有幾件很簡單的事可做，但足夠打發一天。你走半哩路去買油，再反向走半哩路去買麵包或葡萄酒，這就占去了一個早上。你在樹下吃午餐，之後太熱除了關上百頁窗躺在床上或看書外什麼事都不能做。起初你看書。然後連書都不看了。幹嘛看書？再晚點你注意到陰影加長了，便起床去游泳。

「噢，」她打斷自己。「噢，我忘了。」

她跳起來去拿她帶回來的禮物，其實她根本就沒忘。她不願馬上就給卡拉，而要一個比較自然的時刻，她在說話時就已經預先想到可以提到海、游泳的地方。然後，就像她現在說的：「游泳讓我想到這因爲它是個複製品，你知道，這是個他們在海底找到的馬的複製品。在這麼久以後，他們把它撈了上來。據說是公元前二世紀的東西。」

當卡拉進來找事情做時，西薇雅說：「噢，先坐一下，我回來到現在都沒人可以說話。請坐。」卡拉在一張椅子邊坐下，腿張開，手放在膝蓋間，看來有些失落。好像爲了尋找某種遙遠的禮貌她說：「希臘怎樣？」

現在她站了起來，包馬的薄紙皺在一起，她還沒完全打開。

「據說這馬是匹賽馬。」西薇雅說：「在做賽跑最後的衝刺。騎馬人，那個男孩子也是，你看得出來他在激馬盡全力跑。」

她沒說那男孩讓她想到卡拉，現在她也說不出是爲什麼。他才不過十或十一歲。可能是那握轡繩的手臂的力氣和優美，或是他稚氣的額頭上的皺紋、那專注和致力多少有點像去年春卡拉清洗大窗時的樣子。她短褲裡有力的腿，她寬闊的肩，她擦窗的大幅手勢，然後她把自己撐開來的玩笑，邀請甚或命令西薇雅笑。

「看得出來。」卡拉說，現在認眞地看那青銅綠的小彫像。「眞謝謝你。」

「沒問題。來點咖啡怎樣？我才剛泡了一點。希臘的咖啡滿濃的，比我習慣的濃，可是麵包棒極了。還有熟無花果，眞是驚人。再坐一下，請再坐一下。你應該別讓我這樣說個不停的。這裡呢？這裡怎樣？」

「大部分時間都在下雨。」

「我看得出來。我看得出來下過雨。」西薇雅從大房間一端的廚房喊。倒咖啡時，她決定不提她帶回來的另一樣禮物。一點也不貴（那馬大概比這女孩猜測的貴），只是一顆她在路邊撿到的帶粉紅的白色小石子。

「這是給卡拉的。」她告訴走在一旁的朋友瑪吉。「我知道這很呆。我只是要她有一小塊這個地方。」

她已經對瑪吉，和那裡的另一個朋友索拉雅，講起卡拉的事，告訴她們有那女孩在，對她意義越來越重大，她們間怎麼產生了一種無法解釋的情誼，在去年春那難捱的時候讓她比較好過一點。

「單是看見有人——有這樣一個青春又健康的人進到屋裡來。」

瑪吉和索拉雅以一種好意但惱人的態度笑了。

「總是有個女孩。」索拉雅說，不在乎地張開她粗重的棕色手臂，而瑪吉說：「我們遲早都會撞上。迷上一個女孩。」

西薇雅隱約爲那過時的字眼——迷上——而懊惱。

「也許是因爲里昂和我沒有小孩。」她說。「很笨。錯置的母愛。」

她的朋友同時以稍微不同的方式說，意思是那樣也許笨，但終究是，愛。

可是今天，這女孩子一點也不像西薇雅記得的卡拉，一點都不是那個沉著高昂的人，不是那個自在慷慨陪她在希臘的年輕女孩。

她對她的禮物毫不感興趣。伸手接咖啡杯時幾乎是不高興的樣子。

「有樣東西我想你可能會很喜歡。」西薇雅興致勃勃說。「那裡的羊。牠們相當小，就連長大了還是。有的有花點，有的純白，在石頭間跳來跳去，就像是那地方的神靈。」她不自然地笑笑，止不住自己。「若牠們角上有桂冠，我也不會奇怪。你的小羊呢？我忘了她的名字。」

卡拉說：「弗羅拉。」

「弗羅拉。」

「她不見了。」

「不見了？你賣掉了？」

「她消失了。我們不知道跑哪裡去了。」

「噢，可惜。可惜。難道沒有再出現的可能嗎？」

沒有回答。西薇雅直視這女孩，一直到現在她都沒法直視她，看見她滿眼淚水，臉上斑斑點點——其實看來有些髒——以及她似乎充滿了不安。

她沒做任何事以迴避西薇雅的視線。她抿緊了嘴唇閉上眼睛前後搖擺，好像在無聲哀嚎，然後，讓人震驚地，眞的嚎了起來。又嚎又哭，大口呑氣，涕泗交流，驚惶地找擦臉的東西。西薇雅跑去拿來一把衛生紙。

「別擔心，這裡，這裡，你沒事。」她說，想到也許應該把女孩攬入懷中。但她一點也不想那樣，而且那可能使事情更糟。女孩可能察覺出西薇雅是多不想那樣做，是多討厭這樣大聲的發作。

卡拉說了什麼，又重複了一遍。

「很糟，」她說。「很糟。」

「不會，我們總都有需要哭的時候。沒事，別擔心。」

「眞是糟。」

隨著每一表現出悽慘的時刻，西薇雅不免覺得，這女孩把自己變平常了，比較像她——西薇雅——辦公室裡那些個愛哭的學生。有些是爲了成績而哭，但那多半是計策性的，一陣騙不了人的抽噎。比較不常見的，眞正的淚水，結果通常是跟戀愛有關，或是父母，或是懷孕。

「不是和羊有關吧？」

「不是。不是。」

「你最好喝杯水。」西薇雅說。

她從容等冷水流下，試想還有什麼她該做或該說的，等她拿水回去卡拉已經冷靜下來了。

「現在，現在，」在水入喉時，西薇雅說。「是不是好點了？」

「好點了。」

「不是因爲羊。是什麼？」

卡拉說：「我再也受不了了。」

受不了什麼？

原來是丈夫。

他老是生她的氣。現出一副恨她的樣子。不管她做什麼總是錯，她說什麼都不對。和他一起生活逼得她要發瘋。有時她以爲她已經瘋了。有時她以爲他瘋了。

「他有沒有傷過你，卡拉？」

沒。他沒在身體上傷到她。可是他恨她。他鄙視她。他受不了她哭，而正因他那麼生氣她才忍不住哭。

她不知道怎麼辦。

「說不定你其實知道怎麼辦。」

「走掉？如果能我就做了。」卡拉又開始哭了。「只要能走掉我什麼都願意。我不能。我一點錢都沒有。我沒地方可去。」

「嗯，想想。眞是那樣嗎？」西薇雅以她最勸慰的聲調說。「你沒父母嗎？你不是告訴過我你在金斯敦長大？你在那裡沒有家人嗎？」

她父母已經搬到英屬哥倫比亞去了。他們討厭克拉克。他們才不在乎她的死活。

兄弟姊妹呢？

有個大九歲的哥哥。結了婚，住在多倫多。他也不關心。他不喜歡克拉克。他太太是個勢利鬼。

「你有沒有想過婦女收容所？」

「那裡除非你挨打不然不收。而且大家都會知道，對生意不好。」

西薇雅溫和微笑。

「這是想那的時候嗎？」

然後卡拉真的笑了。「我知道。」她說。「我瘋了。」

「聽。」西薇雅說。「聽我說。如果你有走的錢，會走嗎？會去哪裡？會做什麼？」

「我會去多倫多。」卡拉滿有準備地說。「可是我不會待在離我哥哥近的地方。我會住汽車旅館，然後在馬廄找個事。」

「你認爲你做得到？」

「我認識克拉克的那個夏天就是在騎馬的馬廄做事。現在我比那時有經驗。有經驗多了。」

「聽來好像你已經都想好了。」西薇雅深思說。

卡拉說：「現在我想好了。」

「那如果你能走的話，什麼時候走？」

「現在。今天。這一刻。」

「讓你走不成的原因就是沒錢？」

卡拉深吸了一口氣。「就是沒錢我才走不成。」

「好。」西薇雅說。「現在聽我的建議。我認爲你不應該去汽車旅館。我認爲你應該搭巴士到多倫多然後住在我一個朋友那裡。她叫茹絲‧司泰爾斯。她有棟大房子，自己一個人住，她不會在意有人來住。你可以住在那裡直到找到事。我會借你一些錢。多倫多一帶想必有很多騎馬的馬廄。」

「那裡有。」

「這你覺得怎樣？要不要我打電話問巴士時間？」

卡拉說好。她在顫抖。她拿手在大腿上上下下，猛烈左右搖頭。

「難以相信。」她說。「我會還你的。我的意思是，謝謝你。我會還你的。我不知道怎麼說。」

西薇雅已經在打電話了，給巴士站。

「噓，我在聽時間表。」她說。聽完，掛上電話。「我知道你會還。你同意住在茹絲家？我會告訴她。不過，有個問題就是。」她審視卡拉的短褲和T恤。「你不能就穿了這身去。」

「我不能回家換衣服。」卡拉驚慌說。「我這一身沒關係的。」

「巴士上會有冷氣。你會凍著。我有些衣服想必你可以穿。我們不是差不多高？」

「你比我瘦十倍。」

「我以前不是這樣。」

最後她們看中了一件棕色麻質外套，幾乎沒穿過——西薇雅自己認爲買錯了，樣式太直率了——和一條訂做的深膚色長褲加上一件米色絲襯衫。卡拉的涼鞋只好將就配這身打扮了，因爲她的腳比西薇雅大兩號。

卡拉去沖澡——早上她心情不好懶得洗——西薇雅打電話給茹絲。茹絲晚上要去開個會，不過她會把鑰匙留給樓上房客，卡拉只要按他們電鈴就好了。

「從巴士站她得搭計程車就是了。我猜她可以應付？」茹絲說。

西薇雅笑了。「她不是個無能的人，別擔心。她只不過是倒楣，事情掉到了頭上。」

「那就好。我是說她離開好。」

「一點也不無能。」西薇雅說，想到卡拉試穿訂做的褲子和麻外套。年輕人從絕望發作恢復得可眞快，這女孩一換上乾淨衣服可眞好看。

巴士兩點二十分到鎭上。西薇雅決定煎蛋捲做午餐，鋪上深藍桌布，取下水晶杯子並開上一瓶葡萄酒。

「我希望你夠餓，吃得下一點東西。」當卡拉乾乾淨淨又穿了借來的衣服容光煥發出來時，她說。她柔軟帶雀斑的皮膚因沖過澡而泛紅，頭髮潮濕顏色深了，沒編辮子，甜美的茸毛現在平貼在頭上。她說餓，可是叉了蛋捲送到嘴裡時手抖得沒法吃。

「我不知道爲什麼抖得這個樣子。」她說。「一定是太興奮了。我從沒想到竟會這麼簡單。」

「事情來得很突然。」西薇雅說。「可能不太像眞的。」

「不過是眞的。現在每一件事都好像非常眞。像剛才，那我才眞是昏了。」

「可能在你眞的下定決心時，在你眞的下定決心的時刻，就是這樣。或應該就是這樣。」

「如果你有個朋友，」卡拉帶著自覺的微笑說，紅潮泛到額頭。「如果你有個眞朋友。我的意思是像你。」她放下刀叉笨拙地以雙手舉起葡萄酒杯。「爲一個眞朋友而喝。」她不自在地說。「我可能連一口都不該嘗的，不過我會。」

「我也是。」西薇雅假裝高興說。她喝了，但因說話破壞了這一刻：「你要打電話給他嗎？還是別的？得讓他知道。至少在他以爲你該到家前應該知道你在哪裡。」

「電話不行。」卡拉說，警覺起來。「我沒法。可能如果你——」

「不行。」西薇雅說。「不行。」

「是，那樣太傻了。我不該那樣說的。只是很難想清楚。可能我該做的，是在信箱裡留張條子。可是我不要他太早拿到。甚至我們開車到鎮上去時我都不要經過那裡。我們走後面的路。所以如果我寫了——如果我寫了條子，你能不能，也許你能不能在回來時偷偷放進信箱裡？」

西薇雅想不出別的辦法，答應了。

她拿來紙筆。又倒了一點葡萄酒。卡拉坐著想，然後寫了幾個字。

　　我走了。我會沒寫[1]的。

這些是當西薇雅從巴士站回來途中展開信讀到的字。她相信卡拉知道事和寫的分別。只是因爲她在高興到暈頭轉向時講到寫條子。可能比西薇雅意識到的更暈頭轉向。葡萄酒引出了一串話，但似乎不特別帶悲傷或懊惱。她談到她做事的馬房，談到她十八歲才剛高中畢業時遇見克拉克。她父母要她上大學，她答應了，只要能選擇做獸醫。所有她要的，她一直都想要的，是和野獸一起工作和住在鄉下。她是高中裡那種獃頭獃腦的女生，那種大家肆意捉弄的女生，可是她不在意。

克拉克是他們那裡最好的騎馬教師。一大堆女人追他，她們會爲了能讓他教而來學騎馬。卡拉取笑他的女人，起初他似乎喜歡，後來惱了起來。她道歉，然後爲了彌補，試圖引他談他的夢想——其實是計畫——在鄉下什麼地方有個騎馬學校、一座馬廄。一天她到馬廄去看見他正在掛他的馬鞍，發現她愛上了他。

現在她認爲是性愛。很可能只是性愛。

到了秋天，該是她辭掉工作到桂弗去上大學的時候了，她不肯去，說需要停一年。克拉克非常聰明，可是連高中畢業都等不及。他大致上和家庭斷絕了聯繫。他認爲家庭就好像是血裡的毒。他曾在一家精神病院裡做接待員，在亞伯達省的萊斯橋一家廣播電臺做唱片播放員，在靠近雷港的馬路做修路工人，在一家多餘軍用品店做店員。而那些只是他告訴她的工作而已。

她戲稱他是吉普賽流浪漢，出於那首歌，她母親以前唱的老歌。現在她在家裡一天到晚唱，她母親就知道有事了。

昨晚她睡在羽毛床上
蓋的是絲被
今晚她會睡在又冷又硬的地上——
在她吉普賽情人的身旁。

她母親說：「他會傷你的心，鐵定的。」她繼父是個工程師，他認爲克拉克連這本事都沒有。「不成材的人。」他叫他。「就是那種浪蕩子。」好像克拉克不過是他衣服上一隻隨手可以掃掉的蟲子。

所以卡拉說：「一個浪蕩子會存夠錢買下一座農場嗎？順便講一聲，他已經做到了？」他只說：「我才不和你辯。」反正她又不是他的女兒，他加上一句，好像這樣就定了。

因此，卡拉當然得和克拉克私奔。她父母的態度，簡直就坐實了會發生。

「等你定下來後會和你父母聯絡嗎？」西薇雅說。「在多倫多。」

卡拉揚起眉毛，拉扯臉頰把嘴弄成嫵媚的O形。她說：「不會。」

必是有點醉了。

西薇雅把條子留在信箱後，回到家，清理了還在桌上的盤子，洗淨煎蛋捲的鍋子又擦拭光亮，把藍色餐巾和桌布丟到髒衣籃裡，再打開窗。帶著遺憾和懊惱混雜的朦朧情緒。爲了女孩沖澡她放了一塊新蘋果味的香皀，那香味還殘留屋中，就像殘留在車裡。

雨已經停了。她坐不住，於是沿里昂清出來的小徑散步。他丟到沼地裡的石頭大多已經沖走了。以前他們每年春都會去散步，找野蘭花。她教他每一種野花的名字——除了延齡草，他全都忘了。他稱她是他的陶樂絲．華茲華斯。

去年春，有一次她出去給他摘了一小把狗牙紫羅蘭，然他只是看看——就像有時他看她——帶了疲憊和否定。

她不斷看見卡拉，卡拉踏上巴士。她謝她的話雖是眞心但已經有點隨意，她揮手的姿態輕快。她已經習慣了受人搭救。

回到家裡，大約六點鐘時，西薇雅打了個電話到多倫多，給茹絲，知道卡拉還沒到。是答錄機接的。

「茹絲，」西薇雅說。「西薇雅。是有關我送到你那裡去的女孩。我希望她不至於給你帶來麻煩。我希望會順順利利的。你可能會發現她有點自得。可能只是年輕。讓我知道怎樣。好嗎？」

她上床前又打了一次，但還是答錄機，所以她說：「還是西薇雅。只是問問看。」掛斷了。那時在九點十點之間，天還沒全暗。茹絲顯然還在外面而那女孩不願在陌生屋裡接電話。她想茹絲樓上房客的名字。他們必定還沒上床。可是她記不起來。算了。打電話給他們表示小題大作，太擔心，太過火了。

她上了床，可是待不住，於是拿了條薄被子到客廳，躺在里昂生命最後幾個月裡她睡的沙發上。她也不以爲在那裡睡得著——窗沒有帘子，從天色她知道月亮已經升起了，雖然看不見。

接下來她知道的是她在某處——希臘？——巴士上，和許多她不認識的人，巴士馬達發出驚人的敲擊聲。她醒來發現敲擊聲來自前門。

卡拉？

＊

卡拉頭放得低低的直到巴士出了鎮。巴士車窗是有色玻璃，沒人能看見裡面，然她得盡力不去看外面。萬一克拉克出現。從商店出來或等過馬路，毫不知她拋棄了他，以爲是個普通下午。不，以爲這是個他們的——他的——計謀實現的下午，急於知道她的進展。

車一出鄉下她就抬頭看，深吸一口氣，細看原野，隔著玻璃窗看來有點紫藍色。有傑米森太太在將她包擁在某種特別安全和理智的氣氛裡，讓她的脫逃好像是你能想見最明智的事，更是一個自重的人在卡拉的情況唯一能做的事。卡拉覺得自己有了並不熟悉的自信，甚至有了種成熟的幽默感，以一種似乎必然獲取同情但又無奈和實在的方式向傑米森太太透露她的故事。隨之而來，就她所見，是傑米森太太——西薇雅——的期望。她確實感到有讓傑米森太太失望的可能，覺得她是個最敏慧最有力的人，但不以爲自己會讓她失望。

設使她不必和她一起太久。

陽光照耀有好一陣子了。她們坐下午餐時，光照得葡萄酒杯閃亮。從清晨起就沒再下過雨。有足夠的風吹起路旁的草，開花的野草，不再濕透一團。夏天的雲，不是雨雲，掠過天空。整個鄉野在變，掙脫了，變成七月天眞正的明亮。當他們循路飛馳，她沒看見不久前的痕跡——原野上沒有大水窪，顯出種子沖到的地方，沒有細瘦可憐的玉米棒或卡住的穀粒。

她想到要告訴克拉克這個——可能出於某種奇異的理由他們選了鄉下非常潮濕暗淡的角落，以及，還有別的他們可能成功的地方。

或是還沒成功？

然後她意識到當然她不會告訴克拉克任何事。再也不會了。她不會關心他怎樣了，或葛莉絲或麥克或朱尼帕或黑莓子或莉吉怎樣了。萬一弗羅拉回來了，她也不會聽說。

這是她第二次拋下一切。第一次就像披頭四的老歌——她早上五點在桌上留了一張條子然後溜出家門，在街上教堂邊的停車場和克拉克碰頭。當他們卡嗒卡嗒開走時她就哼著那首歌。她離家了，再見。現在她想起了太陽怎麼在他們背後升起，她怎麼看著克拉克在方向盤上的手，他能幹的手臂上深色的毛，吸進卡車裡的氣味，機油和金屬、工具和馬房的氣味。秋天早晨的涼風從卡車生鏽的接縫吹進來。那車是那種她家人從沒坐過的車子，從沒在她們住的街上出現過。

那早克拉克在路況上的專注（他們已經到了401號路），他對卡車機能的關心，他短促的回答，他瞇起的眼，甚至連他對她興高采烈的懊惱——都讓她興奮。連同他過去生活的混亂，他聲言的寂寞，他對馬和對她的溫柔。她視他爲他們未來生活的建築師，她自己是個俘虜，她的服從是既恰當又美好。

「你不知道你所拋棄的東西。」她母親在她唯一收到但從沒回的信裡寫。然在那清晨出奔的顫抖時刻她當然知道拋棄了什麼，甚至有點知道朝向什麼而去。她瞧不起父母、他們的房子、院子、他們的相簿、假期、食物處理機、他們的化妝室、可容身的衣櫥、他們的地下澆水系統。在她寫的簡短條子裡她用了實在這個字。

我總覺得需要過更實在的生活。我知道不能期望你們了解。

現在巴士在第一個鎮上停下來了。這車站是個加油站。正是她和克拉克早期開車會去的加油站，買廉價汽油。在那些日子裡他們的世界包括附近鄉村的幾個鎮，有時他們就像遊客，在骯髒的旅館酒吧裡品嚐各家的招牌菜。豬腳、酸菜、馬鈴薯煎餅、啤酒。然後像狂野的山民一路唱歌回去。

可是過了一陣所有外出約會都成了浪費時間和錢。那些是人在懂得生活的現實以前做的事。

現在她哭了，不知不覺間眼裡湧滿了淚水。她讓自己去想多倫多，和前面的第一步。計程車，她沒見過的房子，將要獨睡的陌生床鋪。明天在電話簿裡找騎馬馬廄的地址，然後不管是哪裡都去，找事做。

她沒法想像。坐地下鐵或街車，照顧新的馬，和新的人講話，天天和一群不是克拉克的人住在一起。

一種生活，一個地方，單爲了一個理由而選中——不包含克拉克。

她清楚知道了未來世界那陌生又讓人顫抖之處，正如她現在想見的，是她沒法在那裡生存。她只會四下走動，張口說話，做這做那。她不會眞的在那裡。奇怪的是，是她在做所有這些事，是她坐在這巴士上希望能找回她自己。就像傑米森太太可能會說的——掌握她自己的生命。沒有人對她怒目而視，沒有人的情緒讓她悽慘。

可是她會關心什麼？她怎麼知道她活著？

即使她逃離他——現在——克拉克仍在她生命中占據位置。然當她逃離了，只是繼續下去，要以什麼代替他的位置？什麼東西——什麼人——再能是這麼鮮明的挑戰？

她勉強止住了哭，可是又開始抖了起來。她眞是糟，需要振作起來，把持住自己。「把持住自己。」有時克拉克會告訴她，經過她縮成一團的房間，盡力不哭，那便是她得做的事。

他們在另一個鎮停下。從她上車以來這是第三個鎮，這表示她根本沒注意到他們過了第二個鎮。巴士一定有停，司機一定喊出鎮名，而她在恐懼的迷霧裡既沒聽見也沒看見。很快他們就會上主要公路，朝多倫多飛馳。

然後她就會失落了。

她就會失落了。上計程車和給新地址，早上起床刷牙進到世界裡去，有什麼意義？她爲什麼要找事、吃東西、搭公車從一個地方到另一個地方？

現在她的腳好像離身體極遠。她在不熟悉的挺直褲子裡的膝蓋好像有千斤重。她像一匹受傷的馬沉到地上再也爬不起來。

巴士已經載了在這鎮上等車的幾名乘客和行李。一個女人和一個嬰兒車裡的嬰兒正和某人揮手道別。他們背後的建築，當做巴士站的咖啡館，也在動。一陣溶解的浪潮經過磚塊和窗戶好似就要溶化。生命危險，卡拉拔起她龐大的身體，沉重的四肢，往前。她踉蹌而行，叫：「讓我下車。」

司機煞住車，惱怒說：「我以爲你要去多倫多？」大家不經意好奇看她，似乎沒人了解她在受苦。

「我得在這裡下。」

「後面有洗手間。」

「不，不，我得在這裡下。」

「我不等你。你明白了？你下面有行李嗎？」

「不用。知道了。沒有。」

「沒行李？」

巴士裡一個聲音說：「幽閉恐懼症。她的問題是。」

「你不舒服嗎？」司機問。

「沒。沒。我只是要下車。」

「好。好。我無所謂。」

「來接我。拜託。來接我。」

「我會來。」

*

西薇雅忘了鎖門。現在她意識到應該鎖上，而不是打開，但她已經開了，太遲了。

沒人。

可是她確信，確信那敲門聲是眞的。

她關上門，這次上了鎖。

有個好玩的聲音，一個清脆的輕擊聲，從窗戶那面牆傳來。她打開燈，沒看見什麼，就又關了。某種動物——可能是松鼠？窗戶間通往天井的法式門，也沒鎖。甚至沒關嚴，從她打開讓屋子透氣到現在，還開了約有一吋寬。就在她關門時有人笑了，很近，近到就和她一起在屋裡。

「是我。」一個男人說。「我嚇到你了嗎？」

他貼著窗玻璃，就在她旁邊。

「是克拉克。」他說。「馬路再過去不遠的克拉克。」

她不打算邀他進來，但怕當他面關上門。他可以在她關上前抓住門。她也不願打開燈。她穿了一件長T恤睡覺。應該從沙發上抓了被子披在身上的，可是現在太遲了。

「你要不要穿衣服？」他說。「我這裡拿的，可能正是你需要的東西。」

他手上有個購物袋。他把袋子推過來，但並不就試圖跟進來。

「什麼？」她以發顫的聲音說。

「看看就知道了。不是炸彈。這裡，拿去。」

她探手到袋子裡，沒看。柔軟的東西。然後她認出了外套上的釦子，襯衫的絲料，褲子上的皮帶。

「我只是想你最好拿回去。」他說。「是你的東西吧？」

她咬緊了下顎免得牙齒打顫。她的嘴巴和喉嚨突然驚人地乾燥。

「我知道這些是你的。」他和氣說。

她的舌頭動起來像一團羊毛。她勉力說：「卡拉呢？」

「你是說我太太卡拉？」

現在她能比較清楚看見他的臉了。看得出來他非常得意。

「我太太卡拉在家裡睡覺。在床上睡覺。在她屬於的地方。」

他是個既英俊看來又滑稽的男人。高，瘦，體格好，但帶了看來造作的駝背。臉上是故意、自覺的惡意神情。一綹黑髮掉在他額頭上，一點虛榮的髭，眼神看來既充滿希望又具嘲諷，永遠帶了一抹隨時要鬧彆扭的男孩似的微笑。

她從來就不喜歡看見他——她曾和里昂提過她不喜歡他，里昂說他只是不太自信，只是有點太友善。

他不太自信那點現在不會讓她更加安全。

「相當累了。」他說。「在她小小的歷險以後。你該看看你的臉——在你認出那些衣服後你該看看你的臉色。你想到了什麼？你以爲我謀殺了她？」

「我是意外。」西薇雅說。

「我敢說你意外。在你幫了她這麼大忙逃跑以後。」

「我幫她——」西薇雅相當吃力說。「我幫她是因爲她好像很苦惱。」

「苦惱。」他說，好像在檢查這詞。「我敢說她是很苦惱。在她跳下巴士然後打電話給我要我去接她時她是非常苦惱。哭得我簡直就聽不清她在說什麼。」

「她要回來？」

「是啊。她可眞想回來。她想回來想得歇斯底里了。她是個情緒上上下下的女孩。不過你大概不像我那樣了解她。」

「她好像滿高興要走的樣子。」

「她眞的高興？這，我只能拿你的話做準了。我不是來和你吵的。」

西薇雅沒說話。

「我來告訴你我不喜歡你多管我和我太太的生活。」

「她是個人。」西薇雅說，儘管知道最好是安靜。「除了是你太太。」

「我的天，是嗎？我太太是個人？眞的？謝謝你讓我知道。不過別跟我耍聰明。西薇雅。」

「我並沒耍聰明。」

「那就好。我很高興你沒耍聰明。我不想生氣。只是有一兩件重要事告訴你。一件是，不管什麼時候，我都不要你多管我和我太太的任何事。另外是，我不要她再到這裡來了。她也不特別想來，我很確定。這時她對你的看法不太好。你也該學學怎麼清自己的房子了。」

「現在，」他說。「現在，聽明白了嗎？」

「夠明白了。」

「噢，我希望眞的是這樣。希望是。」

西薇雅說：「是。」

「你還知道我想什麼嗎？」

「什麼？」

「我認為你欠我樣東西。」

「什麼？」

「我認爲你欠我——也許——你該向我道歉。」

西薇雅說：「好。如果你這樣認爲。對不起。」

他動了一下，可能只是伸手，他身體的動作讓她驚叫了起來。

他笑了。把手放在門框上，以免她關上。

「那是什麼？」

「什麼是什麼？」他說，好像她在使詐但行不通。但就在那時他看見了窗戶上的映象，飛轉身去看。

離屋不遠有一大片稍微低窪的地帶，在這季節經常布滿了夜霧。今晚那裡有霧，一直就在。可是這時在某個時刻有了變化。霧氣濃了，形成了獨立的個體，轉變成輻射明亮的東西。起初是個活蒲公英球，向前滾動，然後聚成一隻某種非人間的動物，純白，拼命地，像隻巨大的獨角獸，朝他們衝來。

「耶穌基督。」克拉克輕聲又虔誠說。抓住了西薇雅的肩膀。這一觸絲毫沒驚嚇到她——她以爲他或是在保護她或是在肯定自己而接受了。

然後那景象爆炸了。從霧氣裡，從那放大的光裡——現在看得出是一輛走後路的車子，可能在找停車的地方——從這裡面出現了一頭白羊。一頭舞動的小白羊，幾乎不比牧羊犬大。

克拉克放了手。他說：「老天你從哪裡來？」

「是你的羊。」西薇雅說。「不是你的羊嗎？」

「弗羅拉。」他說。「弗羅拉。」

那羊停在離他們一碼處，害羞了，低下頭。

「弗羅拉。」克拉克說。「你從哪裡來？把我們嚇了個半死。」

我們。

弗羅拉走近了一點但沒抬頭。拿頭去撞克拉克的腿。

「該死的蠢東西。」他發抖說。「你從哪裡來的？」

「她走失了。」西薇雅說。

「是啊。她走失了。根本沒想到會再看見她的。」

弗羅拉抬眼看。月光在她眼裡閃亮。

「把我們嚇得屁滾尿流。」克拉克對她說。「你是去找男朋友了嗎？嚇壞了。有沒有？我們以爲你是鬼。」

「是啊。」

「是霧氣的作用。」西薇雅說。她站到門外，到露台裡。相當安全地。

「然後是那輛車的燈光。」

「好像顯靈。」他說，漸漸恢復了。爲想到這形容而得意。

「就是。」

「外太空來的羊。你就是。你是隻該死的外太空來的羊。」他說，拍拍弗羅拉。可是當西薇雅伸出空的手去拍她——另一隻手還拿著卡拉穿過的衣服的袋子——弗羅拉馬上就低下頭好像準備抵觸。

「羊不好預測。」克拉克說。「牠們看來像馴服了可是並不眞的馴服。長大以後就不馴了。」

「她長大了嗎?她看來還小。」

「她再怎麼長也就是這麼大了。」

他們站在那裡看那羊,好似期待她爲他們提供更多話題。但顯然並非如此。從這時刻起他們既不能往前也不能往後。西薇雅相信她可能看見了一絲這樣遺憾的陰影掠過他臉上。

但他知道了。他說:「時間晚了。」

「我猜也是。」西薇雅說,就好像這是場一般造訪。

「好了,弗羅拉。該是我們回家的時候了。」

「如果我需要幫忙的話我會另外找人。」她說。「反正,我現在大概也不需要。」她幾乎帶笑補上。「我會置身你的事外。」

「自然。」他說。「你最好進去。會著涼的。」

「以前大家以爲夜霧危險。」

「這我是第一次聽到。」

「那就晚安。」她說。「晚安,弗羅拉。」

那時電話響了。

「對不起。」

他抬起一隻手掉轉身。「晚安。」

是茹絲打來的。

「欸,」西薇雅說。「計畫變了。」

她沒睡，想那小羊，牠從霧裡出現對她似乎越來越神奇。她甚至懷疑，也許，和里昂有點關係。如果她是詩人也許會寫首關於這事的詩。可是在她經驗裡她覺得詩人會寫的題材里昂並不感興趣。

卡拉沒聽見克拉克出去可是他進來時她聽見了。他告訴她他只是出去檢查穀倉。

「一陣子前有輛車經過，我不曉得他們在這裡做什麼。我非得出去看見沒事，不然沒法再睡。」

「那有沒有事？」

「看來沒事。」

「而既然起來了，」他說。「我想乾脆就到路那頭去看看。我把衣服還回去了。」

卡拉在床上坐了起來。

「你沒吵醒她吧？」

「她醒來了。沒事。我們稍微談了一下。」

「噢。」

「沒事。」

「你沒提任何那些事吧？」

「我沒提。」

「那些事都是捏造的。眞的是。你得相信我。那些都是謊話。」

「好啦。」

「你得相信我。」

「那我相信你。」

「都是我捏造的。」

「是。」

他上床。

「你的腳好冷。」她說。「好像弄濕了。」

「露水很重。」

「來。」他說。「我讀到你的條子時，就好像裡面空了。眞的。如果你眞要是走了，我會覺得裡面沒有東西了。」

晴天持續。在街上，在店裡，在郵局裡，大家說夏天總算到了，拿這來打招呼。草地上的草，連奄奄一息的莊稼都抬起頭來了。水窪乾了，爛泥回歸成土。暖風輕拂，大家覺得又想做事了。電話響了。詢問徑上騎馬、騎馬課程的事。夏令營取消了到美術館後，現在又有興趣了。小型廂形車開進來了，帶來一車車跳脫的學生。群馬脫去了氈子，沿著欄杆騰躍。

克拉克畢竟以好價錢弄到了一塊夠大的屋頂材料。「出走日」（他們這樣叫卡拉搭巴士那天）後的第一天他整天花在修理運動場的屋頂上。

有兩天，他們各自幹活時，他和卡拉會互相招手。如果她剛好經過他，而旁邊又沒人的話，卡拉會隔著他夏衣的薄料親他肩膀。

「你若再逃跑的話我就好好修理你。」他對她說，而她說：「你會嗎？」

「什麼？」

「好好修理我？」

「當然會。」他現在興致高昂，就像她剛認識他時一樣難以抗拒。

到處都是鳥。紅翅黑鳥，知更鳥，一對在天明時唱歌的灰鴿。好多烏鴉，和從湖來探查的海鷗，和大約一哩外坐在一棵死橡樹枝頭的大禿鷹。起初牠們只是坐在那裡，晾乾寬大的翅膀，偶爾騰空試飛一下，拍動翅膀一陣，然後安坐讓太陽去做工。一兩天後牠們恢復了，飛高起來，盤旋然後朝地面俯衝，消失在樹林裡，回來在熟悉的禿樹上休息。

莉吉的主人——喬伊．塔克——又出現了，曬黑了，而且友善。她只是厭倦了雨跑到落磯山裡去爬山度假了。現在她回來了。

「天氣正好。」克拉克說。很快他就和喬伊．塔克有說有笑好像什麼都沒發生過。

「莉吉看來很健康。」她說。「可是她的小朋友呢？她叫什麼來的？——弗羅拉？」

「走了。」克拉克說。「說不定她到落磯山去了。」

「那裡有很多野山羊。有漂亮的角。」

「我也是這樣聽說。」

有三四天他們忙得沒時間去查信箱。等卡拉打開，發現有電話帳單、若他們訂某雜誌就會得到一百萬元的承諾，和傑米森太太的信。

親愛的卡拉：

我最近一直在想過去這幾天來（相當戲劇性）的事，發現我自說自話可是實在是對你說話，經常我想一定得和你說話，即使——現在我能想到最好的方式了——只是以信件來說。

而且別擔心——你不必回信。

接下來傑米森太太說她恐怕介入卡拉的生活太深，而且誤以爲卡拉的快樂和自由是同一件事。她唯一關心的是卡拉的快樂，而現在她看得出來她——卡拉——必須在她的婚姻裡尋找。所有她能期望的，只是卡拉的潛逃和劇烈的情緒或許把她眞正的感情帶到表面來，又或許也讓她丈夫認識到他眞正的感情。

她說若從此卡拉要避開她她完全理解，以及她總會感謝在她生命中艱難的時刻有卡拉在旁。

在這一串事件裡最奇異也最美好的一件是弗羅拉再度出現。其實真像是奇蹟。這些時間她都在哪裡而為什麼偏偏選了那個時刻再度現身?我相信你丈夫一定向你描述過了。我們在露台門邊説話，我——面朝外——先看見了那白色東西——從夜色裡朝我們降下來。自然那是地面霧氣的效果。可是真的嚇人。我想我大聲尖叫。我一生從沒這樣驚嚇過，真的。我們兩個，兩個大人，僵住了，然後從霧氣中失落的小弗羅拉出現了。

這事必然有點不尋常的地方。我當然知道弗羅拉是隻普通動物，在她離開的期間可能都在試圖受孕。可以説她回來和我們人類的生活一點關係都沒有。然而她在那一時刻出現確實對你的丈夫和我都有深刻影響。當兩個因為敵意而分隔的人，都在同一時刻，為同一幻象而感到神祕——不，害怕，他們之間形成了一種連結，他們發現自己極其意外的聯合在一起了。以他們的人性而聯合——這是我唯一能想到的形容。我們分手時幾乎是朋友了。所以弗羅拉在我生命裡有個好天使的位置，可能在你丈夫和你的生活裡也是。

全心全意祝福，西薇雅·傑米森

卡拉一讀完信就揉成一團。然後在水槽裡燒掉。火焰驚人躍起，她打開水龍頭，然後舀起那可憎的黑玩意丟進廁所裡，就像她原本該做的那樣。

那天剩下的部分和第二天、第三天她都忙。那段時間裡她得帶兩隊人到徑上騎馬，得教小孩子課，有的單獨有的團體。晚上當克拉克用手臂環住她——現在他不管多忙，都不太累、不生氣——她發現合作不難。

好似在她肺臟某處有隻殺人尖針，若她小心呼吸，便不會感覺到。可是每隔不久她就得深呼吸一下，尖針還是在那裡。

西薇雅在她教書的大學鎮上租了間公寓。房子並沒要賣——或者至少屋前沒有牌子。里昂・傑米森得到了個身後獎——這消息登在了報上。這次沒提到錢。

當乾燥金黃的秋天來到——鼓舞人又賺錢的季節——卡拉發現她已習慣了那卡在內心的尖銳想法。那想法不再那麼尖銳了——其實，根本就不再讓她驚奇了。現在她裡面有個幾乎誘人的念頭，一個時常低伏的誘惑。

她只要抬起眼，只要朝一個方向看去，就知道她可能到哪裡去。只要一天的活計做完，便去晚間散步。到樹林邊，到那大禿鷹宴會的禿樹那裡。

然後草地裡骯髒的小骨頭。頭蓋骨上可能還黏了一點帶血的皮膚。一個像茶杯她可以拿在手裡的頭蓋骨。知識在手裡。

或可能不是。什麼都沒有。

其他事可能發生。很可能他把弗羅拉趕走了。或把她綁在卡車後面開到某個遠處放了。帶她回到他們買她的地方。不要她在身邊，提醒他們。

她可能自由自在。

日子過去，卡拉不走近那地方。她抗拒那誘惑。

1 我會沒寫的。原文是 I will be all write，其實應該是 I will be all right（我會沒事的）。right 和 write 同音，譯成中文難以兼顧音和義，爲了顧及下文提到 writing a note 部分，這裡取 write 的意思來譯。

機遇

一九六五年，六月過了一半，托倫斯屋的學期已經結束。茱麗葉拿的不是正式教職——她代課的老師復元了——現在可以準備回家了。但以她的說法，她要稍稍繞個道，去看北海岸的一個朋友。

大約一個月前，她和另一位教師——黃妮塔，她是唯一和她年歲相近的教職員，也是她唯一的朋友——去看一部重放的老片，叫《廣島之戀》。之後黃妮塔坦承她自己，就像片子裡的女人，愛上了一個有婦之夫——一個學生的父親。然後茱麗葉說她發現自己或多或少也是類似情況，但因爲他太太可悲的病情，沒讓事情繼續。他太太病得很重，幾乎腦死了。黃妮塔說她但願情人的太太腦死，可惜不是——她生龍活虎又有權有勢，能讓黃妮塔丟掉工作。

就在那之後不久，好似爲這種不値的謊言和半謊言所召喚，來了一封信。信封看來破舊，似乎在口袋裡待了一段時間，而且收信人只寫：「茱麗葉（教師），托倫斯屋，馬克街1482號，溫哥華，英屬哥倫比亞。」女校長把信給茱麗葉，說：「我想這信是給你的。奇怪沒有姓，不過地址倒是對了。想必是查得出來。」

親愛的茱麗葉，我忘了你教書的學校可是那天，突如其來的，我想起來了，因此好像是我該寫信給你的徵兆。我希望你還在那裡，不過除非工作實在糟不然你不會學期沒結束就不幹了，反正我看你不像中途而廢的人。

你喜歡我們西岸的天氣嗎？如果你以為溫哥華多雨，那想像兩倍的雨量，就是我們這裡的天氣。

我常會想到你坐直了看卑卑星星。你看我寫了早早，已經晚了，我該上床了。

安大致差不多。剛到家時我以為她惡化了很多，然主要是因我一下子看見了她在過去兩三年來惡化的情形。每天看見她時我沒注意到她的衰退。

我大概沒告訴你我會在瑞吉那裡停留去看兒子，他現在十一歲了。他和他媽媽住在那裡。我注意到他也變了很多。

我很高興終於記起了學校名字可是恐怕記不起你的姓。我還是把這信封起來希望能想起你的姓。

我常想到你。

我常想到你。

我常想到你ZZZZZ

茱麗葉搭的巴士將她從從溫哥華城中載到馬蹄鐵灣上渡輪。然後穿過一個大陸半島，上另一艘渡輪然後再上陸地，才到那發信男人住的鎮上。鯨魚灣。眞是快——連馬蹄鐵灣都還沒到——

就從城市變成荒野了。這整學期她都住在克理斯谷鎮的草坪和花園間，每當天氣放晴北海岸的山脈就像舞台帷幕進入視線。學校地勢隱蔽又很開化，石牆環繞，一年四季花朵綻放。學校周圍地區也是。修剪的花木蓬勃——山杜鵑、冬青、桂花和紫藤。可是還不到馬蹄鐵灣，眞正的森林，不是公園樹林，就到面前來了。從這裡開始便是——水和石、深色樹木、垂吊的苔。偶爾從什麼潮濕破敗的小屋升起一道煙，院子裡滿是柴薪、木料和輪胎、車子和汽車零件、壞掉或還有用的腳踏車、玩具，在沒有車庫或地下室的情況下，所有這些東西只好堆在外面。

巴士停的站根本不是像樣的鎮。有些地方就幾棟類似的房子——公司的房子——緊臨而建，可是大多數房子都像林裡的房子，各自在堆滿雜物的院子裡，好像建在相互可見的地方只是意外。除了經過的馬路，未鋪的路，沒有人行道。沒有鞏固的大建築來安置郵局或鎮公所，沒有修飾以做招徠的商店街段。沒有戰爭紀念碑、飲水噴泉、開花的小公園。有時有家旅館，但看來像酒吧。有時有家摩登的學校或醫院——滿像樣的，不過像棚子又矮又平板。

在某個時刻——特別是在第二艘渡輪上——她開始對這整件事腹中翻絞地不安起來。

我常想到你。

我常想到你。

那話只是大家說來安撫人，或是有點想要釣住人的。

但鯨魚灣總該有家旅館，或至少有家客棧。她會到那裡去。她把大行李箱留在學校了，以後再取。只有旅行袋扛在肩上，她不願太醒目。待個一晚。可能打電話給他。

然後說什麼呢？

說她剛好到這裡訪友？她的朋友，學校裡的黃妮塔，有個夏天住處——哪裡？黃妮塔在樹林裡有棟木屋，她是個愛好野外什麼都不怕的女人（和眞正的黃妮塔差很多，她難得不穿高跟鞋。）她的木屋剛巧離鯨魚灣不遠。既然已經看過木屋和黃妮塔，茱麗葉想說——她確實這樣想——既然她幾乎就在那裡了——她想乾脆就……

石，樹，水，雪。這些經常重組的東西，形成了六個月前，在聖誕節和新年間某一早晨，火車窗外的景觀。岩石巨大，有時突出，有時像石頭般平滑，深灰色或相當黑。樹木大都是常青樹，松、柏或是杉。柏樹——黑柏——上頭好像有額外的小樹，袖珍樹，直接栽在頂上。不是常綠的樹禿枝細長——可能是白楊、落葉松或是赤楊。有的樹幹上斑斑點點的。厚厚的雪罩在岩石頂上，黏在樹木的向風面上。一片柔軟平滑覆蓋在許多大大小小冰凍的湖上。只有在偶爾一見既深又狹水勢湍急的溪裡，水才免於結冰。

茱麗葉膝上攤了本書，但沒在讀。她的眼睛不放過經過的景觀。她獨自坐在一個雙人座裡，面對另一雙人座。這就是她晚上設床的地方。目前服務生在臥鋪忙著，拆除晚上的床鋪。有些地方，那些深綠帶拉鏈的帳子仍舊垂到地面。那布料有個氣味，像帳篷布的味，可能還帶了點睡衣和廁所的味。每當有人打開車廂隨便一頭的門，一陣清涼的冷風就灌進來。最後一批人去吃早餐了，其他人還沒回來。

雪上有足跡，小動物的足跡。一串串的珠子，繞圈子，不見了。

茱麗葉才二十一歲，但已經擁有古典研究的學士和碩士學位。她正在寫博士論文，不過暫時擱下到溫哥華一家私立女校去教拉丁文。她並沒受過教學訓練，但學校因意外空缺而聘了她。可能沒有別人來應徵。薪水低於任何合格教師可能接受的數目。但在仰賴微薄的獎學金許多年後，只要能賺錢茱麗葉就很高興了。

她高身材，皮膚白皙，細骨，淡棕頭髮，噴了膠水也沒法維持蓬起的髮型。她看來像個警醒的學生。頭抬得高高的，圓圓的下巴，薄唇寬嘴，微翹的短鼻，眼睛明亮，額頭總因用心或理解而泛紅。她的教授很喜歡她——這些時日只要有人修古語他們就很感激了，尤其是像她這樣有天分的——不過他們也擔心。問題在她是個女孩。如果她結婚了——那很可能，因爲以女學者來說她不難看——就糟蹋了她的和他們的苦功，如果她不結婚，可能變得枯寂孤立，在升遷上輸給男人（他們比較需要，因爲得養家）。而且她也沒法爲她所選的冷門古典研究辯護，去接受大家公認那無關緊要或黯淡的看法，像男人那樣輕易就擺脫掉。對男人來說基本上冷僻的選擇比較容易，他們大部分會很容易就找到願意嫁他們的女人。倒過來就不一樣了。

當學校表示願意聘她時他們都鼓勵她接下來。對你好。到外面世界去看看，見見世面。

茱麗葉已經習慣這種勸了，但聽到是出自這些看來或聽來不像自己曾熱切在眞正世界裡打過滾的他們不禁失望。在她長大的鎭上，她這種才智通常讓人歸成跛腳或多生一隻拇指一類，大家總很快就指出連帶的缺點——她不會用縫衣機或俐落綑紮包裹，或注意到她的襯衣露出來了。問題是她將來會怎樣。

連她父母都這樣，而他們是很以她爲傲的。她母親要她得人緣，因此鼓勵她學溜冰和彈鋼琴。兩樣她都不太情願做了，也都沒做好。她父親只要她能合群。你得合群，他告訴她，不然大家會讓你的日子難過。（這完全無視他，和尤其是茱麗葉的母親，他們自己並不怎麼合群，也沒太難過。也許他懷疑茱麗葉會那麼好運。）

我和大家很合得來，茱麗葉一進大學後說。在古典研究系，我非常合得來。我非常好。

然而在這裡大家意見還是一樣，來自似乎看重又喜歡她的老師們。他們的和顏悅色掩不住關切。到外面世界去，他們說。好似她到現在爲止都在烏有之鄉。

仍然，在火車上時，她很開心。

Taiga[1]，她想。她不知那是不是她要的字。可能是，就某程度而言，想像自己是一部俄國小說裡的年輕女人，到一個陌生、可怕又讓人振奮的地方去，那裡狼在夜間嗥叫，而她將遭遇命運。她不在乎這命運——在俄國小說裡——究竟會是悽慘的，還是悲劇性的，或兩者都是。反正，個人命運不是重點。吸引她的——讓她著迷的——正是在這前寒武紀地殼雜亂的表層所能找到的無所謂、重複、粗心和對諧和的鄙視。

一片影子出現在她眼角。然後一條穿長褲的腿進來了。

「這位子有人坐嗎？」

當然沒有。她能說什麼？

有帶子的便鞋，深膚色寬鬆長褲，深膚色和棕色格子夾克配帶深紅、深藍細線的襯衫，深紅領帶上面灑了藍色和金色的點。都是全新——除了鞋子——而且看來都有點太大，好像買了衣服後身體縮了一些。

他大約五十幾歲，幾縷閃亮的金棕色頭髮黏在頭皮上。（不會是染的吧？誰會染這麼一點頭髮？）臉上皮膚疙疙瘩瘩的，厚厚的像酸牛奶表面。

他醜嗎？醜，當然。他是醜，然而在她眼裡許多他那年紀的男人都醜。之後，她不會說他非常醜。

他眉毛揚起，淡色、汩出液體的眼睛睜大了，好像在投射友善之情。他在她對面坐下。他說：「外面沒什麼可看的。」

「是。」她低頭看書。

「欸。」好像他們間舒展了。「你要到哪裡？」

「溫哥華。」

「我也是。穿過整個國家。既然人在裡面了，不如就看看，是不是？」

「嗯。」

然他持續下去。

「你也是在多倫多上火車的嗎？」

「是。」

「我家在那裡，多倫多。我在那裡住了一輩子。你家也在那裡嗎？」

「不是。」茱麗葉說，又看起書來，努力延長這中斷時間。可是她裡面有樣東西──她的教養、她的尷尬，天知道可能是她的同情心，蓋過了她，讓她說出家鄉的名字，然後又給他幾個和比較大的城鎮的距離，相對於休倫湖、喬治亞灣的位置，以幫他確定它的所在。

「我在柯陵梧有個表親。那地方很好，北邊。我北上去看過她和她家人，一兩次。你單身旅行？像我？」

他一直拿一隻手拍另一隻手。

「是。」夠了，她想。夠了。

「這是我第一次出遠門的重大旅行。滿不得了的旅行，自己一人。」

茱麗葉沒說話。

「只因我看到你一個人在看書，我想說不定她自己一人也要走很長的路，說不定我們可以湊個伴？」

聽到那幾個字，**湊個伴**，一道冷流在茱麗葉內心升起。她明白了他並不是要釣她。有時讓人洩氣的是相當笨拙、寂寞又不吸引人的男人會大膽打她的主意，意味她也和他們一樣處境。可是他並非那樣。他要個朋友，不是女朋友。他要個伴。

茱麗葉知道，對很多人，她可能顯得怪異又孤獨——確實，在某一方面，她是。可是她大半生也有這樣經驗，覺得周圍都是想要搾乾她的注意力、時間和靈魂的人。通常，她任由他們去。幫他們，態度友善（尤其是若你不得人緣的話）——這是你在小鎮上也是在女生宿舍裡學到的。容許任何想要吸乾你的人，甚至是對你毫無所知的人。

她直視這個男人，不帶微笑。他看見她的堅定神色，臉上驚異抽搐了一下。

「你手邊的書好嗎？講什麼的？」

她不打算說是講古希臘的，而且希臘人對非理性的事物相當喜歡。她要教的不是希臘人，而似乎是教一門叫希臘思想的課，因此她重讀多德（Dodd），看看能學到什麼。她說：「我眞的想看書。我想到觀景車廂去。」

她起身走開，想不該說她要去哪裡，他可能會起身跟她，道歉，再來一番懇求。還有，觀景車廂裡會冷，她但願帶了毛衣。現在不可能回去拿了。

從火車後段觀景車廂所見的環繞景致，對她似乎不如從臥鋪的窗戶所見。現在總是有火車本身干擾，在前面。

可能問題在她冷，就像她預料的。而且心煩。但並不愧疚。再多一個時刻，她可能寧願他那濕冷的手——她以爲他的手不是濕冷就是乾粗——大概會交換姓名，她就給陷住了。這是第一次在這種場合她勉力得到勝利，卻是對付這樣一個最可憐最悲傷的對手。她現在聽得見他，咀嚼湊個伴幾個字。道歉和無禮。道歉出於他的習慣。而無禮來自希望或決心打破他寂寞的表面，他飢餓的心境。

那樣做有其必要但並不容易，一點都不容易。其實，若和一個這樣心境的人對抗會是更大勝利。會比若他是油猾或自信更大的勝利。可是暫時她多少覺得難受。

在觀景車廂只有另外兩人。兩個年紀大一點的女人，各自獨坐。在茱麗葉看見一頭大狼穿過一座小湖雪白完美的表面時，她知道她們也看見了。但沒人打破沉默，她爲這而高興。那狼毫不理會火車，既不遲疑，也不匆忙。他的毛很長，毛色從銀灰到白色都有。他是否覺得這樣他就隱形了？

在她看狼時，來了另一位旅客。一個男人，挑了她走道對面的位子坐下。他也帶了本書。接著來了一對年長夫婦——她小而輕巧，他大而笨拙，呼吸粗重而不屑。

「這裡冷。」他們坐定了後他說。

「你要我去幫你拿外套嗎？」

「別麻煩了。」

「不麻煩。」

「沒關係。」

過一會那女人說：「這裡風景顯然好多了。」他沒回答，她再試。「可以看見四面八方。」

「有什麼好看的。」

「等我們過山。那時就有可看的了。你還喜歡早餐嗎？」

「蛋太生了。」

「我知道。」女人安慰說。「我想，我應該就自己闖進廚房去的。」

「Galley。他們叫 Galley。」

「我以為那是在船上。」

茱麗葉和走道對面的男人同時由書本抬起眼來，眼神相交，帶著冷靜收斂的神情。就在這一兩秒中火車慢了下來，然後停了，他們掉轉視線。

他們到了林間一個小地方。一邊是車站，漆成深紅色，另一邊是房子，漆相同顏色。有人宣布要在這裡停十分鐘。

火車站月臺上的雪清掉了，茱麗葉朝前看，看見有些人下火車走動。她自己也想下車走走，可是沒外套不行。

走道對面的男人起身走到台階上，沒四下看看。某處門開了，溜進來一陣冷空氣。年老丈夫問他們在這裡幹什麼，到底這裡是什麼地方。他妻子到車廂前面去看站名，可是並沒看見。

茱麗葉正在讀狂熱崇拜[2]的事。儀式在冬季晚間舉行，多德說。女人們到帕那索斯山頂去，有一次，她們被暴風雪困在山上，需要一隊人去援救。那些被搶救下山的未來狂熱女信徒衣服硬得像木板，儘管狂熱，卻都接受救援。在茱麗葉看來，這很像現代行爲，給那些慶祝不休的人一點現代的理解。學生們也會這樣理解嗎？她們可能已經準備好抗拒任何可能的娛樂、任何參與，像學生可能的那樣。而沒有這樣準備的人大概不願表現出來。

宣布上車了，新鮮空氣切斷了，火車遲疑移動了。她抬眼看，看見前面遠處，引擎在拐彎處不見了。

然後一頓或一顫，那顫抖似乎穿過整列火車。從這高處，感覺得到火車在搖。然後突然停住了。

大家都坐等火車再開動，沒人說話。連那抱怨的丈夫也沉默了。幾分鐘過去了。門開開關關。男人的聲音喊叫，懼怕和不安的情緒擴散開來。從底下的俱樂部車廂，傳來了權威的聲音——可能是車掌。可是聽不清他說什麼。

茱麗葉站起來到車廂前面去，越過前面所有車廂看去。她看見一些人影在雪地上奔跑。

單獨的女人中有一人上來站到她旁邊。

「我覺得有事會發生。」女人說。「我那時就感覺到了，我們停下來時。我不願我們再開動，我覺得有事會發生。」

另一位單獨的女人來站在她們旁邊。

「不會有什麼事的。」她說。「可能是軌道上欄了樹枝。」

「火車前面有個東西。」頭一個女人說。「專門走在前面截住像欄在軌道上的樹枝的東西。」

「說不定是剛剛掉下來的。」

兩位女人說話都帶了北英格蘭腔，也不帶陌生人或熟人的禮貌。茱麗葉現在好好看了看她們，發現可能是姊妹，雖然其中一個臉孔比較年輕比較寬。所以她們一起旅行但分開坐。或者可能是她們吵了架。

車掌爬上觀景車廂的台階。上到中途，他轉身說話。

「大家不要擔心，看來好像有樣東西擋在軌道上。抱歉耽擱了，我們會儘快再開動，不過會在這裡待一下子。服務員告訴我不久下面這裡會有免費咖啡。」

茱麗葉隨他走下台階。她一站起來就意識到她有自己的問題，因此必須回到她的座位和旅行箱去，不管她冷落了的男人是不是還在那裡。當她穿過車廂時碰到了其他也在移動的人。大家把臉貼在車廂一邊的窗戶上，不然就是停在車廂間，好似期待門會打開。茱麗葉沒時間停下來詢問，可是在她溜過時聽見可能是隻熊，或麋鹿，或母牛。大家奇怪一頭母牛在這樹叢裡做什麼，或是熊爲什麼這時沒在睡覺，或是不是哪個醉漢在鐵軌上睡著了。

餐車裡大家坐在桌邊，白桌布已經取了下來。他們在喝免費咖啡。

沒人坐在茱麗葉的座位裡，也沒人坐在她對面的座位裡。她拎起旅行箱，急忙往洗手間走去。月經是她生命裡的折磨。以前曾偶爾影響到她三小時的重要筆試，因爲不能離場去加強裝備。

臉上發紅，肚子絞痛，有點頭暈噁心，她一把跌坐在馬桶上，取下浸透了的墊子，用衛生紙包好放進廁所供給的容器裡。站起來後她安上從袋裡取出的新墊子。看見馬桶裡的水和尿讓她的血染紅了，她伸手到沖馬桶的把手，才發現眼前有火車靜止時不要沖馬桶的警告。當然，那指的是火車停在火車站邊時，在那裡，沖出來的東西大家都可以看見，很不雅觀。這裡，她大概可以冒個險。

可是就在她再度碰把手時，她聽見了附近有聲音，不是在火車裡，而是在廁所凹凸不平的玻璃窗外。也許是火車工作人員經過。

她可以等到火車開動，但那要等多久？而且，若有人急著要用廁所呢？她決定只好蓋上馬桶蓋出去。

她回到自己的座位上。在她對面，一個四、五歲的小孩正拿了蠟筆在塗色簿上畫來畫去。他母親和茱麗葉說免費咖啡的事。

「雖然是免費，但要自己去拿。」她說。「你能不能看他一下我去拿？」

「我不要和她在一起。」小孩說，沒抬眼。

「我去拿。」茱麗葉說。就在這時一個侍者推著咖啡車進來了。

「這好。我不該那麼快抱怨的。」那母親說。「你聽說是具身體了嗎？」

茱麗葉搖搖頭。

「他連外套都沒穿。有人看見他下車走向前去，可是全沒料到他的行爲。他一定是走到轉彎的地方，讓火車司機看見時已經來不及了。」

前面幾個座位過去，在那母親邊的座位，一個男人說：「他們回來了。」在茱麗葉這邊，一些人站了起來，彎身去看。小孩也站起來了，把臉貼在玻璃窗上。他母親叫他坐下來。

「你塗的色。看你弄得一團糟，都塗到線外去了。」

「我不能看。」她對茱麗葉說。「我受不了看任何這種事。」

茱麗葉站起來看。她看見一小群人往火車站走去。有的人把外套脫下來了，堆在其中兩人抬著的擔架上。

「什麼都看不見。」茱麗葉身後一個男人對一個沒站起的女人說。「他們把他整個蓋起來了。」

並非所有低頭走在前面的男人都是火車員工。茱麗葉認出了在觀景車廂裡坐在她對面的男人。

過了十、十五分鐘後，火車開始移動了。轉彎處附近，在車廂兩旁看不出任何血跡。可是有個踩踏過的地方，一座鏟雪積成的雪堆。她後面的男人又站起來了。他說：「那裡大概是出事的地點，我猜。」又看了一下是否還有別的，然後轉身坐下了。火車並沒加速以彌補失去的時間，好像反而比先前走得更慢了。或許是出於尊敬，也或許是怕前面轉彎可能的狀況。領班侍者走遍車廂宣布午餐開始入座了，那母親和孩子立刻起身跟去。人們開始列隊而去，茱麗葉聽見一個經過的女人說：「眞的？」

和她說話的女人輕聲說：「她是這樣說的。都是血。所以火車壓過時血一定噴進來了——」

「別說。」

過後不久，隊伍停了，較早用午餐的人在吃的時候，那男人經過了——來自觀景車廂、有人看見他走在雪地裡的男人。

茱麗葉起身快速跟隨他。在車廂間黑冷的地方，正當他要推開面前沉重的門時，她說：「對不起。我得問你一個問題。」

這地方充滿了突發的聲音，沉重的輪子在鐵軌上發出的撞擊聲。

「什麼問題？」

「你是醫師嗎？你看見那個男人——」

「我不是醫師。火車上沒醫師。不過我有點醫學經驗。」

「他多大年紀？」

「難說。不年輕。」

男人以持重的耐心和些微不悅看她。

「他是不是穿了件藍襯衫？是不是黃棕色頭髮？」

他搖頭，不是回答，而是拒絕回答。

「你認識這人嗎？」他說。「若是這樣，你應該告訴車掌。」

「我不認識他。」

「那就，對不起了。」他推開門，走了。

當然，他以爲她滿懷可憎的好奇，就像大多人。都是血。那確實可憎，若你喜歡的話。

她絕不會和人說他們錯了，那裡面恐怖的玩笑。設若她講出來，人們會以爲她是出奇的粗魯和無情。而且在那誤解的一端——自殺者壓碎的身體——在講述中，似乎不會比她自己的經血更骯髒可怕。

絕不要告訴任何人。（其實她還是說了，幾年後，講給一個叫克莉絲塔的女人聽，那時她還不知道她的名字。）

可是她很想講一點這件事給什麼人聽。她拿出筆記簿，在裡面畫了線的一頁上寫信給父母。

我們還沒到曼尼托巴邊界，大部分人怪風景單調，但不能抱怨旅途上缺乏喜劇事件。今天早上我們停在北部樹林裡一個荒涼的小地方，都漆成可怕的火車紅。我坐在火車尾的觀景車廂裡，凍得要死，因為那裡他們小氣節省暖氣（想必是認為輝煌景色讓你不會注意到不舒適），我又懶得走回去拿毛衣。我們坐在那裡十分鐘還是十五分鐘，然後又開始了，我看見前面車頭轉過一個彎，然後忽然出了個可怕的聲響……

她和她父親母親一向都特意把娛樂性的故事帶到家裡來。這需要個人不但就事實也就個人在世界上的地位做些微的調整。起碼茱麗葉是這樣發現，在她的世界是學校時。她把自己變成了個相當優越、有力的觀察者。這一陣子既然她出門在外，這種眼光變成了習慣，幾乎是義務了。可是等她一寫下可怕的聲響，她發現自己沒法繼續了。至少，沒法以她一貫的語氣繼續。她試圖看車窗外，可是由同樣元素構成的景致已經變了。才不到一百哩，看來似乎氣候比較溫和。湖邊鑲了冰，而不是覆滿了冰。黑水、黑石在冬天的雲下，將空氣充滿了黑色。她看膩了，拿起她的多德，隨便打開，因爲，畢竟，她以前就讀過。每隔幾頁，她似乎就大肆畫線。她特別欣賞這些句子，可是她讀過後發現這些讓她一時雀躍的句子現在看來卻曖昧又讓人不安。

……由活人不完全的眼光看來是惡魔的行為，在死人更寬廣的理解裡卻是宇宙公正的一部分……

書從她手中溜下來，她眼睛閉上了，現在正和一些小孩（學生？）走過湖面。每當有人踩落，就出現一個五邊形，甚至美麗的裂痕，因此冰面看來像瓷磚地板。孩子們問她這些冰瓷磚的名字，她自信回答，抑揚五步格。可是他們笑了，冰上的裂痕因此加寬。那時她意識到了錯誤，知道只有正確的字可以解圍，但抓不住那字。

她醒來發現那同一男人，那個她跟到車廂間連連詢問的男人，坐在她對面。

「你睡著了。」他爲自己的話微笑。「顯然。」

她睡時頭往前垂下，像個老婦人，嘴角還有一行唾沫。還有，她知道得馬上到洗手間去，希望裙子上沒有痕跡。她說「對不起」（就像他上次最後對她說的），拿起旅行箱，盡可能從容走開去。

等她清洗整齊加強裝備回來了，他還在那裡。

他馬上就說話了。說要道歉。

「我想到我對你很粗魯。在你問我的時候——」

「是。」她說。

「你說得沒錯。」他說：「你對他的形容。」

在他那方面來說，這似乎不是給予，而更是直接且必要的交換。如果她不想說話他可能就會起身走開，並不特別失望，因爲他已經做了他來所要做的事。

可恥地，茱麗葉眼裡溢滿了淚水。突如其來，讓她來不及掉頭。

「沒關係。」他說。「沒關係。」

她急速點頭，好幾次，傷心地抽鼻子，用她終於在袋子裡找到的衛生紙擤鼻子。

「不要緊。」她說，然後直截了當告訴他發生的事。那男人怎樣彎身問她位子是不是有人，他怎樣坐下，她怎樣一直看車窗外當時不能了於是設法或假裝看書，他怎樣問她在哪裡上火車，發現她住的地方，又一直努力交談，直到她起身走掉。

她唯一沒告訴他的是那個說法，湊個伴。她覺得若說出那個詞她又會哭起來。

「一般人打斷女人。」他說。「比打斷男人容易。」

「是。他們是這樣。」

「他們認爲女人比較客氣。」

「可是他只不過要個說話的人。」她說，移了一下邊。「他想要一個人，勝過我不想要。現在我知道了。我看起來不兇狠。也不冷酷。然而我是。」

停頓一下，等她再度控制住抽泣和淚水。

他說：「難道以前你從沒想要過對人那樣嗎？」

「想過。可是我從沒做過。從沒做到那地步。而爲什麼我這次做了——只因爲他那麼卑微。他還穿了可能是爲旅行才特地買的全新衣服。他可能情緒消沉，想旅行是個遇見人和交朋友的好方法。

「如果他去的地方不太遠——」她說：「可是他說要到溫哥華去，那我就得和他耗在一起。好幾天。」

「是。」

「我眞的可能會。」

「是。」

「所以。」

「倒楣。」他說，微微笑了一下。「你第一次鼓足勇氣對付人，他就臥軌了。」

「很可能是最後一擊。」她說，現在有點覺得要自衛。「很可能就是。」

「我猜將來你只好小心了。」

茱麗葉抬起下巴定定看他。

「你的意思是我誇張了。」

然後一件像她的淚水一樣出人意外的事發生了。她的嘴巴抽搐起來。邪氣的笑聲揚起。

「我猜那是有點過分。」

他說：「有點。」

「你認為我在做戲？」

「那很自然。」

「可是你認為那樣是錯的。」她說，抑住了笑聲。「你認為覺得過失只是種耽溺？」

「我所認為的是——」他說：「我認為這是件小事。在你的生命裡會有事情發生——事情必然會在你生命裡發生——讓這事顯得微小。別的讓你覺得愧疚的事。」

「可是，大家不都常這樣說嗎？對比較年輕的人？他們說，噢，將來你就不會這樣覺得了。你等著看吧。好像你沒有認眞感覺的權利。好像你沒法。」

「感覺，」他說：「我講的是經驗。」

「可是你多少在說愧疚感沒有用。大家都那樣說。是眞的嗎？」

「你告訴我。」

他們這樣談了好一陣子，低聲的，但十分堅持，以致經過的人有時看來吃了一驚，甚至覺得受到了觸犯，像人有時在旁聽到似乎沒必要的抽象爭論時會有的反應。過了一陣，茱麗葉意識到，雖然她在爭辯——相當雄辯，她想——為了愧疚感在公共和私生活裡的必要，暫時，她已絲毫不再感到愧疚了。你甚至可以說她相當愉快。

他建議到客車廂去，可以在那裡喝咖啡。一到那裡茱麗葉發現她挺餓，雖然午餐時間早已結束。只買得到蝴蝶結麵包和花生，她大口猛吃，先前那深思、微帶競爭性的談話已經無法挽回。因此他們只好談自己。他名叫艾瑞克·坡提亞斯，住在一個叫鯨魚灣的地方，在溫哥華以北的西岸。可是他並不是直接到那裡，而要在瑞吉那停，去看一些他很久沒見的人。他是個漁夫，捕蝦。她問他所提過的醫學經驗，他說：「噢，並不很廣。我學過一點醫。你在樹林裡或船上時，什麼都可能發生。發生在和你一起工作的人身上。或是發生在你自己身上。」

他已婚，太太叫安。

八年前，安因車禍受傷。有幾個星期昏迷不省。從昏迷中恢復了，但還是癱瘓，不能走路，也不能自己吃東西。她似乎知道他是誰，也知道照顧她的女人是誰——有了這女人幫忙他才能讓她住到家裡——可是她試圖說話和理解周圍事情的努力很快就消退了。

他們才去了一個派對。她並不特別想去，可是他要去。然後她決定自己走路回家，對派對不太開心。

一群來自另一個派對的醉漢把車子開出馬路撞倒了她。青少年。

幸好，他和安沒有小孩。是的，幸好。

「你講給人聽，他們覺得必須說，眞慘。眞是悲劇。諸如此類。」

「你能怪他們嗎？」茱麗葉說，她自己正差點說類似的話。

不能，他說。然而整件事比那要複雜一點。安覺得是個悲劇嗎？可能不覺得。他呢？那是件你得適應的事，是種新的生活。如此而已。

所有茱麗葉和男性的愉快經驗都來自幻想。一兩個電影明星，漂亮的男高音——不是強壯無情的男主角——在某張《唐・喬凡尼》的老唱片裡。亨利五世，像她在莎士比亞裡讀到的，和勞倫斯・奧利佛在電影裡演的。

荒唐、可憐，但有誰需要知道！實際生活裡的經驗是羞辱和失望，那些她都儘快拋出腦後。有在高中舞會上，陷身在其他沒人要的女孩子的聒噪裡的經驗，還有在大學和她甚至不是很喜歡的男生——他們也不太喜歡她——約會時覺得無聊但盡力表現出有聲有色的樣子。去年和她的論文指導教授的姪子出去並且破身——你不能說是強姦，她自己也下定決心——深夜在威里斯公園的地上。

回家路上他向她解釋她不是他的那一型。她覺得羞辱到——甚至在那時意識到——沒法回嘴說他也不是她的。

她從沒對任何特殊的眞男性產生幻想——尤其是她的老師們。年紀大點的男士——在眞實生活裡——她覺得似乎有點反胃。

這男人有多大了？他結婚起碼八年了——而且可能還多兩年，兩年或三年。這樣他大概就有三十五或三十六歲。他的頭髮黑而捲，鬢邊有點灰了，額頭寬廣而歷經風霜，肩膀強壯微駝。他幾乎不比她高。眼睛分得很開，深沉、熱切卻又滄桑。下巴圓圓的、帶了渦、好鬥。

她告訴他她的工作、學校的名字——托倫斯屋。（「要不要打賭是叫特忍？」）她告訴他她不是個眞正的老師，而是他們對只要有大學時主修希臘或拉丁文的人就滿意了。幾乎沒人修這些課了。

「那你為什麼修呢?」

「噢,大概就為了不同吧,我猜。」

然後她告訴了他她一向都知道不該告訴任何男人或男孩的事,怕他們立刻就失去了興趣。

「還有因為我喜歡。我喜歡那玩意。我眞的喜歡。」

他們一起晚餐——各自喝了一杯葡萄酒——然後上到觀景車廂,坐在黑暗裡,只有他們兩人。這回茱麗葉帶了毛衣。

「大家可能都以為晚上這裡沒什麼可看的。」他說。「可是看看在晴朗的晚上看得見的星星。」

天空確實晴朗。沒有月亮——至少還沒有——星星密集出現,既微弱又明亮。而就像任何住在或在船上工作的人,他熟悉天空的星圖。她只找得出大熊星座。

「那就是你的起點。」他說:「取勺子邊和把手正對面的兩顆星。找到了嗎?它們是指標。跟隨它們。跟隨它們,就可以找到北極星。」等等。

他替她找到獵戶星座,說在北半球那是冬季主要的星座。還有天狼星座、狗星,一年中那個時候是整個北方天空最亮的星。

茱麗葉樂於接受教導,但也樂於輪到她自己做教員。他知道名字但不知道歷史。

她告訴他奧萊恩給印諾皮恩弄瞎了,但藉直視太陽而得回了視力。

「他被弄瞎是因為他太漂亮了,可是希非斯特斯來救他。後來他還是給殺了,阿特米斯殺的，但被變成了星座。通常在某個眞正有價値的人碰到麻煩時就會這樣，給變成了星座。仙后座在哪裡？」

他指引她到不是很明顯的W。

「本來應該是一個坐著的女人。」

「那也是因爲美麗。」她說。

「美是危險的？」

「正是。她嫁給了衣索匹亞國王，是安卓米妲的母親。她自誇美貌，懲罰是被放逐到天上。不是也有顆安卓米妲嗎？」

「安卓米妲是個銀河系。今晚應該看得見的。它是肉眼可見最遠的東西。」

即使是指引她，告訴她望哪裡的天空，他從沒碰過她。當然了。他已婚。

「誰是安卓米妲？」他問她。

「她被綁在大石邊，可是佩西亞斯[3]救了她。」

*

鯨魚灣。

一個長碼頭，一些大船，一座加油站兼商店，窗上有張招牌說也是巴士站和郵局。

停在店旁的一輛車窗裡有個自製的計程車招牌。她就站在從巴士下來的地方。巴士開走了。

計程車喇叭響了。司機下車走向她。

「你自己一人。」他說。「到哪裡去？」

她問有沒有遊客住的地方。顯然沒有旅社。

「我不曉得今年是不是有人出租房間。我可以到裡面問問他們。你這裡沒認識的人嗎？」

沒辦法，只好說出艾瑞克的名字。

「噢沒問題，」他鬆口氣說。「上車，我們馬上就把你送到那裡去。可是不巧，你幾乎錯過了守靈。」

起初她以爲他說的是守候。還是狩獵？她想到了捕魚比賽。

「傷心時候。」司機說，現在到了方向盤後。「不過，她永遠好不了了。」

守靈。妻子。安。

「別在意。」他說。「我看還是會有些人在的。當然你錯過了喪禮。昨天。好大的場面。走不開嗎？」

茱麗葉說：「走不開。」

「我不該叫守靈的，是不是？人還沒葬以前叫守靈，對不對？我不知道葬禮後的叫什麼。不好叫派對吧？我可以就送你到那裡，讓你看看所有的花和禮物，好不好？」

內陸，遠離公路，在約四分之一哩顛簸的泥巴路後，是鯨魚灣聯合墓園。靠近圍欄是座完全埋在花裡的土堆。凋萎的鮮花，鮮艷的假花，一支寫了姓名日期的小木頭十字架。細長捲起的緞帶吹得滿墓園草地都是。他帶她看所有的溝痕，昨天那一大堆車子造成的混亂。

「半數的人從沒見過她。可是他們認識他，所以還是來了。大家都認識艾瑞克。」

他們掉轉頭往回開，但並不一直開到公路。她想告訴司機她改變主意了，她不想拜訪任何人，她想要在店裡等往另一方向的巴士。她可以說她確實把日子搞錯了，現在錯過了葬禮太不好意思，不願到場了。

可是她沒法開口。而且不管怎樣，他都會把她的事說出去。

他們順著狹窄曲折的小路，經過幾家房子。每次他們經過一條車道而沒停，她總有暫時開脫了的感覺。

「這可就奇了。」司機說，現在他們轉進了車道。「大家呢？一個鐘頭前我開過時還有半打的車。連他的卡車也不在了。派對結束了。對不起，我不該那樣說的。」

「如果沒人在這裡，」茱麗葉急切說：「我可以就掉頭回去。」

「噢，總是有人在這裡的，別擔心。愛妻在這裡。她的腳踏車在那邊。你見過愛妻嗎？你知道嗎，是她照料一切？」他出了車子給她開門。

茱麗葉一下車，一隻大黃狗就衝過來吠叫，一個女人從房子陽臺喊。

「欸，走開，佩特。」司機說，收了錢，很快進了車子。

「別叫。別叫，佩特。安靜。她不會傷你的。」女人喊。「她只是隻小狗。」

茱麗葉想，儘管佩特是隻小狗，未必就不會把你撞倒。現在又來了一頭紅棕色狗加入混亂。

女人走下台階叫：「佩特。闊吉。識相點。如果牠們以為你怕牠們，只更會纏著你不放。」

她的只會聽來像子會。

「我不怕。」茱麗葉說，黃狗的鼻子擦到她手臂時就往後一跳。

「那就進來。閉嘴，你們兩個，不然我就打你們的頭。你弄錯葬禮時間了嗎？」

茱麗葉搖頭表示歉意。她自我介紹。

「欸可惜。我是愛妻。」她們握手。

愛妻是個高大寬肩的女人，身體厚實但不鬆垮，泛黃的白髮鬆鬆披在肩上。她聲音有力堅定，帶了寬厚的喉音。是德國、荷蘭，還是斯堪地納維亞的口音？

「你最好在廚房這裡坐。亂得一團糟。我給你拿咖啡。」

廚房明亮，高聳的天花板上有片天窗。盤子、杯子和鍋子堆得到處都是。佩特和闊吉乖乖跟愛妻進了廚房，舔起了愛妻放在地板上的烤盤裡的東西。

廚房過去，上兩級寬台階，有間陰暗、洞穴似的客廳，大坐墊拋在地板上。

愛妻在桌邊拉出一張椅子。「現在坐下。你坐這裡喝點咖啡吃點東西。」

「不用了。」茱麗葉說。

「不行。有我剛泡的咖啡，我一邊做事一邊喝我的。還剩了好多吃的。」

連同咖啡，她還在茱麗葉面前放了一片派——鮮綠色，還覆了某種塌陷的烤蛋白。

「蘭姆果凍。」她說，不禁讚賞。「說不定吃起來還不錯。不然還有大黃派。」

茱麗葉說：「好。」

「這裡眞亂。守靈後我清理過，全都整理好了。然後是喪禮。現在喪禮完了我得再清一遍。」

她的聲音裡滿是忿忿不平。茱麗葉不免說：「我吃完了幫你。」

「不行。我可不能讓你。」愛妻說。「我每樣東西都知道。」她四下移動，不快，但目的分明又有效率。（這種女人從不要你幫忙。她們看得出來你是什麼貨色。）她繼續擦乾玻璃杯、盤子和刀叉，然後放進碗櫥或抽屜裡。然後刷洗鍋子和煎鍋——包括她從狗那裡收回來的——泡在肥皂水裡，刷洗桌面和料理檯面，擰乾抹布好像擰雞脖子。還和茱麗葉講話，間間斷斷的。

「你是安的朋友嗎？以前認識的？」

「不是。」

「不是。我覺得你不是。你太年輕了。那你為什麼來參加她的葬禮？」

「我不是來參加葬禮的。」茱麗葉說。「我不知道。我只是來看看。」想讓這聽來像是心血來潮，好像她有很多朋友，她到處漫遊隨意拜訪。

愛妻專心一意奮力擦亮一隻鍋子，刻意不回答。她讓茱麗葉等她又擦完了幾隻鍋子才回應。

「你來看艾瑞克。找對了地方。艾瑞克是住這裡。」

「你不住這裡吧？」茱麗葉問，好像這樣可以改變話題。

「不。我不住這裡。我住在這山坡再下面一點的地方，和我先生。」先生這詞帶了重量，帶了尊嚴，又帶了責備。

沒先問，愛妻給茱麗葉的咖啡杯加滿，也加滿自己的。她給自己拿了片派。底下一層紅色而上面一層乳白。

「大黃果凍。不吃掉就變壞了。我不需要，還是吃。說不定給你一片？」

「不了。謝謝你。」

「現在。艾瑞克走了。今晚不回來。我想不會回來。他到克莉絲塔那裡去了。你認識克莉絲塔嗎？」

茱麗葉緊緊搖頭。

「住在這裡我們都知道別人的情況。我們清楚得很。我不知道你住的地方是什麼樣。溫哥華？」（茱麗葉點頭。）「城裡，不一樣。像艾瑞克這麼好，照顧他太太一定要人幫忙，你懂嗎？我就是幫他的那一個。」

茱麗葉不智地說：「可是你不拿錢嗎？」

「當然我拿錢。但這不只是工作而已。還有他需要女人幫別種忙的地方，他需要那。你懂我說的嗎？不是一個女人對丈夫式的，我不相信那種，那不好，是造成爭吵的法子。艾瑞克先有仙德拉，後來她搬走，就有了克莉絲塔。有一小段時間，仙德拉和克莉絲塔同時，可是她們是好朋友，沒有關係。可是仙德拉有孩子，她要搬到比較大的學校去。克莉絲塔是個藝術家。她拿海灘上找到的木頭做東西。那種木頭叫什麼？」

「浮木。」茱麗葉不情願說。因爲失望和羞恥而癱瘓了。

「對了。她把它們拿到一些地方去，他們代她賣。很大件的東西。動物和鳥，但不是眞的。不是眞的？」

「不寫實？」

「是。是。她從沒有過小孩。我想她不會想要搬走。艾瑞克跟你講過這嗎？你還要不要咖啡？壺裡還有一點。」

「不。不，謝謝。他沒講過。」

「原來這樣。那現在我跟你講了。如果你喝完了我就拿杯子去洗。」

她繞道拿鞋去撥弄躺在冰箱另一邊的黃狗。

「得起來了。懶丫頭。我們很快就要回家了。」

「有一班回溫哥華的巴士，八點十分經過。」她說，背對廚房在水槽前忙。「你可以和我回家，時間到了我先生開車送你去。你可以在我家吃飯。我騎腳踏車，我慢慢騎，讓你趕得上。就不遠。」

這緊接的未來似乎就已這樣穩穩決定，茱麗葉毫不考慮就起身找皮包。卻又坐了下來，在另一張椅子上。從這裡看廚房的新視野讓她下了決心。

「我想留在這裡。」她說。

「這裡？」

「我沒多少東西要拿的。到時我就走到巴士站去。」

「你怎麼認得路？有一哩遠。」

「那不遠。」茱麗葉對路徑不太有把握，可是想，反正，只要往坡下走就好了。

「他不會回來，你知道。」愛妻說。「今晚不會。」

「那無所謂。」

愛妻大大地，可能是不屑地，聳了聳肩。

「起來，佩特。起來。」她回頭說：「闊吉留下來。你要牠在裡面還是外面？」

「我想外面好了。」

「那我就把她綁起來，這樣她就不能跟了。她可能不願和個陌生人在一起。」

茱麗葉沒說話。

「我們出去時門就鎖上了。你懂嗎？所以如果你出去了要再進來，就按這個。可是你走時不用按。它自己會鎖上。懂嗎？」

「懂。」

「以前我們不用鎖的，可是現在陌生人太多了。」

他們看了星星後，火車在威尼佩格停了一陣。他們下火車在冷風裡走了一下，那風冷得讓人呼吸困難，更不用說談話了。等再度上了火車，他們坐在客車廂裡，他叫了白蘭地。

「幫我們暖起來，也幫你入睡。」他說。

他不睡。他要坐到在瑞吉那下車，大約在清晨前。

他陪她走回她的車廂時，大部分臥鋪已經鋪好了，深綠帘子把走道弄窄了。所有車廂都有名字，她的車廂叫米拉米奇。

「這裡就是了。」在車廂間的地方，她輕聲說，他已經用手替她推門了。

「那，就在這裡說再見了。」他收回手，他們在震動中穩住自己，他才能好好吻她。吻完他並沒放手，而是摟住她撫摸她的背，然後上下吻她的臉。

可是她抽開身，急切說：「我是個處女。」

「是，是。」他笑了，吻她的頸，然後放開她，爲她推開身前的門。他們走過走道直到她找到自己的臥鋪。她緊貼帘子，轉身，滿心期待他再吻她或撫摸她，可是他溜了過去，好似他們是意外相遇。

多蠢，多糟。擔心，當然了，怕他撫摸的手會更往下，到她腰帶上打結固定衛生棉的地方。如果她是那種靠衛生棉條的女孩就不會是這樣了。

而且爲什麼處女？在她已經在威里斯公園忍受過那一番不愉快，以確定處女身分不會再是阻礙以後？她一定是想到了怎樣告訴他——她絕不會告訴他她正來經——若事情進一步發展的話。而且，他怎可能會有那樣計畫？怎麼做？在哪裡？在她臥鋪，地方窄小，周圍都是可能還清醒的陌生人？站著，晃來晃去，緊貼住隨時可能會有人來推開的車門，在車廂間危險的空隙裡？

他不像那種會那樣做，那樣說的男人，可是她忍不住想像。

她清醒躺到深夜，然火車在瑞吉那停下時睡著了。

*

獨自一人，茱麗葉可以在屋裡四下走動看看。可是她沒。她起碼要二十分鐘，才能擺脫愛妻這人。並非她怕愛妻會回來查看她，或拿什麼忘了的東西。愛妻不是那種會忘東西的人，就算是在一天忙亂以後。若她認為茱麗葉偷了東西，會乾脆就趕她出去。

反正，她是那種占據空間的女人，尤其是廚房。茱麗葉視線所及每樣東西都說屬於愛妻，從窗檻上的盆栽（香草？）到砧板到擦亮的塑膠地板。

等她勉力把愛妻推開，不是推出廚房，而是推到老式的冰箱邊，茱麗葉撞上了克莉絲塔。艾瑞克有個女人。當然他有。克莉絲塔。茱麗葉看見一個比較年輕，比較誘人的愛妻。寬臀，有力的手臂，長髮——一色金黃，沒有白髮——胸部在寬鬆的襯衫下明顯擺蕩。同樣囂張——而在克莉絲塔身上，性感——缺乏帥氣。同樣意味深長地咀嚼然後吐出說的話。

另有兩個女人來到她心中。布莉賽斯和克萊賽斯。阿基里斯和阿格門農的玩物。兩人的形容都是「面頰姣好」。教授念到那字時（她現在記不得了），額頭變得粉紅而且好像抑住了笑聲。從那時刻起，茱麗葉就鄙視他。

所以，若克莉絲塔竟是個比布莉賽斯／克萊賽斯更強悍、更北方人作風的人，茱麗葉是不是也要開始鄙視艾瑞克呢？

可是，若她走到公路上了巴士，怎麼可能會知道呢？

其實她根本沒打算上那巴士。看來如此。沒有愛妻礙事，她比較能弄清自己的心意。她終於起身，又泡了些咖啡，然後倒進一只馬克杯裡，不是愛妻拿出來的那種杯子。

她太亢奮了，不餓，可是檢視料理檯上的瓶子，想必是守靈時人家帶來的。櫻桃白蘭地，桃子烈酒，咖啡甜酒，甜苦艾酒。這些瓶子都開過，但裡面的東西並不吃香。大家眞正喝的是從愛婁排在門邊的空瓶裡倒出來的。琴酒和威士忌，啤酒和葡萄酒。

她倒了咖啡甜酒到咖啡裡，然後帶著酒瓶上台階到大客廳去。

正是一年中白天最長的時節。可是這一帶的樹，那些高大茂密的長青樹和紅枝條的楊梅樹，遮去了下沉的陽光。天窗保持廚房明亮，而客廳的窗戶不過是牆上幾條細縫，那裡已經開始暗了下來。地板沒鋪——破舊的老地毯攤在方形夾板上——家具也古怪不全。大部分是坐墊，散放在地上，兩隻皮面裂縫的坐袋。一隻巨大的皮椅，可以後仰又有腳托的那種椅子。一張沙發，上面披了一張手工縫製但是破舊的拼花被，一架古老的電視機，還有磚頭加木板的書架——上面沒有書，只有一疊疊的《國家地理雜誌》，加上一些帆船雜誌和《流行機械師》雜誌。

愛婁顯然還沒時間清理這間。菸灰缸倒翻到地毯上的地方還有污跡。到處都是屑。茱麗葉想可以找找吸塵器，如果有的話，可是緊跟就想到就算她會開動，一定會有什麼地方出錯——譬如，薄地毯可能會讓吸塵器吸起來絞進去。所以她就坐在皮椅裡，咖啡少了就加咖啡甜酒進去。

這海岸很少東西她喜歡。樹太大又擠在一起又沒有個性——只不過形成樹林。山太雄偉太難理解，浮在喬治亞海峽水面的島嶼總是太好看了。這棟房子，具有寬敞的空間、傾斜的屋頂和粗糙的木料，樸質又帶了自覺。

狗不時叫叫，但並不緊急。也許她想進來有人做伴。可是茱麗葉從沒有過狗——屋裡有隻狗就有了證人，而不是伴侶，會讓她覺得不舒服。

說不定狗是為了前來探索的鹿，或熊，或美洲豹而叫。溫哥華報上曾有過美洲豹的報導——她認為是在這一岸——很傷了一個小孩。

誰願意住在一個得和虎視眈眈又會攻擊人的動物分享任何室外空間的地方呢？*Kalipareos*。面頰姣好。現在她想起來了。荷馬的字在她的鉤子上閃亮。除此之外，現在她突然知道了她所有的希臘詞彙，所有她過去這近六個月來收進櫥子裡的東西。因爲她不教希臘文，就收起來了。

事情就是這樣。你把東西收起來一下子，不時到櫥裡找別的東西，卻想起來了，你想說，快了。然後它就變成了只是在那裡的東西，在櫥子裡，加上別的東西堆在它前面和上面，最後你再也不去想它了。

你明亮寶貝的東西。你不想了。一度你不能想像失落的東西，現在成了幾乎沒法記起來的東西。

事情就是這樣。

而就算沒收起來，就算你每天以它維生呢？茱麗葉想到學校裡的其他老師，他們大多並不眞喜歡所教的東西。拿黃妮塔來說，她選擇西班牙文是因爲那搭配她的基督名字（她是愛爾蘭人），還有她想要說好西班牙文，旅行時可用。你不能說西班牙文是她的寶貝。

並不多人，很少人，有樣寶貝，若是有必得好好守住。絕不能教人暗算，讓它給奪走了。咖啡甜酒加咖啡發生了某種效用。讓她覺得無所謂，可是強而有力。讓她覺得艾瑞克畢竟不那麼重要。他是一個她可能玩玩的人。就是玩玩這詞。就像愛弗黛提所做的，跟安奇瑟斯。然後某天早晨她就溜走了。

她起身找到了浴室，然後回來躺在沙發上，蓋了拼花被——瞄到沒注意到上面闊吉的毛，和牠的味道。

等她醒來天已經大亮，雖然照廚房的鐘才六點二十分。她頭痛。浴室裡有瓶阿斯匹靈——她服了兩顆，清洗了一下，梳頭髮，從袋裡拿出牙刷刷牙。然後泡了一壺新鮮咖啡，吃了一片家烘麵包，連加熱或上奶油都省了。她坐在廚房桌邊。陽光，從樹梢滑下來，在平滑的楊梅樹幹上濺了點點紅銅色。闊吉吠了起來，吠了好一陣子，直到卡車轉進了車道才安靜下來。

茱麗葉聽到卡車門關上，聽到他對狗說話，恐懼襲來。她想躲到什麼地方去（後來她說，我簡直就要爬到桌底下去了，可是她當然沒想到做那樣可笑的事）。就像在學校裡宣布得獎人之前的那一刻。只不過是更糟，因爲她沒什麼希望。也因爲她生命裡再也不會有任何事意義這樣重大了。

門開時她沒法抬眼。膝蓋上兩手指頭交纏，緊緊絞在一起。

「你在這裡。」他說。他得意又愛慕地笑，好似朝一件極大膽妄爲的事。他張開手臂時，就像一陣風吹進房間讓她抬起眼來。

六個月前，她並不知道這男人存在。六個月前，那喪生於火車輪下的男人還活著，可能正在挑旅行的衣服。

「你在這裡。」

她從他的聲音裡聽得出來他在宣示她是他的。她站起來，相當麻木地，看見他比她記得的來得老、重、又且任性。他朝她走來，她覺得自己從頭到腳給洗劫一空，溢滿了放鬆之情，快樂襲來。這眞令人驚奇。簡直就像恐慌。

原來艾瑞克並不像他假裝的那麼吃驚。昨晚愛妻打電話給他，警告他來了個怪女孩，朱麗葉，自願替他查看女孩是不是上了巴士。他不知怎麼想的，甘冒她可能那樣做的險——試驗命運，也許——可是愛妻打電話來說女孩還沒走時，他爲自己感到的歡欣驚訝。仍然，他並沒馬上就回家，也沒告訴克莉絲塔，雖然他知道得告訴她，很快就得告訴她。

所有這些是朱麗葉在接下來幾星期和幾個月裡一點一點吸收的。有的來得意外，有的來自她輕意地追問。

她自己透露的（關於不是處女）看來便不太緊要了。

克莉絲塔並不像愛妻。臀不寬，也沒金黃頭髮。她是個黑髮、清瘦的女人，慧黠，有時憂鬱，在未來的年歲裡她將成爲朱麗葉最好的朋友和依靠——儘管她總不完全放棄轉彎抹角取笑她的習慣，那是深藏的競爭做嘲弄的閃爍。

1 taiga字義爲針葉樹林帶。

2 狂熱崇拜（maenadism）：米娜德（Maenad）是酒神的女信徒，狂熱崇拜指在酒神祭典中，女信徒會有瘋狂的行爲。

3 Perseus，或譯柏修斯。

兩方側面相對。一邊是頭純白的小牝牛，樣子特別好脾氣又溫柔，另外是個綠臉的男人，既不年輕也不老。他似乎是個小官員，可能是個郵差——他帶了那種帽子。嘴唇蒼白，眼白發亮。一隻也許是他的手從畫的下方抬起來，奉上一棵小樹還是茂盛的枝條，上面結了寶石果實。

畫上方是深色的雲，下面是幾棟搖搖欲倒的小屋，還有一座玩具小教堂和玩具十字架，棲在地球表面的弧線上。弧線內有個小男人（卻是以比建築稍大的比例畫的），肩上扛了大鐮刀目標堅定地走著，還有個女人，也是以同樣比例畫成，似乎在等他。可是倒掛過來了。

還有別的。譬如，在小牝牛的頰內，有個擠牛奶的女孩。

茱麗葉立即便決定買下這幅複製畫給她父母做聖誕禮物。

「因爲讓我想到他們。」她對朋友克莉絲塔說，她特地陪她從鯨魚灣下來做點採買。她們在溫哥華藝術館的禮物店裡。

克莉絲塔說：「綠男人和牛？他們可會很受用。」

起初克莉絲塔從不把事情當眞，總得當笑話說。懷了三個月的胎（就是後來的裴娜樂琵[1]），她忽然不再惡心了，可能是因此，或是其他原因，她會一下狂喜起來。她一天到晚想吃的東西，本來根本沒想到進禮品店的，因爲看見了午餐室。

她喜歡畫上的一切，尤其是小小的人物和上面歪歪倒倒的建築物。扛大鐮刀的男人和倒掛的女人。

她找畫名。《我和村子》。

很切合。

「夏卡爾。我喜歡夏卡爾。」克莉絲塔說。「畢卡索是個混蛋。」

茱麗葉爲找到這畫而興高采烈，根本不太注意。

「你知道據說他怎麼說嗎？夏卡爾是給女店員的。」克莉絲塔告訴她。「女店員又怎麼了？夏卡爾應該說，畢卡索是給怪臉孔的。」

「我的意思是，它讓我想到他們的生活。」茱麗葉說。「我不知道爲什麼，可是就是這樣。」

她已經跟克莉絲塔講過一些她父母的事——他們怎麼過一種奇特但並不沉悶的孤立生活，雖然她父親是個大家喜愛的教師。他們不與人來往的部分原因在於莎拉的心臟毛病，也因他們訂閱周圍人不看的雜誌，收聽周圍人不聽的全國廣播電臺。在於莎拉照《*Vogue*》雜誌而不照芭特瑞克的樣子自己做衣服——有時有點拙。甚至在於他們保存了一些年輕的樣子，而不像茱麗葉同學的父母變粗變駝了。茱麗葉形容山姆看來像她——長頸，下巴小小的，鬆軟的淡棕色頭髮——而莎拉是個瘦弱、蒼白、金髮，稀疏不整的美女。

裴娜樂琵十三個月大時，茱麗葉帶她飛到多倫多，然後轉搭火車。時在一九六九年。她在離她長大而山姆和莎拉仍居住的鎮二十哩的一個鎮上下火車。顯然火車不再在那裡停了。

她對在這不熟悉的地方下車失望，因爲不能馬上就看見記憶中的樹木、人行道和房屋——然後，很快就看見，她自己的房子，山姆和莎拉的房子，寬敞但簡單，無疑在茂盛柔軟的楓樹後面，還是一樣剝落老舊的白漆。

山姆和莎拉，在她從沒在這裡見過他們的地方，面帶微笑，但慌張了、縮小了。

莎拉發出一聲奇異的叫喊，好像什麼東西啄了她。月臺上有兩個人回頭看。

顯然只是興奮。

「我們還是一高一矮，不過我們很配。」她說。

起初茱麗葉不懂她的意思。然後明白了——莎拉穿了一件直到小腿的黑亞麻裙和搭配的外套。外套領子和袖子用的是一種發亮的萊姆綠帶黑點的質料。同樣綠色的頭巾蓋住了頭髮。想必是自己做的，不然是請裁縫做的。那顏色很不配她的膚色，讓她看來像敷了一層粉筆灰。

茱麗葉穿了一件黑色迷你洋裝。

「我正沒把握你會怎麼想，看到我在夏天穿黑色，好像守喪似的。」莎拉說。「偏偏你卻穿了一樣顏色。你看來眞時髦，我很喜歡這些短洋裝。」

「還有長髮。」山姆說。「徹頭徹尾的嬉痞。」他彎身去親嬰兒的臉。「哈囉，裴娜樂琵。」

莎拉說：「眞可愛的娃娃。」

她伸手去抱裴娜樂琵——儘管從袖口溜出來的手臂細弱到抱不動。而它們也不必抱，因爲裴娜樂琵一聽到外祖母的聲音就緊張掉頭，把臉埋在茱麗葉的肩窩裡。

莎拉笑了。「我就這麼可怕嗎？」再一次，她的聲音無法控制地拔尖然後跌落，招引來注視。這是新的——雖然未必全是。茱麗葉有點知道當她母親說笑時，大家總朝她的方向看，然在以前他們發現的會是一陣歡欣，女孩子氣又討好的（儘管未必大家都喜歡那，他們也許會說她總在引人注意）。

茱麗葉說：「她太累了。」

山姆給茱麗葉介紹一個站在他們後面的年輕女人，站得稍遠，好似竭力不要別人誤以爲她是和他們一夥的。其實茱麗葉也以爲不是。

「茱麗葉，艾玲。艾玲．艾非里。」

茱麗葉在抱著裴娜樂琵又提著尿布袋的情形下盡可能地伸出手來，而艾玲顯然無意握手——或可能沒注意到握手之意——她因而微笑了。艾玲並不微笑回報。她安靜站著，可是給人想要逃跑的印象。

「哈囉。」茱麗葉說。

艾玲說：「幸會。」聲音足可聽見，但沒有表情。

「艾玲是我們的好仙女。」莎拉說，這時艾玲表情倒是變了。她皺了皺眉，分明很窘。

她不像茱麗葉那麼高——茱麗葉很高——但肩和臀都比較寬，手臂強壯，以及固執的下巴。她有濃厚具彈性的黑髮，在後面紮成一把粗短的馬尾，濃黑兇猛的眉毛，還有容易曬黑的皮膚。她的眼睛是綠色還是藍色，就她的皮膚而言出奇的淺色，而且深陷，不容易看見。此外也因她頭微微低垂，臉偏向一邊。這種厭倦的表情似乎已經僵化，而且是故意的。

「以仙女來說，她做得可眞多。」山姆說，面帶機靈的笑容。「我要告訴全世界她所做的。」

現在茱麗葉當然記起了信裡提到過有個女人到家裡來幫忙，因爲莎拉的體力大大衰退。可是她以爲是個年紀大多了的女人。艾玲分明和她自己年紀不相上下。

車子還是原來的龐提亞克，山姆大約十年前買的那輛二手車。原本的藍漆還隱約可見，但大致已褪成了灰色，邊緣的一層鏽也顯出了受到冬季路上灑的鹽的影響。

「老灰母馬。」莎拉說，從火車站短短路程走來幾乎已上氣不接下氣。

「她還沒放棄。」茱麗葉說。她出語讚賞，既然有人這樣期待。她幾乎忘了他們是這樣叫那輛車了，儘管那叫法是她自己想出來的。

「噢，她從不放棄。」莎拉在艾玲協助下坐定了後說。「我們也絕不會放棄她。」

茱麗葉上了前座，輕巧托著裴娜樂琵，她又開始小聲哭叫了。車裡熱氣驚人，儘管車窗搖下，又停在火車站稀薄的白楊樹蔭裡。

「其實我正想——」山姆倒車時說。「正想拿它換輛卡車。」

「他不是眞心的。」莎拉尖聲說。

「就生意來說，」山姆繼續。「會順手得多。而且，光憑車門上的名字，每次開上街就有些廣告效果。」

「他說著玩的。」莎拉說。「我怎能坐在一輛寫著新鮮蔬菜的車子裡？那我是水瓜還是捲心菜？」

「你最好冷靜下來，太太。」山姆說。「不然等我們到家你就沒力氣了。」

在郡上的公立學校教了近三十年書後——最後一家教了十年——山姆突然不幹了，決定全力做生意，賣起了菜來。他向來在家旁的空地上種了個大菜園，還種了覆盆子樹，多的就賣給鎮附近的居民。可是現在，顯然，賣給雜貨店變成了他維生的方式，最後可能在大門前擺個攤子。

「你是講眞的？」

「一點都不錯。」

「你不會懷念教書嗎？」

「門都沒有。我受夠了。我受得太夠了。」

確實，教了那麼多年，他從沒升到校長的職位。她想他受夠的是這個。他是個出色的教師，大家都記得他的怪動作和旺盛的精力，對他六年級班上的學生，那一年十分特別。而他卻沒法升等，年復一年，可能就出於那原因。他的法子有人可能認爲損害權威。因此可以想見權威當局說他不是那種做主管的人，在原來職位上比較沒大害。

他喜歡戶外工作，也善於和人打交道，賣菜可能會滿好。

可是莎拉討厭他賣菜。

茱麗葉也不喜歡。但如果她得選一邊，會選他那邊。她可不願做個勢利鬼。

而且事實上她視自己——她視自己和山姆和莎拉，然尤其是她自己和山姆——他們的行徑優於周圍的人。所以他賣菜又怎樣？

山姆現在以比較低又密謀的聲音說。

「她叫什麼名字？」

他指的是寶寶。

「裴娜樂琵。我們根本沒打算叫她裴妮。就是裴娜樂琵。」

「不是，我的意思是——我的意思是她的姓。」

「噢。嗯，我想是韓得森–坡提也斯。不然是坡提也斯–韓得森。不過那樣可能太長了，既然她已經叫裴娜樂琵？我們知道要她叫裴娜樂琵。反正最後會定下來。」

「原來，他給了她他的姓。」山姆說。「那可不容易。我的意思是，那好。」

茱麗葉驚訝了一下，然後不驚訝了。

「他當然給她他的姓。」她說。假裝不解又覺得好玩。「她是他的。」

「噢，是。是。可是在那種情況。」

「我忘了情況。」她說。「若你指的是我們沒結婚，那簡直就不用擔心。在我們住的地方，我們認識的人裡，大家根本不會想到那件事。」

「大概是吧。」山姆說。「他和第一個結了婚嗎？」

茱麗葉和他們講過艾瑞克的妻子，在她車禍後他照顧了她八年。

「安？結了。啊，其實我不清楚。可能有結婚。我想是有。結了。」

莎拉向前座喊：「停下來吃個冰淇淋吧？」

「家裡冰箱裡有冰淇淋。」山姆喊回去。並悄聲、驚人地對茱麗葉說：「帶她到任何地方吃點心，她就大做文章。」

窗戶還是開著，暖風吹進車裡來。正是盛夏——就茱麗葉所見，在西岸，這季節根本不來。硬木樹在原野邊緣彎了下來，造成藍黑色的陰森洞穴，他們面前的田地和牧草地在熾烈的陽光下是金和綠。茂盛的嫩小麥、大麥、玉米和豆子——簡直灼傷眼睛。

莎拉說：「你們開什麼會？前座？我們後面有風聽不見。」

山姆說：「沒什麼特別的。我只是問茱麗葉她那一位是不是還在捕魚。」

艾瑞克靠捕蝦維生很多年了。他一度念醫科。因他爲一位朋友（不是女朋友）墮胎，而中斷了。墮胎一切順利，可是話不知怎麼傳了出去。這件事茱麗葉想要透露給她開明的父母聽。也許，她想要把他抬高，成一個受過教育的人，而不只是個漁夫。可是那有什麼要緊，尤其現在山姆是個賣菜的？還有，他們的開明可能不像她意想中的那樣可靠。

賣的不只是蔬菜和莓子。廚房裡還做果醬、瓶裝果汁、調味醬。茱麗葉到的第一個早晨，他們正在做覆盆子醬。艾玲負責，她的襯衫讓蒸氣還是汗水濕透了，肩胛間的部分黏在皮膚上。不時她瞟一下從後廳推到廚房門口的電視機，因此要進廚房必須從旁擠過去才行。螢光幕上的是個兒童節目，放的是蠻牛溫克卡通。有時艾玲爲滑稽的卡通而大笑，爲了附和，茱麗葉小笑一下。這艾玲並沒注意到。

廚檯得清出來，茱麗葉才能煮蛋壓碎給裴娜樂琵做早餐，也給自己泡咖啡烤吐司。「地方夠用嗎？」艾玲問，語氣帶了懷疑，好像茱麗葉是個闖入者，她的需求無法預見。

靠近了看，可見艾玲手臂上的許多細黑汗毛。臉頰上也有，就在耳前。

她拿眼角看茱麗葉做的每一件事，看她弄爐子上的鈕（起初不記得了它們開關哪個爐口），看她從鍋裡撈蛋剝殼（這次黏住了，每次下來一小片，而不是輕易剝下的一大片），然後看她挑用來壓蛋的托碟。

「你可不願她把那掉到地板上。」指的是瓷托碟。「你沒有塑膠的給她用嗎？」

「我會看著。」茱麗葉說。

原來艾玲也是個媽媽。她有個三歲大的男孩和不到兩歲的女兒。叫崔佛和崔西。他們的爸爸去年在做事的養雞場裡出意外死了。她自己比茱麗葉小三歲——二十二歲。孩子和丈夫的事是在她回答茱麗葉的問題時洩露出來的，年紀則可從她接下來說的推敲出來。

茱麗葉說：「噢，對不起」——指的是意外事故，覺得挖人隱私太無禮，現在又來安慰太虛僞——艾玲說：「就是。就在我要過二十一歲生日時。」好像不幸是樣拿來累積的東西，就像手鐲上的裝飾。

等裴娜樂琵吃夠了蛋不肯再吃後，茱麗葉把她抱到腰上，帶她上樓。

上到一半她想到沒洗托碟。

沒地方可放嬰兒，她還不會走路，可是爬得很快。自然不能放她在廚房裡，連五分鐘都不行，那裡消毒鍋裡是滾沸的水，還有熱果醬和菜刀——請艾玲來看她會太過分了。而今天早上第一件事她又不肯親近莎拉。所以茱麗葉帶她上密閉的樓梯到閣樓去——把身後的門關了——把她放在樓梯上玩，她則尋找遊戲槽。幸好裴娜樂琵對樓梯非常拿手。

這房子足有兩層樓高，房間的天花板很高可是像個盒子——起碼茱麗葉現在覺得。屋頂陡斜，因此在閣樓中央可以挺直了走。茱麗葉小時就那樣。她走來走去，給自己說讀來的故事，做了添加或修改。跳舞——也包括這——在想像的觀眾前。眞正的觀眾包括破損或根本不要的家具、舊箱子、一件極重的水牛外套、紫色的岩燕屋（很久以前山姆一個學生送的，從沒引來過任何紫色岩燕）、號稱是山姆父親從一次世界大戰帶回來的德國頭盔，還有一幅意外滑稽的業餘畫作《愛爾蘭皇后號》在聖勞倫斯灣下沉，裡面有火柴棒似的人形從四面八方往下跳。

還有，靠牆站的，是《我和村民》。面向外——根本無意隱藏。上面幾乎沒有灰塵，可見並沒在那裡太久。

找了一陣，她找到了遊戲槽。是件漂亮家具，木頭地板，細木柵欄。還有嬰兒提籃。她父母統統都留下來了，想再生一個小孩。起碼流產過一次。星期天早晨他們床上的笑聲，曾讓茱麗葉覺得好似屋子受到某種偷偷摸摸，甚至可恥的、不利於她的騷動所侵襲。

嬰兒提籃是彎折後變成推車那種。這茱麗葉忘了，或並不曾知道。現在一身汗水，又滿身灰塵，她動手把它變成推車。對她這種事向來不容易，她從不能一下就弄清是怎麼組合的，若不是想到艾玲，她可能就把整件玩意拖下樓到園子裡讓山姆幫忙。艾玲閃亮的淡色眼睛，不直接但打量的眼神、能幹的手。她的警惕，那裡面有種未必可稱爲鄙視的東西。茱麗葉不知道怎麼稱呼。一種態度，無所謂卻又不妥協，像貓那樣。

最後她總算把推車弄成了。推車很不順手，又比她習慣的推車小一半。又髒死了，自然。就像她自己這時，還有，樓梯上的裴娜樂琵，那就更髒了。就在嬰兒手邊有個茱麗葉甚至沒注意到的東西。一根釘子。那種你不會注意到的東西，除非有個在抓到東西就放進嘴裡階段的嬰兒，那時你就時刻提防了。

而她並沒留心。這裡的每件東西都讓她分心。熱氣，艾玲，熟悉的東西，和不熟悉的東西。《我和村民》。

「噢。」莎拉說。「我原本希望你不會注意到的。別放在心上。」

陽光室現在是莎拉的臥房，窗上都掛了竹簾，小房間——原是陽臺的一部分——充滿了棕黃色的光和一片熱氣。然而，莎拉卻穿了毛質的粉紅睡衣。昨天，在火車站，畫了眼線又上了覆盆子色的口紅，加上頭巾和套裝，在茱麗葉看來她像個老法國女人（並非茱麗葉見過多少老法國女人），可是現在，白髮如絲飛散，幾乎沒有了的眉毛下明亮的眼睛帶著驚惶，她看來更像個怪異的老小孩。她坐在床上，被子堆到了腰邊。早些，茱麗葉帶她去廁所時，才發現儘管熱她在床上還穿了襪子和拖鞋。

在她床邊放了一隻直背椅，因爲對她那座位比桌子容易搆著。上面擺著藥丸和藥物、痱子粉、乳液、喝了一半的奶茶、一隻覆了一層某種飲料深漬的玻璃杯，可能是鐵質。床上是雜誌——舊的《*Vogue*》和《仕女家庭》雜誌。

「我沒。」茱麗葉說。

「我們掛起來過。在後廳的飯廳門邊。後來爹地拿下來了。」

「爲什麼？」

「他根本沒和我講。他沒說要拿下來。然後有一天它就不見了。」

「他幹嘛拿下來？」

「噢。想必是他的什麼念頭，你知道的。」

「什麼念頭？」

「噢。我想——你知道，我想大概和艾玲有關。怕會讓艾玲不舒服。」

「裡面又沒有任何裸體的人。不像柏提切里。」

因爲確實，有一幅柏提切里的《維納斯誕生》的複製畫掛在山姆和莎拉的客廳裡。許多年前當他們請別的老師來晚餐時，大家針對那幅畫開了一些不安的玩笑。

「不錯。可是那幅畫**現代**。我想這幅讓爹地不安。可能是他怕她會覺得——噢，有點看不起我們。你知道——覺得我們怪。他不願艾玲以爲我們是那種人。」

茱麗葉說：「會掛那種畫的人？你是說他那麼在意艾玲對我們的畫怎麼想？」

「你知道爹地的。」

「他不怕和大家唱反調。不是這樣他的工作才有麻煩嗎？」

「什麼？」莎拉說。「噢。是。他會反對。可是他有時會小心。而艾玲。艾玲是——他對艾玲很小心。她對我們很珍貴的，艾玲。」

「他認爲若她以爲我們有幅怪畫就會辭職不幹？」

「要我就會留它在牆上，親愛的。任何你給我們的東西我都珍惜。可是爹地……」

茱麗葉沒說話。從她九歲十歲直到大概十四歲，她和莎拉是這樣理解山姆的。你知道爹地。那是她們一起做女人的時期。在家裡自己燙頭髮，拿茱麗葉頑固的細髮做實驗，幾場裁縫下來，做出了迥異他人的服裝，在山姆留校開會的晚上，晚餐是花生醬加番茄和美奶滋三明治。莎拉以前的男朋友和女朋友的故事講了又講，還有她們開的玩笑和共享的趣事，在莎拉也是個教師、心臟還好時。在那以前的故事，當她患風濕性熱躺在床上，讓想像中的朋友若婁和馬克辛解決神祕案件，甚至謀殺案，像某些童書裡的人物。窺見山姆迷糊追求的零星片段，借車的糗事，他喬裝成流浪漢在莎拉家門口出現那次。

莎拉和茱麗葉，做巧克力糖糕和在襯裙花邊的小孔上穿絲帶，兩人交纏在一起。後來突然，茱麗葉不再要那些了，改成在廚房裡和山姆聊到深夜，問他黑洞、冰河期、上帝的問題。她討厭莎拉以巧妙天真的問題暗算他們談話的陰險手段，她那種老要把話題引回到她自己的做法。因此長談總在深夜，這點必定是她和山姆不明言的默契。等我們擺脫莎拉了再說。暫時，當然。順便提醒。對莎拉好。她爲了生你冒了生命危險，可要記得。

「爹地不怕反對高於他的人。」莎拉說，深吸一口氣。「可是你知道他怎麼對低於他的人。他會盡力讓他們覺得他和他們並沒什麼不同，一心要把自己放在他們的水準──」

茱麗葉知道，當然。她知道山姆對加油站男孩說話的方式，他在五金行裡開玩笑的樣子。可是她沒說話。

「他得討好他們。」莎拉說，語調忽然變了，惡意的鋒刃揮舞，微弱地格格笑。

茱麗葉把推車、裴娜樂琵和自己清理乾淨，出發散步到鎭上。她有個藉口，需要某種牌子的洗衣皀來洗尿布──如果用普通肥皀嬰兒會起疹子。可是她有別的理由，儘管尷尬但沒法抗拒。這條路是她生命裡走了許多年去上學的路。就算上了大學回來，她還是一樣──一個去上學的女孩。她永遠上不完學嗎？就在她剛獲得大學拉丁文翻譯獎時，有人問山姆，他說：「怕是上不完。」他講自己的這段故事。根本不提得獎的事。那讓莎拉去說──雖然莎拉可能會忘了是什麼獎。

而她在這裡，聲名挽回了。就像任何年輕女人，推著她的嬰兒。擔心尿布肥皀。而這不只是她的嬰兒。她的愛的結晶。有時她那樣說裴娜樂琵，只說給艾瑞克聽。他把那當笑話來聽，她當笑話說，因爲當然，他們同居好一段時間了，而且打算繼續下去。他們沒結婚這事對他一點都無所謂，起碼她這樣以爲，何況她自己也常忘記。可是有時──尤其是現在，在家裡，正是她沒結婚這個身分給了她一點成就的得意，一陣孩子氣的喜悅。

「那──你今天到上街去了。」山姆說。（他總是說上街嗎？莎拉和茱麗葉說鎭上。）「見到什麼熟人嗎？」

「我得到藥店去。」茱麗葉說。「所以和查理・理投說了話。」

這番話是在廚房裡說的，晚上十一點後。茱麗葉認定這是給裴娜樂琵熱奶瓶最好的時刻。

「小查理？」山姆說——他還有這個她不記得了的習慣，以在學校時的綽號叫人的習慣。

「他讚美了這個後代嗎？」

「當然。」

「他大概也會。」

山姆坐在桌邊，喝裸麥威士忌和抽菸。他喝威士忌可是新事。因爲莎拉的父親是個酒鬼——不是個爛醉的酒鬼，他一直都做獸醫，但在家裡可夠嚇人，結果他女兒怕極了喝酒——以前山姆在家連啤酒都不喝，至少就茱麗葉所知。

茱麗葉會到藥店去是因爲只有那裡買得到尿布肥皂。她沒想到會遇見查理，儘管店是他家開的。她最後一次聽說到他時，他打算做工程師。今天，她和他提起這事，可能不太委婉，可是他告訴她那事情沒成時樣子很從容愉快。他腰變粗了，頭髮稀了，沒有了捲曲和光澤。他熱情招呼茱麗葉，說討好她自己和嬰兒的話，讓她奇怪，因而在他和她說話那整段時間裡覺得臉和脖子發熱，微微流汗。在學校裡他才沒空理她——除了禮貌打個招呼，因爲他的舉止總是慇懃、民主。他約學校裡最迷人的女生，現在他告訴她，他和其中一位結了婚。簡妮・皮爾。他們有兩個小孩，一個是裴娜樂琵的年紀，一個大一點。那是爲什麼，他說，帶了可能出於茱麗葉本身的情形才有的坦誠——爲什麼他沒成爲工程師的原因。

因此他曉得怎麼逗裴娜樂琵微笑和咯咯笑，他和茱麗葉像做父母的人那樣閒聊，現在身分平等了。她白癡似的感到受寵若驚和高興。然在他的關注之外還有別的——那朝她沒帶戒指的左手快速的一瞥、開他自己婚姻的玩笑。還有別的。他打量她，暗中，也許現在他視她爲一個展現了大膽性生活成果的女人。竟是茱麗葉，在所有人裡。那個呆子，學者。

「她看來像你嗎？」他蹲下來瞧裴娜樂琵時問。

「比較像她爸爸。」茱麗葉隨意說，然滿帶驕傲，現在汗珠凝在上唇了。

「是嗎？」查理說，站直了，信任地說：「不過，我告訴你一件事。我覺得很可恥——」

*

茱麗葉和山姆說：「他告訴我發生在你身上的事實在可恥。」

「他那樣說嗎？那你怎麼答？」

「我不知道怎麼說。我不知道他的意思。可是我不願讓他知道。」

「是。」

她在桌邊坐下。「我想喝酒可是不喜歡威士忌。」

那時他給她講了個笑話，那種以前他絕不會講給她聽的笑話。講的是一對男女到一家汽車旅館去，最後一句是「所以就像我經常告訴主日學校裡的女生的——你不需要煙酒也能玩得很痛快。」

她笑了，可是覺得臉龐發熱，就像和查理在一起時。

「你為什麼辭職？」她說。「他們是因為我而把你解僱的嗎？」

「得了。」山姆笑。「別以為你那麼重要。我沒丟掉差事。我沒被解僱。」

「那好。是你不幹了。」

「我不幹了。」

「那和我有任何關係嗎？」

「我不幹是因爲我他媽的厭倦了脖子上老套了繩圈。我差點不幹好多年了。」

「和我無關？」

「好吧。」山姆說。「我和人起了爭執。有人說了些話。」

「什麼話？」

「你不用知道。」

「還有別擔心，」過一下他說。「他們沒辭退我，他們不可能辭退我。那是有規矩的。就像我告訴過你的——我反正也受夠了。」

「可是你不明白，」茱麗葉說。「你不明白這事有多笨，還有你住的這個地方眞是可憎，這裡人家說那種話，如果我告訴別人這事，他們不會相信。聽起來會像個笑話。」

「欸。可惜你媽和我住的不是你住的地方。我們住在這裡。你那個傢伙也認爲是笑話嗎？今天晚上我不願再談這個了，我要上床了。我要去查看一下媽媽然後上床了。」

「客車——」茱麗葉說，帶著繼續下去的精力，甚至不齒。「還是在這裡停。對不對？你不要我在這裡下車。是吧？」

她父親正要出房間，他沒回答。

鎮上最後的街燈光現在照在茱麗葉的床上。柔軟的大楓樹已被砍掉，換成了一片山姆的大黃。昨晚她把窗帘拉上遮住床，可是今晚她覺得需要室外空氣。所以只好把枕頭換到床尾，連同裴娜樂琵，她還是睡得像個天使，儘管燈光直射到她臉上。

她但願喝了點威士忌。她僵硬又憤怒地躺在床上，在腦中給艾瑞克寫信。**我不知道我在這裡做什麼，我根本不該來這裡的，我等不及要回家。**

*

早晨天才微亮，她給吸塵器的聲音吵醒了。然後有個聲音——山姆的——打斷了噪音，之後她想必又睡著了。再度醒來，她以爲是場夢。不然裴娜樂琵必會醒來，而她並沒醒來。

今早廚房比較涼快，不再滿是燜煮水果的味道。艾玲正在所有罐子安上方格布的蓋子和標籤。

「我以爲聽到你吸塵。」茱麗葉說，故作開心。「我一定是在作夢。那時才清早五點。」

艾玲有一下沒回答。她正在寫標籤。全神貫注，咬住嘴唇。

「是她。」她寫完了後說。「她把你爸吵醒，他只好起床去叫她停。」

這似乎不太可能。昨天莎拉只有上洗手間時才起床。

「他跟我說的。」艾玲說。「她半夜醒來想要做點事，後來他只好起床叫她停。」

「她想必是忽然精神大發。」茱麗葉說。

「是啊。」艾玲又開始寫另一張標籤。寫完面對茱麗葉。

「就是想吵醒你爸好引他注意。他累壞了，還得起床招呼她。」

茱麗葉轉過身。不想放下裴娜樂琵——好似那小孩在那裡不安全——她把她攬在腰上，一邊單手拿湯匙撈蛋、敲破、剝殼然後壓碎。

餵裴娜樂琵時她不敢說話，怕語氣驚到嬰兒引得她哭起來。然而，艾玲還是感覺到了。她以比較低緩的聲調說——但還是帶了不平之氣——「他們就是那樣。一旦病到那樣，就不由自主了。除了自己想不到別人。」

莎拉的眼睛閉著，可是立刻就張開了。「噢，我親愛的。」她說，好像在笑自己。「我的茱麗葉。我的裴娜樂琵。」

裴娜樂琵似乎漸漸習慣她了。起碼這早她沒哭，也沒把臉轉開。

「這個。」莎拉說，伸手去拿她的那些雜誌。「放她下來，給她這個玩。」

裴娜樂琵懷疑看了一下，然後抓住一頁用力撕。

「這就對了。」莎拉說。「所有嬰兒都愛撕雜誌。我記得的。」

床邊椅子上有碗小麥糊，幾乎沒碰過。

「你沒吃早餐嗎？」茱麗葉說。「你不是要小麥糊嗎？」

莎拉看看碗好像得用心想想，可是想不起來。

「我不記得。大概是我不想要吧。」她咯咯笑又喘了一下。「誰知道？我曾想到過——她可能想毒死我。」

「我只是開玩笑的。」等她恢復了說。「可是她很厲害。艾玲。我們絕不能低估了——艾玲。你看見了她手臂上的毛嗎？」

「像貓毛。」茱麗葉說。

「像臭鼬毛。」

「希望沒有毛跑到果醬了。」

「別——再弄我笑了。」

裴娜樂琵全神貫注在撕雜誌上，因此茱麗葉才能把她留在莎拉房裡將小麥糊端到廚房去。沒說話她就動手做蛋酒。艾玲進進出出，抬一箱箱的果醬到車上去。山姆站在後台階上拿水管沖新挖的馬鈴薯上的泥巴。他唱起了歌來——起初聲音低微聽不見。後來，等艾玲上台階來，大聲了一點。

艾玲，晚——安，

艾玲，晚安，

晚安，艾玲，晚安，

我會在夢中見到你。

艾玲，人在廚房裡，轉過身喊：「別唱那條說我的歌。」

「什麼說你的歌？」山姆說，帶著做作的意外。「誰在唱說你的歌了？」

「你。你剛剛在唱的。」

「噢──那首歌。那首歌是唱艾玲嗎？歌裡的女孩？老天──我忘了那也是你的名字了。」

他又唱起來了，可是用哼的，偷偷地。艾玲站住了聽，臉色紅紅的，胸部上下起伏，等若是聽到一個字就要撲上去。

「別唱我的事。如果歌裡有我的名字，那就是講我的。」

昨天晚上我結婚了，

我和我太太安定下來了──

「停。你停下來。」艾玲叫，眼睛大睜，怒氣騰騰。「你若不停，我就出去拿水管沖你。」

＊

那個下午，山姆到一些雜貨店和訂了貨的禮品店送果醬去了。他邀裴娜樂琵一起去。他到過五金行，買了個全新的嬰兒車座給裴娜樂琵。

「那東西可是我們閣樓裡沒有的。」他說。「你小時，我不知道是不有那東西。反正沒什麼不同。我們那時沒車。」

「太好了。」茱麗葉說。「希望不太貴。」

「小事一件。」山姆說，彎身放她進車裡。

艾玲在園子裡採更多覆盆子。這些是做甜餡餅用的。他們經過時，山姆按了兩下喇叭還揮了揮手，艾玲決定回應了，舉起一隻手臂好像在打蒼蠅。

「眞是個好女孩。」山姆說。「不知道沒有她我們是怎麼撐過來的。不過我猜對你她看來很粗。」

「我不太知道她。」

「是。她才怕你呢。」

「才不會。」爲了說點什麼艾玲的好話，起碼說點中立的話，茱麗葉問她先生怎麼在養雞場死掉的事。

「我不曉得他是不是罪犯那種型的，還是只是不成熟。反正，他和幾個謀畫偷雞的壞蛋搞在了一起，不用說觸發了警鈴，養雞場主拿了槍出來，至於他是不是有意射殺他還是——」

「老天。」

「所以艾玲和她公婆家告到了法庭，可是那傢伙開脫了。欸，他是會開脫的。可是，一定給了她很大打擊。雖然她先生看來也不是什麼好貨色。」

茱麗葉說當然是很大打擊，問他艾玲是不是他在學校裡教過的學生。

「不是不是不是。她幾乎沒上學，據我所知。」

他說她家人住在北邊，靠近亨次維爾的地方。沒錯。在那一帶。一天全家到鎮上去。爸爸，媽媽，小孩。爸爸跟他們說他有事過一陣再和他們碰頭。他講了地點。時間。他們就沒錢閒蕩，打發時間。他根本沒出現。

「根本就沒打算出現。丟下了他們。他們只好靠政府救濟。住在鄉下一棟破寮裡，因為便宜。艾玲姊姊，我猜主要是靠她撐住家裡，而不是媽媽——她盲腸破裂死了。沒法送她到鎮上去，那時正好風雪，他們又沒車。那以後艾玲就不願再回學校去了，因為別的小孩捉弄，她姊姊多少護著她。現在她看起來好像皮厚了，可是我猜她並不總是這樣。可能就算現在也只是裝個樣子。」

現在，他說，現在艾玲的媽媽照顧她的小男孩和小女孩，可是你猜發生了什麼事，在這麼些年後，那個爸爸出現了，說要媽媽回到他身邊，若果真那樣，艾玲就不知道怎麼辦了，因為不要她的小孩接近他。

「她的小孩也很可愛。小女孩有點兔唇，已經動過一次手術，但還再要動一次。她不會有問題的。就是多一件事。」

多一件事。

茱麗葉怎麼了？她並不真感到同情。深處，她覺得自己在反抗，抗拒這連篇的不幸。太過分了。當兔唇在故事裡出現時她只想要批評。太過分了。

她知道她不對，可是那感覺並不讓步。她不敢說別的，怕嘴裡跑出洩露她硬心腸的話。她怕會對山姆說：「這種種悲慘到底有多美好，讓她變成聖人嗎？」不然可能會毫不容情說：「我希望你可沒打算把我們和那種人搞在一起。」

「我跟你說，」山姆說。「她來幫我們時，我已經是束手無策了。去年秋，你媽媽光會惹禍。不是她徹底放棄了。不是。而是她會動手做一件事然後就放手了。一次又一次。不是說這有什麼新奇。我的意思是，我一向就得跟在她後邊收拾，照顧她，幫她做家事。我和你兩個——記得嗎？她從來就是個甜美但心臟不好的女孩，習慣受人伺候。這些年來偶爾我會想到她或許該多盡點力的。

「糟到，」他說。「糟到我回到了家，洗衣機在廚房正中央，滿地都是濕衣服。還有她開始烤東西但沒完成的一堆亂七八糟，烤箱裡燒得焦脆的玩意。我怕她會弄到自己著火了。把屋子燒起來。我會一再告訴她，留在床上。可是她不肯，然後弄得一團糟了，就哭。我試過兩個到家裡來幫忙的女孩，可是她們沒法應付她。所以後來——艾玲。

「艾玲，」他用力嘆氣說。「我感謝那一天。我跟你說。感謝那一天。」

可是像所有的好事情，他說，這必然會結束。艾玲要結婚了。和一個四十還是五十歲的鰥夫。農夫。據說有錢，爲了她山姆只希望是眞的。因爲此外那人沒什麼可稱道的地方。

「以耶穌之名他眞的是。據我所見他腦袋裡只有一顆牙。以我看，壞徵兆。太傲不然是太小氣，才沒裝咬東西的牙。想想——一個像她那麼好看的女孩。」

「什麼時候結？」

「大概秋天吧。秋天。」

這一段時間裴娜樂琵都在睡覺——幾乎車一開動她就在車座裡睡著了。前車窗搖下來了，茱麗葉聞得到才剛收割捆紮的乾草味——再也沒人把乾草捲成圓捆了。有些榆樹還在，兀自獨立，現在顯得十分壯觀。

他們停在一個沿峽谷間一條街道而建的村子裡。岩床突出谷壁——在那方圓幾哩只有那裡可見這樣巨大的岩石。茱麗葉記得來過，那時那裡有座需要付錢才能進去的公園。公園裡有座噴泉，賣草莓鬆餅和冰淇淋的茶屋——想必還有別的她不記得了的東西。岩石裡的洞穴是照七個小矮人的名字取的。她急忙去探查洞穴，山姆和莎拉便坐在噴泉附近地上吃冰淇淋。（其實，沒什麼可看的——洞很淺。）她要他們和她一起去，可是山姆說：「你知道你媽媽不能爬高。」「你去跑，」莎拉說。「回來再講給我們聽。」她用心打扮了來的。黑色特妃特料的裙子圍繞她攤成圓形。這種裙叫芭蕾舞裙。

那天想必是個特別的日子。

等山姆從店裡出來了，茱麗葉問他這事。起初他不記得。然後想起來了。騙錢的店。他不知道什麼時候不見的。

沿街茱麗葉看不見任何噴泉或茶屋的跡象。

「帶來了和平和秩序。」山姆說。過了一下，她才恍然他還是在談艾玲。「她什麼事都做。

割草，給花園澆水。不管做什麼總是全心全力，一副好像做那事很光采的樣子。她這點一直都讓我非常驚奇。」

那快意開懷的場合會是什麼？生日？結婚紀念日？

在車子吃力上坡的噪音裡，山姆堅持，甚至嚴肅的說。

「她重新給了我對女人的信心。」

山姆告訴茱麗葉他馬上出來，然後衝進每一家店裡，過了好一陣子才出來，解釋說他脫不開身。大家要聊，特地存了笑話說給他聽。有些跟他出來看他女兒和她的寶寶。

「原來這就是那個說拉丁話的女孩。」一個女人說。

「最近生疏了。」山姆說。「最近她忙得沒工夫。」

「可不是。」女人說，伸長了脖子瞧裴娜樂琵。「但他們可不是托老天的福？噢，這些小人兒。」

茱麗葉想過和山姆談談她打算回去寫的論文——雖然目前只是夢想。以前，他們間很容易就能談起這種話題。和莎拉就不行。莎拉會說：「現在，你一定得告訴我你在學的東西。」茱麗葉會講個大概，莎拉就會問她怎能記得清那些希臘名字。可是山姆就懂她講的東西。在大學時茱麗葉提過當她十二、三歲時碰見了thaumaturgy（魔術）這個字，是她爸爸給她解釋意思。有人問她爸爸是不是學者。

「當然了。」她說。「他教六年級。」

現在她覺得他會委婉地阻撓她。也可能不那麼委婉。他可能會用輕飄如仙那樣的話。或說忘了她不信他忘了的東西。

可是說不定他忘了。他心靈裡的房間封閉了，窗戶黑了——裡面那些他判定在陽光下無用、不可信的東西。

茱麗葉說，原本不想那麼嚴厲的。

「她想結婚嗎？艾玲？」

這問題嚇了山姆一跳，那種語調，再加上是在好一陣沉默後才說出來的。

「我不知道。」他說。

又過了一下：「我想不出她怎會願意。」

「問她。」茱麗葉說。「從你談她的樣子，你一定想。」

他們開了一兩哩路他才說話。顯然不高興了。

「我不知道你在說什麼。」他說。

「開心，壞脾氣，迷糊，愛睡，噴嚏。」莎拉說。

「醫師。」茱麗葉說。

「醫師。醫師。開心，噴嚏，醫師，壞脾氣，害羞，噴嚏——不是。噴嚏，害羞，醫師，壞脾氣——愛睡，開心，醫師，害羞——」

搬指頭算過後，莎拉說：「不是有八個嗎？」

「我們去過不只一次。」她說。「我們以前叫那裡草莓鬆餅廟——噢，我眞想再去。」

「欸，那裡什麼都沒有。」茱麗葉說。「我甚至看不出原來在哪裡。」

「我相信我看得出來。我和你去吧？夏天兜風。坐車兜風需要什麼力氣？爹地總說我沒那力氣。」

「你來接我。」

「我是去了。」莎拉說。「可是他不要我去。我得發脾氣。」

她伸手去拉高腦後的枕頭，可是沒辦法，所以茱麗葉幫她弄好。

「討厭。」莎拉說。「我眞是個沒用的東西。我想，洗個澡總做得到吧。如果有人來呢？」

茱麗葉問她是不是在等人。

「沒有。可是如果呢？」

所以茱麗葉帶她進浴室，裴娜樂琵跟在她們後面爬。然後等水好了，她外祖母給扶進去了，裴娜樂琵堅持也要洗。茱麗葉給她脫了衣服，然後嬰兒和老婦一起洗澡。雖然莎拉赤裸的樣子，看來不像個老婦而更像個老女孩——好比說，一個得了某種銷蝕枯乾的怪病的女孩。

裴娜樂琵對她的樣子毫不在意，只是緊緊抓住自己的鴨形黃色肥皀。

在洗澡時莎拉終於問起，委婉地，艾瑞克的事。

「我相信他是個好人。」她說。

「有時候。」茱麗葉隨意回答。

「他對他前妻那麼好。」

「唯一的太太。」茱麗葉糾正她。「到目前爲止。」

「可是我相信現在你有了這個小孩——我的意思是，你就快樂了。我相信你覺得快樂。」

「像生活在罪惡當中可能的那樣快樂。」茱麗葉說，在她母親打了肥皀的頭上擰擦洗的小毛巾，把她嚇了一跳。

「我就是那意思。」莎拉在開心尖叫躲開並遮住臉後說。然後：「茱麗葉？」

「什麼？」

「你知道如果我講爹地的壞話，不是有意的。我知道他愛我。他只是不快樂。」

茱麗葉夢見她又是個小孩了，在這棟房子裡，雖然房間的安排不太一樣。她從一間不熟悉的房間裡看出去，看見空中有一道閃亮的水弧。水是從水管出來的。她父親，背對著她，正在給花園澆水。一個身形在覆盆子樹間進進出出，過了一陣現身，原來是艾玲——卻是個比較孩子氣的艾玲，輕靈又開心。她正閃避水管噴出的水霧。躲開，又出現，通常避過了噴水，但在她跑掉前總有一剎那被噴到了。這原本是個淘氣的遊戲，可是茱麗葉在窗後看，心懷厭惡。她父親一直背對她，然而她相信——不知怎麼她看見了——他把水管拿得低低的，在他身前，只把噴嘴來回移動。

夢裡充滿了黏稠的恐怖。不是那種讓你的皮膚外表擠在一起的恐怖，而是爬過你血液狹窄通道的那種恐怖。

她醒來時那感覺還在。她覺得那夢可恥。明顯，庸俗。她自己骯髒的耽溺。

*

下午間前門有人敲門。沒人用前門——茱麗葉發現不太好開。站在那裡的男人穿了燙得筆挺的短袖黃襯衫，和棕色褲子。他大概比她大幾歲，高大但看來柔弱，胸部有點凹陷，可是熱情打招呼，奮力微笑。

「我來看這房子的女主人。」他說。

茱麗葉留他站在那裡，到陽光室去。

「門口有個男人。」她說。「可能是推銷東西的。要我打發掉他嗎？」

莎拉撐自己起來。「不要，不要。」她喘氣說。「能不能幫我弄好？我聽見他的聲音了。是唐。我的朋友唐。」

唐已經進來了，聲音就在陽光室外。

「別費事，莎拉。只是我。你穿戴得體嗎？」

莎拉帶著狂野又快樂的神情伸手去拿搆不到的梳子，然後放棄了，用手指梳理頭髮。她語氣愉快地喊：「我怕我不可能更得體了。進來。」

男人現身了，急忙朝她過去，她向他舉起雙臂。「你聞起來像夏天。」她說。「是什麼味道？」她摸他的襯衫。「電熨斗。燙過的襯衫。哇，眞好。」

「我自己燙的。」他說。「撒莉在教堂裡弄花。不錯吧，欸？」

「很好。」莎拉說。「可是你差點進不來。茱麗葉以爲你是個推銷員。茱麗葉是我女兒。我親愛的女兒。我跟你講過吧？我跟你講她要來。唐是我的牧師，茱麗葉。我的朋友兼牧師。」

唐站直了，抓住茱麗葉的手。

「你在這裡眞好——幸會。其實，你並沒太錯。我多少是個推銷員。」

茱麗葉爲牧師的笑話禮貌微笑。

「你是哪個教會的牧師？」

這問題引得莎拉笑了。「噢，親愛的——這可不就洩了戲底嗎？」

「我是三一教會的。」唐說，帶著那不懈地微笑。「至於洩了戲底——我知道莎拉和山姆都不參加社區裡的任何教會。反正我就是來了，因爲你媽媽是這樣一個迷人的女士。」

茱麗葉想不起來究竟是英國國教會還是聯合教會叫三一。

「給唐一把像樣的椅子吧，親愛的？」莎拉說。「他站在這裡朝我彎腰好像隻鸛。來點點心吧，唐？要不要蛋酒？不好。不好，那大概太烈了。你才從白天的熱氣裡進來。茶呢？也太熱了。薑汁飲料？某種果汁？我們有什麼果汁，茱麗葉？」

唐說：「我什麼都不需要，只要一杯水。那就夠了。」

「不要茶？眞的？」莎拉相當喘。「可是我想要點。你總可以喝半杯。茱麗葉？」

獨自在廚房裡——看得見艾玲在園子裡，今天她在豆子四周鏟土——茱麗葉疑心泡茶可能只是支她出房間好單獨說話的手段。一些私話，甚至一些禱詞？這想法讓她非常難受。

山姆和莎拉從不屬於任何教會，雖然，他們生活在這裡的早期，山姆曾對某個人說，他們是德魯伊教徒。話傳了開去，說他們屬於一個鎮上沒有的教會，這消息將他們從毫無宗教信仰升了一級。有一陣子，茱麗葉自己上英國國教會的主日學校，雖然大部分原因在於她有個英國國教會的朋友。在學校裡，山姆從沒因必須每早讀《聖經》或禱告上帝而反抗過，正如從沒反對過「神救女皇」。

「有的時候要據理力爭，有的時候不爭。」他說過。「在這方面你讓他們滿意了，也許就能告訴孩子們一些進化的事實。」

莎拉一度對巴哈伊教[2]感興趣，不過茱麗葉相信這興趣已經淡了。

她泡了足夠他們三人喝的茶，在櫥子裡找到了些粗甜餅——還找到了莎拉通常在講究的場合才拿出來用的黃銅托盤。

唐拿了一杯，大口灌下她記得給他端來的冰水，不過朝餅乾搖頭。

「我不用，謝謝。」

他似乎特別強調說。好像神性不准他。

他問茱麗葉她住哪裡，西岸的氣候怎麼樣，她丈夫做什麼。

「他是個捕蝦人，但不是我丈夫。」茱麗葉怡然說。

唐點頭。喔，是。

「那邊海很猛嗎？」

「有時。」

「鯨魚灣。我以前從沒聽過，不過現在我會記得了。在鯨魚灣你參加什麼教會？」

「我們不參加。我們不參加教會。」

「附近沒有你們那種的教會嗎？」

帶著微笑，茱麗葉搖頭。

「沒有我們的那種教會。我們不信神。」

唐將杯子放在托碟上時發出了一陣脆響。他說很可惜聽見這話。

「眞可惜聽見這話。你持有這意見多久了？」

「我不知道。自從我好好想過以後。」

「你母親還跟我說你有個小孩。你有個小女孩，是吧？」

茱麗葉說是，她有個小女孩。

「她從沒受洗過？你打算把她教成異教徒？」

茱麗葉說她預期裴娜樂琵會自己決定，有一天。

「但我們不打算灌輸她宗教。是的。」

「那多可悲。」唐安靜說。「對你自己，可悲。你和你的——不管你怎麼叫他——你們決定了棄絕神的恩典。好。你們是大人。可是替你的孩子棄絕——那就好像不給她營養。」

茱麗葉覺得她的冷靜破裂了。「可是我們並不信。」她說。「我們不信神的恩典。那和不給她營養不一樣，而是拒絕拿謊話教她。」

「謊話。全世界數百萬人相信的東西你叫謊話。你不覺得稱神是謊話，你有點太過自大了嗎？」

「數百萬的人並不那麼相信，他們只是上教堂。」茱麗葉說，聲音發熱。「他們根本不思想。如果有神，那麼神給了我心靈，難道他不要我拿來用嗎？」

「還有，」她說，努力鎮定自己。「還有，數百萬的人相信不同的東西。他們相信佛，譬如說。所以數百萬人相信，怎麼就讓它成眞了？」

「耶穌活著。」唐胸有成竹說。「佛不是。」

「那不過是搪塞的說法。到底是什麼意思呢？至於活著，我看不出隨便哪個活著的證據。」

「你看不出。可是別人看得出。你知道亨利．福特——亨利．福特第二，他有任何人生命裡夢想的東西——可是他一生每晚都跪下來對神禱告嗎？」

「亨利．福特？」茱麗葉叫。「亨利．福特？任何亨利．福特做的事和我有什麼相干？」

爭執不免循這類爭執的路徑持續下去。牧師的聲音，開始時是惋惜勝過憤怒——雖然總表現出堅決的信念——語氣漸漸變得尖銳和責備了，而茱麗葉，開始時她以爲合理地抗拒——冷靜、敏銳、簡直受不了地禮貌——現在則充滿了冰冷銳利的怒氣。兩人都尋找侮辱對方更勝過有效爭論的辯駁。

同時，莎拉小口小口啃粗甜餅，並不抬頭看他們。不時就打一下哆嗦，好似他們的話擊中了她，但他們根本沒注意。

讓他們的演出停下的是裴娜樂琵的大哭聲，她尿濕了醒來，已經低聲哭叫了一陣，然後更用力一點，最後乾脆大怒起來。莎拉最先聽見，想要引起她的注意。

「裴娜樂琵。」她低微地說，然後，大聲一點：「茱麗葉。裴娜樂琵。」茱麗葉和牧師兩人都心不在焉看她，然後牧師聲調突然低了下來，說：「你的寶寶。」

茱麗葉急忙出了房間。她抱起裴娜樂琵時全身發抖，用別針別上乾尿布時差點扎到自己。裴娜樂琵不哭了，不是因爲她舒服了，而是爲這粗暴的舉止驚住了。她濕潤的大眼、驚訝的瞪視，穿破了茱麗葉的心神，她漸漸鎮定下來，盡力柔和說話，然後抱起孩子，帶她在樓上走道上來回走。裴娜樂琵並不立刻就安心，可是過了一會身體漸漸鬆弛了。

茱麗葉感到同樣事也發生在自己身上，等她覺得她們兩人都已經有點自制和冷靜了，她帶了裴娜樂琵下樓去。

牧師已經出了莎拉房間等她。以可能是後悔但似乎其實是害怕的語氣說：「好寶寶。」

茱麗葉說：「謝謝。」

她想現在他們大概可以鄭重道別了，可是有什麼牽住了他。他一直看她，沒有動身。他伸出手好像要抓住她的肩膀，然後垂了下去。

「你知道你有沒有——」他說，然後微微搖頭。有聽來像又。

「老天。」他說，拿手拍打喉嚨。他朝廚房方向揮手。

茱麗葉起初以爲他一定是醉了。他的頭輕微前後擺動，眼睛似乎蒙上了一層膜。他來時就醉了嗎？他口袋裡帶了什麼嗎？然後她想起來了。一個女孩子，在她教了半年的學校裡的學生。這女生有糖尿病，有時會發作，變得口齒不清、驚慌、搖搖晃晃，好像太久沒吃東西。

把裴娜樂琵移到腰部，她抓了他的手臂穩住他，朝廚房走去。果汁。他們就是拿這給那女生的，他說的就是這個。

「等一下，等一下，你就會好了。」她說。他站直了，手壓在廚檯上，頭低下。

沒有橘子汁——她記得早上把最後一點給了裴娜樂琵，想說會再買。但有一瓶葡萄汽水，山姆和莎拉從花園裡工作進來時喜歡喝的。

「這裡。」她說。就像她已經習慣了的，單手倒了一玻璃杯。「這裡。」他喝時她說：「對不起沒有果汁。可是需要的是糖，對不對？你需要一些糖？」

他喝完了，說：「是。糖。謝謝。」他的聲音已經比較清楚了。這她也記得，學校裡的女生——復元得很快，分明像奇蹟。可是在他完全恢復，或大致上回復自己前，頭仍有點歪，他和她目光相遇。不是故意的，似乎，只是意外。他的眼神並不是感激，也不是原諒——其實並非個人的，而只是一隻驚嚇了的野獸的目光，抓住任何抓得到的東西。

幾秒內，眼神、臉上，成了男人、牧師的臉，他放下了杯子，一語不發，奪門而出。

茱麗葉回來拿茶盤時，莎拉在睡覺，不然就是假裝在睡覺。現在，她睡覺、打瞌睡和清醒的狀態間界限微弱又來回不清，很難分辨。無論如何，她說話了，以簡直像耳語的聲調說：「茱麗葉？」

茱麗葉在門口停住了。

「你可能以爲唐——是個傻子。」莎拉說。「可是他身體不好。他有糖尿病。很嚴重。」

茱麗葉說：「是。」

「他需要他的信仰。」

「狐洞式辯論。」茱麗葉說，不過是低聲的，可能莎拉沒聽見，因爲她一直說下去。

「我的信仰沒那麼單純。」莎拉說，她的聲音顫抖（這時，在茱麗葉看來，恰到好處地可憐）。「我沒法形容。不過那是——我只能說——某種東西。是種——美好的——東西。當我的情況變得非常糟時——在非常糟時——你知道那時我想什麼嗎？我想，好。我想——快了。很快我就可以看到茱麗葉了。」

可怕的（親愛的）艾瑞克：

從哪說起呢？我很好，裴娜樂琵也是。在這種情形下。她現在膽敢在莎拉床邊走動了，可是若不扶著還是有點膽小。和西岸相比，這裡的暑熱真是驚人。連下雨時也是。幸好有雨，因為山姆全面投入市場菜園的生意裡了。幾天前我和他開了那輛老爺車送覆盆子和覆盆子醬（是一個比較年輕的，像附身我們廚房的艾爾絲・考區做的）和這一季剛挖的馬鈴薯。他滿懷信心。莎拉在床上打瞌睡，不然就看過時的服裝雜誌。一個牧師來看她，我和他為了有沒有神還是類似的熱門話題大吵了一個笨架。不過那場拜訪還好就是了……

這封信是茱麗葉許多年後找到的。艾瑞克想必是無心間留了下來——它在他們的生活裡並沒什麼特殊重要性。

*

她又回到童年時期的房子一次，參加莎拉的喪禮，在寫了那封信幾個月以後。艾玲已經不在了，茱麗葉不記得問過還是聽說過她在哪裡。極可能結婚了。就像山姆再婚了，兩年以後。他娶了一個教師同事，一個好性子、漂亮、能幹的女人。他們住在她的房子裡——山姆把他和莎拉住過的房子拆了，擴建成菜園。等他太太退休了，他們買了一輛旅行拖車，開始做遠程冬季旅行。他們到鯨魚灣看了茱麗葉兩次。艾瑞克帶他們到他船上去。他和山姆很談得來。就像山姆說的，好像房子著火了。

在她讀這信時，茱麗葉畏縮了，就像任何人，在發現了一個保存完好、令人狼狽、來自過去假造的自我的聲音時會有的反應。她不懂那愉快的掩飾，和她痛苦的記憶對比起來是那麼強烈。然後她想，那時，一定有什麼變化發生了，但她不記得。和家在哪裡有關的變化。不是和艾瑞克一起的鯨魚灣，而是以前所發生的地方，所有她以前的生活。

因爲你試圖保護的是家裡發生的事，竭盡全力，能做多久就做多久。

可是她沒保護莎拉。當莎拉說，很快我就可以看見茱麗葉了，茱麗葉並沒有回答。難道找不到回答嗎？為什麼會那麼難？只要說是。對莎拉會意義重大——而對她自己，想當然，沒什麼。可是她轉過身，拿了托盤到廚房去，在那裡清洗、擦乾了馬克杯和裝過葡萄汽水的玻璃杯。她把每樣東西都收起來了。

1 斐娜樂琵（Penelope），或譯潘娜洛普／潘妮洛普，典出希臘神話，斐娜樂琵是奧狄賽忠貞的妻子。

2 巴哈伊教（Baha'I faith）：由一波斯貴族於一八六三年創立，後來信徒稱創始人為巴哈歐拉，主張只有一個神，所有宗教基本精神是一樣的，要人類排除迷信和偏見，獨立追求眞理，男女平等，消滅貧困，追求和平等。沒有神職人員和教堂，但各地有「靈曦堂」供信徒禮拜，儀式簡單，信徒只朗誦巴哈歐拉的著作。並有自己的曆法。

沉默

從布克萊灣搭短程渡輪到丹曼島途中，茱麗葉下了她的車子，站在渡輪頭的夏季微風裡。一位站在那裡的婦人認出她，於是聊了起來。大家在見到茱麗葉時再看一眼尋思在哪裡見過是相當平常的事，有時，他們記起來了。她經常在省電視頻道一個叫《當天議題》的節目上出現，訪問生活獨特或有名的人，靈活地主持多人討論。現在她頭髮剪短了，短得不能再短，還帶了很深的暗紅色，搭配她的眼鏡框。她經常穿黑長褲——就像今天這樣——和象牙白的絲襯衫，有時加一件黑外套。她是那種她母親所謂招搖醒目的女人。

「對不起。大家一定常煩你。」

「沒什麼。」茱麗葉說。「除非是我剛看過牙醫之類的。」

這名婦人大約茱麗葉年紀。長長的黑髮有幾絲灰白，沒化妝，長牛仔裙。她住在丹曼，因此茱麗葉問她對心靈平衡中心知道多少。

「因爲我女兒在那裡。」茱麗葉說。「她在那裡靜修，不然是修課，我不曉得他們怎麼叫的。共六個月。在六個月裡，我這才是第一次可以來看她。」

「那樣的地方有兩個。」婦人說。「來來去去的。我不是說它們有什麼不對。只不過它們通常在樹林裡，你知道，和社區沒什麼來往。話說回來，如果和社區來往那還叫什麼靜修？」

她說茱麗葉想必很期待再見到女兒，茱麗葉說是，很期待。

「我被慣壞了。」她說。「她都二十歲了，我女兒——其實，她這個月就二十一了——我們難得分開。」

婦人說她有一個二十歲的兒子、一個十八歲和另一個十五歲的女兒，有的日子她簡直想給他們錢讓他們去靜修，一個去或全都去。

茱麗葉嘆氣。「唉，我只有這一個。當然了，難保過幾星期我不會想要把她送回去。」

這是那種親切但氣惱的媽媽經，她發現自己輕易就可以滑入這種談話（茱麗葉最擅長給人安心的回答了），其實她對裴娜樂琵幾乎沒什麼好抱怨的，如果她要完全誠實的話，這時她可以說一天沒和裴娜樂琵聯絡都難過，更何況整整六個月。裴娜樂琵在班弗打工，做暑期房間清潔工，她還搭巴士到過墨西哥、搭便車到過紐芬蘭。可是她一直都和茱麗葉住，從沒一分開就六個月的。

她給我歡樂，茱麗葉可以說。並非她是那種又唱又跳，滿口陽光、歡欣和往好處看的人。我希望我給她的教養不只是那樣而已。她有優美的氣質和愛心，又很明智，好像已經在這世上八十年了。她天性深思，不像我亂七八糟。有點沉默寡言，像她父親。她又美如天使，像我母親，金髮像我母親，但不那麼嬌弱。強壯又高貴。我敢說，模樣就像女像柱。而和一般說法相反的，我一點都不嫉妒。這一整段時間沒有她——也沒有她的隻字片語，因為心靈平衡禁止通信和電話——這一整段時間我就好像是沙漠，當她來了訊息我就好像一片乾裂的老土地得到了充分雨量的滋潤。

希望星期日下午見到你。是時候了。

是回家的時候了，茱麗葉希望是這個意思，不過當然她會讓裴娜樂琵去決定。

裴娜樂琵畫了幅粗略的地圖，茱麗葉很快就發現自己停在一座老教堂前——也就是，一座年代有七十五年還是八十年之久的教堂建築，外面塗了灰泥，不像茱麗葉長大的加拿大那一帶的教堂那麼古老或引入注目。後面是一棟比較新的建築物，斜挑的屋頂，前門是整片的玻璃窗，還有座舞台和一些簡單的坐凳，以及一塊看來像排球場的場地，掛了塊下墜的網子。都破破舊舊的，一度清除乾淨的地面重又給杜松和白楊收回去了。

有兩人——她看不清是男還是女——在舞台上做木工，還有別人，形成幾個小組坐在板凳上。大家都穿了普通衣服，不是黃袍之類的衣服。有一陣子沒人注意到茱麗葉的車子。然後板凳上的人裡有一人站起來從容走向她。一個矮小、帶了眼鏡的中年男人。

她下車和他打了招呼，問他找裴娜樂琵。他沒說話——也許規定要沉默——可是點了頭轉身走進教堂。很快從教堂裡出來了一個人，不是裴娜樂琵，而是一個沉重、緩慢的白髮女人，穿了牛仔褲和鬆垮的毛衣。

「見到你眞是榮幸。」她說。「請進。我已經叫唐尼給我們泡了茶。」

她有張寬大清新的臉，猙獰又溫柔的微笑，以及茱麗葉看來算是閃亮的眼睛。「我叫喬安。」她說。茱麗葉本以爲會是像平靜或帶了東方味的假名，而不像喬安這樣平常熟悉的名字。後來，當然，她想到了喬安教皇。

「我到對了地方吧？我對丹曼不熟。」她親切地說。「你知道我是來看裴娜樂琵的。」

「當然。裴娜樂琵。」喬安拉長了那名字，帶了點慶祝的語調。

教堂內部高處的窗上掛了紫布，暗暗的。長條凳和其他教堂家具已經移走了，用白簾子圍成小房間，像醫院裡一樣。不過，茱麗葉給引進去的小房間裡並沒有床，只有一張小桌子和兩隻塑膠椅，還有開敞的架子，上面放了些淩亂的紙張。

「我怕我們這裡還沒完全整理好。」喬安說。「茱麗葉。我可以叫你茱麗葉嗎？」

「當然，可以。」

「我不習慣和名人講話。」喬安雙手放在下巴下，合成祈禱的姿勢。「我不知道是不是該保持自然。」

「我不是什麼名人。」

「噢，你是。別那樣說。那我就直說了，我非常敬佩你的工作。你做的是黑暗裡的一道光。唯一値得看的電視節目。」

「謝謝。」茱麗葉說。「我有張裴娜樂琵給我的條子——」

「我知道。可是很抱歉我得告訴你，茱麗葉，我很抱歉，我不願意你太失望——裴娜樂琵不在這裡。」

女人盡可能輕輕地說那些話——裴娜樂琵不在這裡。你可能以爲裴娜樂琵不在可以拿來變成一件有趣的思索題材，甚至拿來做她們相互談笑的話題。

茱麗葉必須深深吸一口氣。有一下子她沒法說話。恐懼從深處溢出。原先就知道了。然後她鎮靜自己，合理考量這件事實。她在袋子裡摸索。

「她說她想要——」

「我知道。我知道。」喬安說。「她本來打算在這裡的，可是事實上她做不到——」

「她在哪裡？她去哪裡了？」

「這我不能告訴你。」

「你的意思是你不能還是你不願意？」

「我不能。我不知道。可是我可以告訴你一件事，說不定能讓你安下心來。不管她去了哪裡，不管她做了什麼決定，對她都是最好的。對她的心靈和她的成長都是正確的事。」

這點茱麗葉決定不予理會。讓她難以下嚥的是心靈這個字，那似乎包含了——如她常說的——從祈禱輪到大彌撒中間的一切。她從沒想到，以裴娜樂琵的聰明，她會和這種事搞在一起。

「我只是想我應該知道。」她說。「萬一她要我給她寄她的東西。」

「她的東西？」喬安似乎沒法壓下一抹寬闊的微笑，儘管她立刻改成溫柔的表情。「這一刻裴娜樂琵並不太關心她的東西。」

有時，在訪問中途，茱麗葉會覺得，她所面對的人潛藏了攝影機開動前並不明顯的敵意。一個茱麗葉低估、以爲相當愚笨的人，可能具有那樣的能力。玩笑的，但卻致命的敵意。那時絕不能顯出驚慌失措，絕不能表現出因而你也帶了絲毫敵意。

「我所謂的成長，當然了，指的是內在的成長。」喬安說。

「我懂。」茱麗葉說，注視她的眼睛。

「裴娜樂琵生命裡有極好的、遇見有趣的人的機會——老天，她不需要遇見有趣的人，她就在一個有趣的人身邊長大，你是她母親——可是你知道，有時似乎少了一個層面，長大了的孩子覺得他們少了什麼——」

「欸是啊，」茱麗葉說。「我知道長大了的孩子可能會有各種不滿。」

喬安決定說重話了。

「難道心靈的層面——我得說這個——不就是裴娜樂琵生活裡沒有的嗎？我猜她不是在一個以信仰為主的家庭裡長大。」

「沒人禁止宗教。我們可以討論宗教。」

「也許是你們談論的方式。你們知性的方式？如果你知道我的意思。你這麼聰明的人。」她說，溫和地。

「那是你說的。」

茱麗葉知道，對這番訪問，以及對她自己的任何控制已經失勢了，可能已經輸了。

「不是我說，茱麗葉。是裴娜樂琵說的。裴娜樂琵是個親愛的好女孩，可是她帶了極大的飢渴來到我們這裡。在你那裡，以你十分忙碌成功的生活——可是茱麗葉，我得告訴你你女兒懂得寂寞。她懂得不快樂。」

「大多數人在生命裡某個時候，不都會有那樣的經驗嗎？寂寞和不快樂？」

「這我沒法說。噢茱麗葉。你是個很有洞見的女人。我常在電視上看你，想，她怎能從頭到尾都那樣和氣有禮，又那樣直搗事情核心？我從沒想到我會坐在這裡和你面對面講話。更沒想到，竟可能處於幫你的地位——」

「我想這點你可能錯了。」

「你覺得受傷了。你自然會覺得受傷。」

「這也是我私人的事。」

「哎。說不定她會跟你聯繫。畢竟。」

裴娜樂琵眞的和茱麗葉聯繫了，在兩星期後。在她自己的——裴娜樂琵的——生日那天，來了一張生日卡。她的二十一歲生日。是張那種你寄給一個你沒法估計品味的普通朋友的卡片。不是粗劣玩笑或眞正俏皮或多情的卡片。外面是一小把三色紫羅蘭，紮了細細的紫緞帶，緞帶尾拼出生日快樂。裡面又重複生日快樂，上面再加了金色的祝你字樣。

也沒有簽名。起初茱麗葉以爲這張卡片是什麼人寄給裴娜樂琵的，而她，茱麗葉誤開了。她的牙醫，或是駕駛老師。可是等她查看了信封上的字跡，知道並沒錯——確實，是她自己的名字，以裴娜樂琵自己的字跡寫的。

郵章上的日期也沒助益。都說加拿大郵件。茱麗葉約略知道有的法子起碼可以知道郵件是從那個省分寄的，可是這樣的話得到郵局去查詢，拿了郵件到那裡去，很可能需要證明你的情況，你查詢這消息的權利。必定會有人認出她來。

她去看老朋友克莉絲塔，她自己住在鯨魚灣時她也住在那裡，甚至在裴娜樂琵出生以前。克莉絲塔在克茨拉諾，在一個養老院裡。她有多發性硬化症。她的房間在一樓，有自己的陽臺，茱麗葉和她坐在那裡，面對一小片陽光明亮的草坪，紫藤沿欄杆開放，遮住了垃圾筒。

茱麗葉把到丹曼去的事全盤講給克莉絲塔聽。她沒告訴過別人，也希望或許不必告訴任何人。每天下班回家路上，她都想裴娜樂琵可能在公寓裡等著。不然起碼有封信。然後有了——那張無情的卡片——她兩手發抖把信撕開。

「卡片是有含意的。」克莉絲塔說。「讓你知道她沒事。還會有別的信的。會的。別急。」

有好一陣子茱麗葉氣憤談論史普敦媽媽。她用了喬安教皇一陣子，但始終不喜歡，最後決定這樣稱呼她。眞是強辯，她說。在二流、甜蜜的宗教外表後面，是那樣的陰險、惡毒。難以想像裴娜樂琵竟會受她吸引。

克莉絲塔提出裴娜樂琵會到那裡去可能是因爲打算寫篇相關的東西。調查報導之類。田野調查。個人的角度——現在熱門的那種又臭又長的私人東西。

調查六個月？茱麗葉說。裴娜樂琵可以在十分鐘裡就把史普敦媽媽弄清楚了。

「是奇怪。」克莉絲塔承認。

「除了透露給你的，其他你就不知道了，是吧？」茱麗葉說。「連這我都不願意問。我覺得迷失了。覺得笨。當然，那女人就是要我覺得笨。就像舞台劇裡的角色突然說了什麼話，所有人都掉過頭去，因爲他們知道一件她不知道的事——」

「他們不再演那種舞台劇了。」克莉絲塔說。「沒人知道情況。不——裴娜樂琵對我並不比她對你更坦白。何必呢？她知道反正我都會告訴你。」

茱麗葉靜了一下，然後委屈地說：「有些事情你卻沒告訴我。」

「噢，老天，」克莉絲塔說，但不帶敵意。「別再提那了。」

「別再提了。」茱麗葉同意。「我心情壞透了，如此而已。」

「別放棄。做父母的考驗。畢竟，她沒給你多少。一年後這就會像遠古歷史了。」

茱麗葉沒告訴她最後她並沒尊嚴地離開。她轉身大聲哀求，滿心憤怒。

「她怎麼告訴你的？」

史普敦媽媽站在那裡看她，好像預期會有這場面。她搖頭，緊閉的嘴唇咧開，成一道肥胖憐憫的微笑。

第二年，茱麗葉有時會接到電話，是裴娜樂琵的朋友打來的。對他們的詢問她的答覆總是一樣。裴娜樂琵決定休息一年。旅行去了。行程完全不定，茱麗葉沒法和她聯絡，也沒法給他們任何地址。

她沒接到過任何親近朋友的電話。這可能意謂和裴娜樂琵親近的朋友很清楚她在哪裡。也可能是他們也在出國路上，在別的省分找到事，開始新生活，目前太忙碌或不安定，沒時間想到老朋友。

（老朋友，在生命那個時期，指的是你半年沒見的人。）

每當她進來，茱麗葉做的第一件事便是看答錄機上的閃燈——正是以前她極力避免的東西，以為是什麼追究她的公共言論的人。她試過各種孩子氣的把戲，像用幾步走到電話，怎樣拿起電話，怎樣呼吸。拜託是她。

沒一樣管用。過了一陣，世間好像沒有了裴娜樂琵認識的人，她甩了的那些男朋友和那些甩了她的，她曾一起聊天或說知心話的女孩子們。她上的是一家私立女子寄宿學校——托倫斯屋——而不是公立高中，這表示她大多的長期朋友——就連那些她大學時還是朋友的——都是從鎮外來的。有的來自阿拉斯加或喬治王子島或祕魯。

聖誕節時沒有信息。可是六月間，來了另一張卡片，作用大致像第一張，裡面一個字也沒寫。茱麗葉先喝了杯葡萄酒才打開，然後立刻就丟掉了。她會突然哭起來，偶爾無法克制地發抖，可是很快就在突發的怒氣中恢復了，在屋裡走來走去，拿一隻拳頭打另一隻手掌。怒氣的對象是史普敦媽媽，可是那女人的形象已經消褪，最後茱麗葉不得不承認她只是個方便的對象而已。

所有裴娜樂琵的照片都打到她臥房裡去了，連同成捆她離開鯨魚灣前畫的鉛筆畫和蠟筆畫，她的書，還有她在麥當勞打暑期工第一次拿到工錢時買的只泡一杯的歐洲壓式咖啡壺。還有部門給的趣味贈品，像黏在冰箱上的小塑膠扇、一輛上發條的玩具小曳引機、可以掛在浴室窗上的玻璃珠簾。那間臥室的門關著，過了一段時間後她才可以平靜經過。

茱麗葉慎重考慮過搬出這間公寓，給自己一個新環境。可是她和克莉絲塔說她做不到，因為裴娜樂琵就只有那個地址，何況郵件只轉寄三個月，到時裴娜樂琵就沒地方找她了。

「她總可以到你做事的地方去找你。」克莉絲塔說。

「誰知道我會在那裡多久？」茱麗葉說。「她可能在什麼公社，那裡不准對外溝通。跟一個和所有女人睡覺然後差她們到街上行乞的心靈導師。如果我當年送她到主日學校還教她祈禱，這可能就不會發生了。那可能會像打預防針一樣。我忽視了她的心靈。史普敦媽媽這樣說。」

裴娜樂琵才剛十三歲時，她和一個托倫斯屋的朋友和那朋友的家人，到英屬哥倫比亞的庫特內山裡去露營。裴娜樂琵才到托倫斯一年（因為她母親在那裡教過書才受到錄取，收費也比較低），茱麗葉很高興她已經交到了這麼一個扎實的朋友，而且輕易就讓朋友家人接受了。還有她去露營——這事是一般小孩常做的，而茱麗葉自己小時從沒做過。何況她也不想去，她已經埋在書裡了——但任何顯示裴娜樂琵長大後會比她自己正常的跡象，她都喜歡。

艾瑞克對整件事都很擔心。他認為裴娜樂琵太小了。他不喜歡她和他幾乎毫無所知的人去度假。何況自從她去上寄宿學校以後他們已經難得見到她了——因此爲什麼要縮短見到她的時間？茱麗葉有別的理由——她只要暑假的頭兩週裴娜樂琵不在眼前礙事，因爲她和艾瑞克間氣氛不協。她要把事情解決，而事情並沒解決。她不願意爲了孩子假裝一切都很美好。

而另一方面，艾瑞克正喜歡撫平他們之間的麻煩，藏起了看不見最好。以艾瑞克的想法，和平相處會回復原來的感情，儼然愛就足以度日，直到愛本身再度被發現。設若沒有比看來像愛更好的——那也只好將就了。這艾瑞克可以應付。

確實他是可以，茱麗葉想，洩氣地。

有裴娜樂琵在家，會給他們一個舉止合理的理由——依他的看法，給茱麗葉舉止合理的理由，因爲總是她把氣給攪起來的——這對艾瑞克正好。

茱麗葉告訴他的話，引發了新的氣惱和怨怒，因爲他太想裴娜樂琵了。

他們的爭端是既平常又古老。春季時，出於某種細微的透露——也出於他們的老鄰居愛婁（她多少忠於艾瑞克死去的妻子而對茱麗葉有所保留）的坦白或可能的惡意——茱麗葉發現了艾瑞克和克莉絲塔上過床。有很長一段時間克莉絲塔是艾瑞克的密友，而之前她是艾瑞克的女朋友，他的情婦（儘管再也沒人這樣說了）。那時她已經知道了所有和克莉絲塔有關的事，照理不會在意在她和艾瑞克一起以前發生的事。她並不在意。她在意的——她聲稱讓她心碎的——是那之後發生的事。事情出在裴娜樂琵一歲，茱麗葉帶她回安大略時。在茱麗葉回家去看望父母時。去看——正如她現在總是指出的——去看她垂死的母親。在她離家，並以身體的每一根纖維愛戀和想念艾瑞克時（現在她這樣相信），艾瑞克卻乾脆回到老習慣裡去了。

起初他承認有一次（喝醉了），可是經過進一步探詢，加上有時又喝了點酒，他說可能是更多次。

可能？他不記得嗎？次數多到他不記得？

他可以記得的。

克莉絲塔來看茱麗葉，向她保證實在沒什麼。（這也是艾瑞克的說法。）茱麗葉叫她走，再也不要回來。克莉絲塔決定現在是到加州去看母親的良機。

茱麗葉對克莉絲塔的怒氣實在只是形式而已。她能理解和過去的女朋友在乾草堆裡打幾個滾（艾瑞克極糟的形容，爲了想減輕事端而做的不智嘗試），遠不如和某個新歡的熱擁來得更具威脅。更何況，她對艾瑞克的怒氣是那麼猛烈難以克制，根本就沒有責怪他人的餘地了。

她爭的是他不愛她，從沒愛過她，和克莉絲塔在背後嘲弄她。在像愛妻（她從來就討厭她）這樣的人面前，他把她變成了笑柄。說他帶著鄙視對待她，他以鄙視看待她對（或曾經對）他的愛，他和她的生活是一則謊言。性愛對他來說一點意義也沒有，起碼對她沒有意義（曾經有過的意義），他可以和隨便什麼人順手就幹將起來。

在這些指摘裡只有最後一項最不實，平靜點時她也知道。可是即使點滴的眞也足夠把她周圍的一切都拉垮下來。不該這樣，但就是這樣。而艾瑞克無法——平心而論他沒法——明白爲什麼會這樣。他不奇怪她會反對、會吵鬧，甚至會哭（儘管像克莉絲塔那樣的女人就不會），可是她竟然會堅持她受到了傷害，堅持她的世界崩潰了——而且爲的是十二年前發生的事——這他無法理解。

有時他相信她只是在做戲，誇大效果，別的時候他爲了自己給她帶來痛苦而眞的滿懷悲傷。悲傷撩起性慾，讓他們狂歡做愛。每一次他都以爲事情就完了，他們的苦楚結束了。每一次他都錯了。

在床上，茱麗葉笑著告訴他皮普斯[1]和皮普斯太太的事，他們因類似事件而熱情如火。（因爲她多少放棄了古典研究，於是廣泛閱讀，而這些時日她讀的好像都和通姦有關。）從沒這樣頻繁又這樣熱烈，皮普斯說，雖然也記下了他妻子還想過在他睡覺時謀殺他的事。茱麗葉因此發笑，可是半小時後，在他上船出去查蝦籠前來和她道別時，她卻表情木然給了他一個無奈的吻，好像他在那雨天是到海灣裡去和什麼女人會面似的。

不只是雨而已。艾瑞克出海時，海水幾乎沒什麼動盪，可是下午晚點突然從東南方起了一陣風，激起了荒涼灣和馬拉斯皮納海峽的波浪。持續到幾乎天黑——直到六月的最後一個星期，天色大約要到十一點鐘才全黑。到那時一艘來自坎柏河的船失蹤了，船上有三個大人和兩個小孩。還有兩艘漁船失蹤——一艘船上有兩個男人，另一艘只有一人——艾瑞克。

第二天早晨風平浪靜又晴朗——山、水、海岸，都清晰閃亮。

當然，可能這些船無一失蹤，他們可能在眾多港灣裡找到了避風港過夜。就漁船來說這比較可能，就帆船上的那家人可就未必，他們不是本地人，而是從西雅圖來度假的遊客。那早眾船隻立刻出動，沿大陸和島嶼海岸以及水面搜尋。

最先找到的是淹死的小孩，穿了救生衣，當天將晚時也找到了他們的父母。和他們一起的祖父一直到了後天才找到。一起捕魚的兩個男人始終沒出現，儘管他們的漁船殘骸被沖到了避難港的岸上。

艾瑞克的屍體第三天才找到。他們不准茱麗葉去看。據說屍身沖到岸上後，遭到了什麼東西（指的是某種動物）摧殘。

也許是出於這原因——因爲不能查看屍體，也沒有殯葬人的需要——在艾瑞克的老朋友和同業漁人間起了在海灘上火化艾瑞克的主意。茱麗葉並不反對。需要開死亡證明書，於是有人打了電話給一週一次到鯨魚灣的醫生在鮑爾河的診所，他授權由他的每週助理和註冊護士愛妻負責。

四下有許多漂流木，許多沾滿了海鹽的樹皮，可以生起熊熊烈火。兩個鐘頭後一切就緒。消息傳開了——儘管只有緊急通知，女人們帶著食物來了。愛妻主掌局面——她的斯堪地納維亞血統、她筆直的身材和飛揚的白髮，海洋寡婦的頭銜似乎自然而然落到了她頭上。小孩子們在木頭上跑，被從越來越高的木堆和艾瑞克驚人瘦小的包裹屍身邊趕開。某一教會的女人們爲這半異教徒的儀式提供了一隻咖啡筒，還有成紙盒的啤酒、各式的瓶裝飲料，出於謹慎，這些目前留在汽車後車廂和卡車駕駛艙裡。

有個問題，是誰要講話，還有，誰點火。他們問茱麗葉，她肯不肯？而茱麗葉，脆弱又忙著給人咖啡——說他們錯了，身爲寡婦她理當投身到火焰裡。她說這話時竟然笑了，問她的人於是退卻了，怕她變得歇斯底里。最常和艾瑞克同船打魚的男人同意點火，但說他不會演講。有些人也想到他畢竟不是個理想人選，因爲他太太是個福音英國國教徒，他恐怕會遷就而說出讓艾瑞克不高興的話，設若艾瑞克聽得見。然後愛妻的丈夫出面了——他是個矮小的人，多年前船上失火而毀容，是個愛發牢騷的社會主義者和無神論者，在他的演說裡艾瑞克幾乎不見了，除了稱他是戰鬥兄弟。他說得意外地長，後來大家歸咎於他在愛妻統治下過的壓抑生活。

可能在他悼辭被打斷前大家就已經有點煩了，覺得場面畢竟沒像預期的那麼美好，或那麼肅穆，那麼動人。可是一旦火燒起來，這情緒就消失了，大家都全神貫注，甚至，特別是孩子們，直到有個男人喊：「把小孩子趕開。」這是在火焰燒到了屍體時，有人忽然覺悟到（稍嫌晚了），燃燒脂肪、心臟和肝臟可能引起爆炸或茲茲的聲音，讓人聽到了心生恐慌。因此很多小孩讓媽媽給拖走了——有的心甘情願，有的十分驚奇。所以儀式最後成了個男性多數的場面，甚至有點丟臉，儘管在這情況下並非違法。

茱麗葉留下來了，眼睛大睜，身體支在臀上搖晃，面對熱氣。她並不全在那裡。她想到管他是誰——崔羅尼？——從火焰裡抓出雪萊的心。心，具有久遠歷史的重要性。奇怪竟在那一刻想到，不久以前，一個多肉的器官竟被看得這麼寶貴，看成是勇氣和愛的所在。它只是肉體，在燒。和艾瑞克毫不相干。

裴娜樂琵完全不知道發生的事。在溫哥華報紙上有一小條報導——不是報沙灘上火化，而是當然了，只報淹死的事——可是沒有報紙或廣播傳到她那裡，在庫特內深山裡。她到了溫哥華就打電話回家，從朋友海瑟爾家裡。克莉絲塔接的電話——她回來太晚，來不及參加儀式，可是留下來陪茱麗葉，盡可能幫忙。克莉絲塔說茱麗葉不在——這是謊話——要海瑟爾媽媽聽電話。她解釋了發生的事，說她會開車送茱麗葉到溫哥華，她們馬上就動身，等她們到了以後茱麗葉可以告訴裴娜樂琵本人。

克莉絲塔讓茱麗葉在裴娜樂琵所在的房子下車，茱麗葉單獨進去。海瑟爾留她在陽光室，裴娜樂琵在那裡等她。裴娜樂琵戰戰兢兢聽受消息，然後——當茱麗葉稍微正式地擁住她時——現出了一絲尷尬。也許是在海瑟爾家裡，在那白、綠和橘紅色的陽光室裡，海瑟爾的弟弟們在後院投籃球，這樣壞的消息難以穿透。沒有提及火化那部分——在這房子裡和鄰里間，那事想必顯得不文明、可憎。此外，在這房子裡，茱麗葉的表現意外地愉快——她的表現簡直就很有運動員風度。

海瑟爾媽媽輕敲一下門後進來了——端了兩玻璃杯的冰茶。裴娜樂琵灌下冰茶去找海瑟爾了，她一直在走道上盤桓。

然後海瑟爾媽媽和茱麗葉談了一下。她爲介入現實而致歉，可是說時間有限。她和海瑟爾爸爸過幾天要開車到東邊去看親戚。要去一個月，打算帶海瑟爾去。（男孩子們到夏令營去。）可是現在海瑟爾不肯去了，求他們讓她和裴娜樂琵留在這屋裡。實在不能讓一個十四歲和一個十三歲的小孩單獨一起，她想也許茱麗葉想要離開一些時間，休息一下，在經歷了這些以後。在經歷了失落和悲劇以後。

因此不久茱麗葉就發現自己住在一個不同的世界，在一棟寬敞乾淨徹底裝潢過的房子裡，每一方面都具備了所謂的方便——可是對她是奢侈——的東西。這房子在一條彎曲的街上，兩旁是類似的房子，後面是修剪整齊的灌木叢和耀眼的花圃。在那個月裡，就連天氣都無可挑剔——暖和、有點風、明亮。海瑟爾和裴娜樂琵去游泳，在後院打羽毛球，看電影，烤餅乾，大吃特吃，節食，努力曬黑皮膚，在房子裡大放茱麗葉覺得歌詞濫情煩人的歌，有時請女孩子朋友過來玩，沒眞正請男孩子可是和經過房子或聚在隔壁的男孩子大聊漫無邊際又帶嘲弄的天。無意間，茱麗葉聽見裴娜樂琵對一個來的女孩子說：「其實，我根本不太知道他。」

她說的是她父親。

多奇怪。

她從不怕在有點風浪的時候上船，不像茱麗葉。她總纏著要他帶她上船，最後他總是答應。當她穿著煞有介事的橘紅救生衣，拿了她拿得動的器具，跟在艾瑞克後面，總是一臉格外愼重和專注的表情。她留意放蝦籠的地點，並對捉到的龍蝦怎麼去頭和裝袋變得十分老練、俐落和無情。她小時有過一段時期——就說是從八歲到十一歲吧——老說長大後要去捕魚，艾瑞克也告訴她現在有女孩子捕魚了。茱麗葉以爲那確實可能，因爲裴娜樂琵雖聰明但不愛看書，又特別活躍和大膽。可是艾瑞克，在裴娜樂琵聽不見的地方，說他希望那念頭會漸漸消掉，他不願任何人過那種生活。對他所選擇的工作的辛苦和不安，他總這樣說。然茱麗葉覺得，他也正特別爲那些事而驕傲。

而現在他被丟開了。被裴娜樂琵，她最近才把腳趾甲塗成紫色，又現出肚皮上的假刺青。

他，裝滿了她生活的人。她把他丟開了。

可是茱麗葉覺得她自己做得也正一樣。當然，她忙著找事和找地方住。她已經在賣鯨魚灣的房子——她沒法想像再留在那裡。她已經賣了卡車，把艾瑞克的工具、那些找到的蝦籠和小船送人了。艾瑞克在薩斯卡曲灣的成年兒子來，把狗帶走了。

她在一家小大學圖書館的參考部門和一家公立圖書館找事，覺得會在其中一家找到。她在克茨拉諾、登巴爾或灰岬角地帶看公寓。城市生活的乾淨、整齊和便利一再讓她吃驚。這裡是那種男人不必在戶外工作的地方的人住的地方，那種和工作關連的事物最後未必在室內進行的地方。那種天氣可能影響情緒但不影響生活的地方，那種龍蝦和鮭魚改變習慣和數量這種重大事件僅僅是有趣，甚至無人注意的地方。才不久以前，她在鯨魚灣所過的生活，相較之下，顯得危險、擁擠又累人。她自己也從上個月的情緒恢復過來了——她變得比較輕快、能幹又好看了。

艾瑞克應該看看她現在這樣。

她總這樣想到艾瑞克。並非她不知道艾瑞克已經死了——有一陣子是這樣。可是她反正會常想到他的意見，好像他還是那個讓她生命最有意義的人。好像他還是那個她期望眼神會發亮的人。也是她提出爭執、消息、驚奇的人。她的習慣是這樣自動自發，因此絲毫不受他已死這事實所影響。

他們的爭執也沒完全解決。她還是要他說明他的不忠。現在她若稍微炫耀自己一下，也正是針對那一點。

暴風雨、找到屍體、海灘上火化——都好像是一場她不得不看、不得不信的盛事，但畢竟與艾瑞克和她自己無關。

*

她在參考圖書館找到了事，也找到了一間勉強負擔得起的公寓，裴娜樂琵回到了托倫斯屋去做通學生。她們在鯨魚灣的事物了結了，她們在那裡的生活結束了。連克莉絲塔都搬離了，春季時她搬到了溫哥華。

那之前有一天，一個二月天，下午工作結束後，茱麗葉站在校園的巴士亭裡。下了一天的雨停了，西方天邊有一道晴天，太陽落下處天色泛紅，伸展到喬治亞海峽。這白日加長的徵候，季節更替的許諾，帶給了她意外又無法承受的影響。

她意識到艾瑞克死了。

好似她在溫哥華這整段時間裡，只不過是在某處等待，看她是否能再重續和他的生活。好似和他在一起仍然是個選擇。她自從到這裡以後生活仍是以艾瑞克為背景，她從沒完全理解艾瑞克已經不在，他所有的東西都不在了，日常生活和平常世界裡有關他的記憶漸漸褪去了。

所以這就是哀傷。她覺得似乎有人剛倒了一袋水泥到她裡面，並迅速硬化。她簡直無法動彈。上巴士，下巴士，走半條街區到她住的建築物（她為什麼住那裡？），就像爬上懸崖。而現在她必須不讓裴娜樂琵發現。

晚餐時她開始抖，但無法鬆掉手指放下刀叉。裴娜樂琵繞桌子過來扳開她的手，說：「是爹地，對不對？」

之後茱麗葉告訴幾個人——包括克莉絲塔——這似乎是所有大家對她講過的話裡，最寬解、最溫柔的話了。

裴娜樂琵清涼的手上下安撫茱麗葉的手臂。第二天她打電話給圖書館，說她母親病了，還向學校請了兩天假，在家照顧茱麗葉直到她恢復。起碼，等到最壞的情況過去。

在那幾天裡，茱麗葉告訴了裴娜樂琵一切。克莉絲塔、爭吵、海灘上火化（這件事，簡直像奇蹟，到目前爲止她一直都瞞著她）。一切。

「我不該拿這些事煩你的。」

裴娜樂琵說：「是啊，也許不該。」可是又堅強加上：「我原諒你。我想我不再是個嬰兒了。」

茱麗葉回到了世間。類似在巴士站的情形又復發過，但從沒那麼嚴重。

因爲在圖書館的研究工作，她遇見了一些省電視臺的人，接了一份他們給她的工作。做了一年後開始做採訪。許多年來她無所不拘的閱讀（在鯨魚灣的那些日子，讓愛妻十分看不順眼），所有她蒐集的點滴資訊，她隨心所欲的胃口和迅速吸收，現在正好派上了用場。她還養成了一種微帶自貶自嘲的風格，通常都相當得體。在攝影機前，她毫無膽怯。雖然到了家後會來回踱步，回想一些可見的差錯，或更糟的，發錯了的音，因而哀叫或詛咒。

過了五年生日卡停了。

「那不表示什麼。」克莉絲塔說。「它們的意義只在告訴你她還活在某個地方。現在她認爲你已經懂了。她相信你不會找人追蹤她。如此而已。」

「我給了她太多負擔嗎？」

「噢，茱。」

「我說的不只是艾瑞克死的事。別的男人，後來的。我讓她看見了太多悲慘。我愚蠢的悲慘。」

因爲在裴娜樂琵十四歲和二十一歲間，茱麗葉有過兩次感情事件，兩次居然都愛得死去活來，儘管事後她總十分慚愧。其中一人年紀比她大很多，而且婚姻篤實。另一人要年輕許多，爲她豐富的感情而大驚。過後她自己也反省。其實她一點也不喜歡他，她說。

「我不認爲你喜歡他。」克莉絲塔說，她累了。「我不知道。」

「噢老天。我眞是個呆子。我和男人不再是那樣了吧？」

克莉絲塔沒指出這可能是出於缺乏人選。

「不再，茱，不再了。」

「其實我沒做過什麼糟糕的事。」然後茱麗葉說，開朗起來。「爲什麼我一直怨嘆是我的錯？她是個難解的謎，如此而已。這我得面對。」

「難解的謎，和冷血動物。」她說，下了個嘲諷的論斷。

「不是。」克莉絲塔說。

「不。」茱麗葉也說。「不——不是那樣。」

又過了一個音訊全無的六月後，茱麗葉決定搬家。她告訴克莉絲塔，頭五年，她為了六月而活，不知什麼會到來。現在事情這樣，她天天期盼，也天天失望。

她搬到西端一棟高樓裡。她本想把裴娜樂琵房裡所有東西都丟掉的，可是最後統統塞進了垃圾袋裡一起帶走。現在她只有一間臥房了，但地下室裡有貯藏的地方。

她開始在史坦利公園裡慢跑。現在她難得提起裴娜樂琵了，即使是對克莉絲塔。她有個男朋友——現在大家是這樣叫的——他從沒聽說過她的女兒。

克莉絲塔變瘦了，也越發消沉。突然，一月裡的某天，她死了。

上電視，你沒法持久。不論觀眾多喜歡你的臉孔，遲早會想要換新人。他們要給茱麗葉別的工作——研究、為自然節目撰寫旁白——可是她全都愉快回絕了，形容自己需要換個全新的事。她回到古典研究上——這系甚至比以前更小了——原來是打算再回去寫博士論文。她搬出了高樓，搬到一棟單身寓所，省錢。

她的住處在一棟房子的地下室，不過後面的滑門開向地面層。那裡她有個磚鋪的小後院，格子籬上爬了豌豆和鐵線蓮，花盆子裡有香草和花。生平第一次，規模非常小的，她也是個園丁，像她父親當年那樣。

有時會有人對她說——在店裡，或是在校園巴士上——「對不起，可是你的臉好熟。」或是：「你不是以前電視上的那位女士嗎？」可是一年後這就沒有了。她花很多時間坐和讀，在人行道的桌邊喝咖啡，沒人注意到她。她把頭髮留長了。在她染紅頭髮的那些年裡，頭髮失去了天然棕色時那樣的活力了——現在是銀棕色，細細彎彎的。讓她想到母親，莎拉。莎拉那柔軟、細緻、飛揚的頭髮，變灰然後變白。

她再也沒有地方可以請客了，也對食譜失去了興趣。她的三餐營養足夠，但是單調。無意間，她和大多朋友都失去了聯絡。

也難怪。現在她過的生活和以前那個公開、蓬勃、關心、無所不知的女人盡可能的不同。她活在書籍間，大部分清醒時刻都在看書，不得不深入，修改她原有的前提。有時她連著一週不知世界大事。

她已經放棄了論文，興趣轉到了所謂的希臘小說家上，這些小說家的作品要到希臘文學史（就像她現在學到的，從西元前一世紀開始，持續到中古時期早期）相當晚期才出現。阿利斯提德、龍格斯、希略多拉斯、阿基里斯．泰特斯。他們大部分作品都失落了或只有斷簡殘編，而且據說不雅。但是有一部海琉多羅斯的浪漫小說，叫《衣索匹亞故事》（原在一家私立圖書館裡，圍攻布達[2]時才取回），自一五三四年印行以後就在歐洲流傳。

故事裡，衣索匹亞皇后生了一個白皮膚嬰兒，擔心有人會指控她不貞。因此把小孩——女兒——託給裸體修行僧——也就是，裸體哲學家，兼隱士和神祕主義者——照顧。女孩叫查麗克里雅，最後讓人帶到了德爾斐，成了森林女神的女祭司。她在那裡遇見了一位叫提基尼斯的貴族，他愛上了她，在一個機巧的埃及人幫忙下，暗中把她帶走了。然而，衣索匹亞皇后始終不停想念女兒，恰好雇了這埃及人去找她。不巧和冒險繼續下去，直到主要人物在麥羅相遇，正當她就要成爲親生父親的犧牲時，查麗克里雅獲救了——再一次。

有趣的主題密密麻麻如蒼蠅，對茱麗葉具有自然而又持續的吸引力。尤其是有關裸體修行僧那部分。她盡可能搜尋這些人的資料，他們的通稱是印度哲學家。在這情形，是否一般的假設便是印度鄰近衣索匹亞？不對——到希略多拉斯的時代他應該已知不是。裸體哲學家應該是雲遊僧人，他們對純淨生活和思想鋼鐵般的執著，對財物甚至對衣著和食物的鄙視，既吸引又排斥周圍的人。一個由他們撫養長大的美麗少女很可能持有某種對單純、快意生活的奇異憧憬。

茱麗葉交了一個叫賴利的新朋友。他教希臘文，又讓茱麗葉把她的垃圾袋放在他家的地下室裡。他喜歡想像也許他們能把《衣索匹亞故事》拍成音樂劇。茱麗葉也參與這夢想，甚至做了一些十分孩子氣的歌和荒誕的舞台設計。可是私下她想設計一個不同結局，裡面會有放棄和回頭尋找，故事裡那女孩子會遇見贗品、騙子和假冒，是她眞要找的東西的粗劣仿製品。也就是，最後，她會和犯錯、後悔但畢竟是好心腸的衣索匹亞皇后和好。

茱麗葉幾乎確信她在溫哥華見到過史普敦媽媽。她拿了一些大概不會再穿的衣服（她的衣著變得越來越實用了）到救世軍的廉價商店去，放下袋子時看見了一個穿了夏威夷裝的胖老婦在褲子上貼價牌。老婦正和別的員工聊天。她的神情像個管理，像個快活但盡職的主管——也可能那神情屬於一個不管有無職權都會那樣自命的女人。

若她果眞是史普敦媽媽，那她是失勢了。不過並不太嚴重。因爲若她是史普敦媽媽，難道沒有備用的浮力和自許，以免眞正的跌落？

以及，備用的勸告，致命的勸告。

她帶著極大的飢渴來到這裡。

茱麗葉和賴利講了裴娜樂琵的事。她需要一個知道的人。「我是不是該和她談高貴的生活？」她說。「犧牲？把生命對陌生人開放？我從沒想到那過。我一定是想若她變得像我一樣就夠好了。是那讓她生病的嗎？」

賴利是那種除了茱麗葉的友誼和好性子外一無所求的男人。他是那種所謂的老式單身漢，就她所知（但她可能知道得不夠多）對性事毫無興趣，對任何私人關係都抱持畏懼，又極風趣。

此外另外有兩人要她做伴侶。一個在她的人行道咖啡桌邊坐下。他是個新近的鰥夫。她喜歡他，可是他的寂寞太赤裸，對她的追求也太迫切，讓她起了戒心。

另一人是克莉絲塔的弟弟，在克莉絲塔生前她見過他幾次。有他做伴滿好的——在許多方面他就像克莉絲塔。他的婚姻早就結束了，他並不急切——她從克莉絲塔那裡知道，曾有些女人要嫁他，但他不要。但他太理智了，他選她簡直幾近冷血，裡面有點侮辱的成分。

然爲什麼會是侮辱呢？又不是說她愛他。

是在她還在和克莉絲塔弟弟約會時——他叫蓋瑞．蘭姆——她撞見了海瑟爾，在溫哥華市區。茱麗葉和蓋瑞才剛看了晚間早場電影從戲院出來，正討論到什麼地方晚餐。是夏天一個暖和的晚上，天色還沒全黑。

人行道上一個女人離了群。筆直朝茱麗葉走來。一個瘦削的女人，大概將近四十。時髦，深色頭髮裡有點太妃糖似的條紋。

「坡提亞斯太太。坡提亞斯太太。」

茱麗葉認得那聲音，卻認不出那面孔。海瑟爾。

「太難相信了。」海瑟爾說。「我到這裡三天，明天就走了。我先生來開會。我正想這裡什麼人都不認識，一轉頭就看見了你。」

茱麗葉問她現在住哪裡，她說康乃迪克。

「才剛三個星期前我去看嘉旭——你記得我弟弟嘉旭？——我去艾德蒙敦看我弟弟嘉旭和他一家，遇見了裴娜樂琵。就那樣，在街上。不——其實是在購物商場裡，他們那裡那個超大商場。她帶了她的兩個孩子，帶他們到那裡去買學校制服。男孩子。我們兩個都說不出話來。我並沒立刻就認出她來，可是她認出了我。當然，她是飛過來的。從很北那個地方。可是她說那裡其實很開化的。還說你仍住在那裡。可是我和這些人一起——他們是我先生的朋友——實在沒時間打電話給你——」

茱麗葉比畫說當然沒時間，她也不期望接到電話。

她問海瑟爾有幾個小孩。

「三個。都是壞蛋。我希望他們趕快長大。可是比起裴娜樂琵，我的生活太好過了。五個。」

「我得走了，我們要去看電影。我甚至不知道是講什麼的，我根本不喜歡法國片。可是這樣遇見你實在太好了。我爸媽搬到白岩去了。他們曾經常在電視上看到你。他們以前會誇口說你在我們家住過。他們說你不再上電視了，是做膩了嗎？」

「可以那樣說。」

「我來了。我來了。」她抱住茱麗葉親一下，時下風行的那樣，然後跑去加入夥伴了。

原來這樣。裴娜樂琵沒住在艾德蒙敦——她得下來艾德蒙敦。那表示她住在白馬還是黃刀。不然還有什麼地方可以相當開化來形容？說不定她那樣說時是在嘲諷，有點笑海瑟爾。她有五個小孩，起碼兩個是男孩。給他們買學校制服。那表示是私立學校。表示有錢。海瑟爾起初沒認出她來。那是否表示她老了？表示懷了五次孕以後，她沒好好照顧自己？不像海瑟爾那樣。不像茱麗葉那樣，多多少少。表示她是認為那樣的奮鬥可笑，等於承認沒安全感的那種女人？還是她根本沒時間管這種事——根本不予考慮。

茱麗葉以為裴娜樂琵加入了超越主義者，以為她成了一個神祕主義者，拿一生去沉思。不然是別的——幾乎完全相反但還是相當單純和強悍——以一種粗野又危險的方式維生，在英屬哥倫比亞內陸水道的寒冷水域捕魚，和先生，可能還有一些粗聲粗氣的小孩。

才不是。她日子過得像個闊綽、實際的婦人。嫁了個醫師，或可能嫁了個主管北部地區的公務員，在他們的職權已經逐步、謹慎但又有點誇大地交回到原住民手中的時期。萬一她再見到裴娜樂琵，她們可能會笑茱麗葉錯得有多離譜。當她們談到各自碰見海瑟爾的情形，談到那有多奇怪時，她們會笑起來。

不。不。事實上她已經笑裴娜樂琵過多了。太多事情像笑話了。就好像太多事情——私人的事，也許只是感激的愛情——是悲劇了。她做媽媽時太沒禁忌、禮節和自制了。

裴娜樂琵說過她，茱麗葉，還是住在溫哥華。她一點都沒告訴海瑟爾她們絕裂的事。想必沒有。如果海瑟爾聽說了，談起來不會那樣平易。

裴娜樂琵怎麼知道她還在這裡，除非她查過電話簿？若她果眞查過，那表示什麼？不表示什麼。別小題大作。

她走回街邊到蓋瑞身旁，在她們重逢的場合他技巧避開了。

白馬、黃刀。知道這些地名眞是痛苦——她可以飛去的地方。她可以在街上流連，設計偷窺的地方。

但她沒那麼瘋狂。她絕不能那麼瘋狂。

晚餐時，她想她才剛吸收的消息讓她的處境比較容易和蓋瑞結婚，或是同居——看他要什麼。就裴娜樂琵來說，沒什麼可擔心的，也沒什麼讓她等待的。裴娜樂琵不是個鬼魂，她很安全，就像大家都很安全，而且可能很快樂，就像大家一樣。她很可能已經擺脫了茱麗葉，也擺脫了對茱麗葉的記憶，茱麗葉最好也以擺脫來回報。

可是她告訴海瑟爾說茱麗葉住在溫哥華。她是說茱麗葉？還是媽媽？我媽媽？

茱麗葉告訴蓋瑞海瑟爾是老朋友的孩子。她從沒和他談過裴娜樂琵，他也從沒露出過知道有裴娜樂琵存在的跡象。

很可能克莉絲塔已經告訴過他，而因爲那和他無關，基於體貼，他從來不提。或克莉絲塔告訴過他，但他忘了。或克莉絲塔從沒提過裴娜樂琵的事，甚至她的名字。

如果茱麗葉和蓋瑞同居，裴娜樂琵的事永遠不會浮現，裴娜樂琵就不存在。

裴娜樂琵其實也並不存在。茱麗葉尋找的那個裴娜樂琵已經不在了。海瑟爾在艾德蒙敦發現的女人，那個帶了兒子到艾德蒙敦去買學校制服的媽媽，面孔和身形已經變了，連海瑟爾都認不出來，那個女人不是茱麗葉認識的人。

茱麗葉相信這嗎？

若蓋瑞看見了她心神焦躁，他假裝沒注意到。但很可能就是在這晚上，他們彼此都理解到他們再也不會在一起了。若他們有在一起的可能她就會告訴他，我女兒不告而別，很可能她並不知道她要走了。她不知道她一走就是永遠。然後漸漸的，我相信，她悟到了她多想離我遠遠的。這只是她找到過自己的生活的方式。

「很可能她沒法面對的是當面向我解釋。或其實沒有時間解釋。你知道，我們總以爲有這個或那個理由，不斷試著尋找理由。我可以告訴你許多我做錯的地方。可是我想眞正的原因並不那麼容易挖掘出來。或許是她純潔的天性。是的。她裡面的一些細緻、嚴格和純粹，一些硬如岩石的誠實。我父親以前會談到他不喜歡的人，說那人對他一點用都沒有。難道那些話不能就像字面說的？對裴娜樂琵我一點用處也沒有[3]。

也許她受不了我。可能。

茱麗葉有朋友。現在並不很多了——但是朋友。賴利照常來看她，也照常說笑話。她繼續她的研究。研究並不眞能描述她所做的——探查比較好些。

因爲缺錢，她一週有幾小時在她以前在人行道咖啡桌長坐的咖啡屋打工。她發現這工作正好平衡她對希臘人的介入——甚至到若她負擔得起也不願放棄。

她還是盼望有裴娜樂琵的信息，但並不太激切。她像有經驗的人盼望不配得的福祐、病情一下減輕那樣的盼望。

---

1 皮普斯：山姆・皮普斯（Samuel Pepys，1633-1703），英國十七世紀海軍名將和國會議員，但他最出名的是日記，特色是不管是記述私生活還是臧否同代人士，都坦白詳盡。

2 布達（Buda），匈牙利首都布達佩斯的古城堡布達，十六、七世紀曾受到土耳其人占領一百多年。布達曾幾次被圍，這裡指的可能是一六八六年奧國圍城，從土耳其手裡奪回古城的戰役。

3 此處英文原書原本就沒有完結的下括號。

激情

不久前，葛莉絲到渥太華谷的崔佛斯去看夏天住的房子。她已經好多年沒到那一帶了，自然是變了很多。七號公路現在繞過了以前穿過的鎮上，她記得是轉彎的地方現在卻直了。這一帶的加拿大地盾[1]有很多湖，一般的地圖並不標明。就算她找到，或以為找到了小薩柏特湖，卻發現從郡級公路好像有太多路通到那裡去，而等她選了其中一條，又看到有太多鋪設的公路穿越，都是她不記得的路名。其實，四十年前她住那裡時，根本就沒有路名。路面也沒鋪。只有一條泥巴路通到湖去，還有一條泥巴路沿湖漫行。

現在那裡有了個村子。不然可以叫做郊區，因為她連郵局或是最起碼的便利商店都沒看見。住家沿湖四五條街，小小的地皮上小小的房子連在一起。其中有些無疑是夏季屋——像冬季時一般做法，窗戶總是用木板釘了起來。可是其他很多都露出終年居住的跡象——有許多情形，住戶在院子裡堆滿了塑膠體育器材、戶外烤肉架、練習用的腳踏車、摩托車和野餐桌，在這仍然溫暖的九月天有些人坐在桌邊午餐或喝啤酒。還有別的居民，並不那麼明顯——可能是學生，或獨居的老嬉痞——這些人拿旗子、床單或錫箔做窗帘。廉價的小房子，大都過得去，有的蓋得可以應付冬季，有的並不。

若非葛莉絲看見了那棟八角形、屋頂有回紋、每隔一片牆有扇門的房子，她就轉身走了。武德家的房子。她總記得那房子有八扇門，可是好像只有四扇。她從沒到過裡面，看是怎麼隔間，或是有沒有隔間。她以爲崔佛斯家也沒人到過裡面。以前，房子四周是高大的樹籬，和沿岸總在風中擺動的閃亮白楊。武德先生和太太年紀大了——就像葛莉絲現在——似乎沒有子女或朋友去看他們。他們那奇特的房子現在看來有點消沉、放錯地方的模樣。鄰居的手提音響和有時分屍了的車子、玩具和洗的衣服，堆在他們房子兩旁。

當她再沿路走約四分之一哩找到崔佛斯家的房子時也是一樣。現在路經過房子，而不是在那裡結束，兩旁的房子離環繞全屋的寬大陽臺只不過幾步遠。

在葛莉絲見過的房子裡那是第一棟那樣蓋的——兩層樓高，主屋頂一直伸展過陽臺，四邊都是這樣。後來她看過許多這樣的房子，在澳洲。那式樣讓人想到炎熱的夏天。

以前你可以從陽臺跑過老是塵土飛揚的車道盡頭，穿過一片沙質、常遭踐踏的野草和野草莓地，以及崔佛斯家的地面，然後跳進——不，其實是涉水進——湖裡。現在因爲一棟就蓋在那路徑上的大房子——正似這郊區一般的房子，有可容兩輛車的車庫——幾乎看不見湖了。

葛莉絲到這裡來找房子時，到底在找什麼？說不定最糟的就是找到她要的。遮蔽的屋頂，上了紗窗的窗戶，前面是湖，後面是一片楓樹、杉樹和芳香的基里亞德樹。保存完好，過去毫無損傷，論到她自己可就不是這樣了。找到這樣一個破落了，依然存在但已毫無輕重的東西——像崔佛斯家的房子現在這樣，加了老虎窗，驚人的藍漆——終究可能比較無害。

如果根本沒找到呢？你發作一下。如果有人相陪聽你說話，你就爲所失感慨一番。可是，難道你不會因爲過去的迷惑和義務都消除盡淨，而大大放心嗎？

崔佛斯先生蓋——也就是，他請人蓋這棟房子，給崔佛斯太太做結婚禮物。葛莉絲第一次看見時，那房子大概有三十年了。崔佛斯太太的小孩年紀相隔很大——葛瑞忱大約是二十八或二十九，已經結婚自己也是媽媽了，莫里二十一，大學最後一年。還有尼爾，三十五上下。可是尼爾不姓崔佛斯。他是尼爾．包羅。崔佛斯太太以前結過婚，那人後來死掉了。她靠在一家祕書學校裡教商業英文維生和撫養小孩。每當崔佛斯先生提到她這段他遇見她以前的生活時，總說那時有多艱辛，簡直像服刑，一輩子的舒適——這他很樂於提供——都沒法彌補的。

崔佛斯太太自己卻完全不這樣講。她和尼爾住在一棟老舊的大房子裡，隔成了公寓，在賓布魯克鎮上，離鐵道不遠，她在晚餐時講那時的故事，很多都是講同屋的房客，和法裔加拿大人的房東，還學他那刺耳的法語和繞舌的英語。那些故事很可能都有篇名，像葛莉絲讀到的瑟爾柏的小說，在《美國幽默選集》裡，她莫名其妙在她十年級教室後面的書架上找到的。（那書架上還有《最後的公爵》、《水手兩年》。）

「〈克羅馬蒂太太爬上屋頂那晚〉、〈郵差怎麼追花小姐〉、〈吃沙丁魚的狗〉。」

晚餐時，崔佛斯先生從來不講故事，也很少說話，不過若他見到你在看石壁爐，可能會說：「你對石頭有興趣嗎？」然後告訴你每塊原石是從哪裡來的，以及他怎麼到處尋找一種特別的粉紅花崗岩，因爲崔佛斯太太有一次爲一塊挖路時看見、類似的石頭而驚嘆。不然他可能會帶你看屋裡他自己加的其實沒什麼特出的設計——廚房角落碗櫥的架子可以轉出來，窗戶座下的收藏處。他是個高大駝背的人，聲音柔和，稀薄的頭髮油亮蓋住頭皮。他下水時穿游泳鞋，雖然在平常衣服裡看來不胖，那時就露出了攤餅似的白肉肚皮，突出游泳褲上頭。

那年暑假葛莉絲在貝里瀑布的旅館裡打工，在小薩柏特湖北邊。夏季初崔佛斯家到這裡晚餐。她沒注意到他們——他們的桌子不是她負責的，那晚又忙。她正在爲一批新客人安排桌子時，發現有個人等著和她說話。

那人就是莫里。他說：「不知道你有沒有興趣什麼時候和我出去？」

葛莉絲幾乎沒從飛快取出刀叉間抬頭。她說：「你是在激我嗎？」因爲他聲音尖銳、緊張，又僵硬站在那裡，好像是受人所迫。大家都知道有時一群鄉下小屋來的年輕人會互相挑戰，激對方約女侍出去。並不完全是玩笑——如果對方接受了，他們也確實會到場，不過有時他們只打算把車停在一個地方，連帶你去看電影或喝咖啡都免了。因此若一個女孩子接受了，在大家眼裡是件相當丟臉、走投無路的事。

「什麼？」他難受地說，那時葛莉絲才停下來看他。對她來講，她好像就在那一瞬間看見了他整個人，眞正的莫里。害怕，勇猛，天眞，堅決。

「好。」她很快說。她的意思很可能是，好，冷靜點，我知道你不是激我，我知道你不會那樣。或是，好，我會和你出去。連她自己都不太知道是哪個。可是他把那當成是同意，馬上就安排——聲調既沒減低，也沒注意到他們周圍用餐的客人投注的眼光——第二天晚上她下班後來接她。

他眞帶了她去看電影。他們看了《岳父大人》。葛莉絲很討厭那電影。她討厭電影裡像伊莉莎白泰勒那樣的女孩子，她討厭那些寵壞的富家千金，大家對她們什麼要求都沒有，她們卻甜言騙取又頤指氣使。莫里說那電影只不過是齣喜劇，但她說重點不在那裡。她沒法說明到底重點是什麼。大家可能會想原因在於她是個女侍，窮得上不起大學，設使她想要那樣的婚禮便得自己省上好幾年。（莫里就這樣想，因而對她另眼相看，簡直就帶了敬意。）

她沒法完全解釋，甚或理解，其實她感覺得到的不盡是嫉妒，而是憤怒。而且不是因爲她沒法像那樣買東西或打扮得那個樣子。而是——男人——人們，大家——認爲她們應該是怎樣。漂亮，當做寶貝，寵壞，自私，沒腦筋。女孩子就應該那樣，讓人去愛戀。然後她就會成爲母親，全心全意獻身給她的孩子。再也不自私了，但還是一樣沒腦筋。永遠下去。

她爲這大發不平，身邊坐著一個愛上了她的男孩子，因爲他相信——立刻——她的心智和靈魂正直而獨特，把她的貧窮看成了浪漫的光華。（他會知道她窮不只是因爲她的工作而是因爲她很重的渥太華谷口音，那時她對這還不自覺。）

他尊重她對那電影的感覺。而他既然聽她氣憤勉力的解釋，便也勉力告訴她一點東西以爲回報。他說現在他知道了嫉妒一點都不那麼單純，不那麼女性。他知道了。因爲她無法忍受輕浮，不願像大多女孩那樣。她很特別。

葛莉絲總記得她那晚穿的衣服。深藍色的芭蕾舞裙，白襯衫，從布孔的花邊看得見她的胸部，玫瑰色的彈性寬腰帶。無疑，在她表現自己的方式和她想要別人評斷她的方式間有點出入。可是她沒有一點當時流行的那種細緻、傲慢或優雅。其實，邊緣有點粗糙，她戴的最廉價的銀漆手鐲，和野性的黑長捲髮（她做女侍時得收在髮網裡），給了她自己一點吉普賽味道。特別。

他告訴母親她的事，他母親說：「你一定得帶你這個葛莉絲來晚餐。」

對她這完全新鮮，她馬上就喜歡了。事實上她愛上了崔佛斯太太，就像莫里愛上了她。當然了，她天性不會這樣明顯地就驚異無言，就崇拜上了，像他那樣。

葛莉絲是她姑姑和姑父，其實是她姑婆和姑公帶大的。她三歲時媽媽死了，爸爸搬到薩卡區灣去了，在那裡另外成了家。養父母很仁慈，甚至以她為傲，儘管有點不知怎麼辦，但不太說話。姑父靠編椅座維生，他教葛莉絲怎麼編，這樣她可以幫他，等他視力不行了她就可以接手。可是那時她在貝里瀑布找到了暑期工，儘管對他——對她姑姑也是——來說，讓她去很不容易，他們相信在她定下來前需要先體驗一下生活。

她才二十歲，剛念完高中。本來一年前就可以畢業的，可是她做了個奇怪的選擇。在她住的那個很小的鎮上——離崔佛斯太太的賓布魯克不遠——畢竟有家高中，裡面有五個年級，讓你為政府考試和那時稱做高年級大學考做準備。並不需要所有課都修，在她第五年級末——本該是她的最後一年，十三年級——葛莉絲參加了歷史、植物學、動物學、英文、拉丁文和法文科的考試，沒必要地得了高分。可是那個九月她又回到了學校，打算研習物理、化學、三角函數、幾何和代數，儘管一般人認爲這些學科對女孩子來說特別難。到她那年念完，就幾乎修完了十三年級所有課程，除了希臘文、義大利文、西班牙文和德文，因爲學校裡沒人教。在數學和科學的三門課程裡她都念得相當好，儘管結果不像前一年那麼傑出。那時，她甚至還想自修希臘文、西班牙文、義大利文和德文，這樣下一年就可以參加那些科的考試。可是校長和她談了一談，告訴她既然沒法上大學，那些對她都沒什麼好處，更何況沒一家大學要求那麼多。她爲什麼那樣做？她有什麼計畫嗎？

沒有，葛莉絲說，她只是想免費樣樣都學。在她開始編椅座的生涯以前。

校長認識旅館經理，說若她想試試做暑期女侍，他可以替她說說。他也提到了體驗一下生活。

原來連那裡主管所有學習的男士也不以爲學習和生活有關。凡是聽到葛莉絲講她所做的人——她必須說明以便解釋爲什麼晚離開高中——都說你一定是瘋了。

除了崔佛斯太太，她被送去上商業學院而不是眞正大學，是因爲聽說她要有用才行，現在她但願——她說——那時她塡滿腦袋的是，或先塡的是，沒用的東西。

「不過你需要謀生倒是眞的。」她說。「反正編椅座似乎是件有用的事。我們得看看再說。」看什麼？葛莉絲一點也不願往前想。她要生活就像現在一直繼續下去。她和另一個女孩子換班，把星期日早餐後的時間空了出來。這表示她星期六總得上到很晚。其實，這表示她以和莫里家人在一起的時間換取和莫里在一起的時間。現在她和莫里再也不能看電影了，也不能眞正約會了。可是他會在她下工後去接她，大約十一點時，開車去兜風，停下來吃冰淇淋或漢堡──莫里儘量不帶她到酒吧去，因爲她還不到二十一歲──最後在把車子停靠在某個地方。

葛莉絲對這些停車時候──可能持續到清晨一兩點──的記憶，結果竟比她對坐在崔佛斯家的圓餐桌邊，或是──等大家終於起身離桌，帶了咖啡或新鮮飲料──坐在房間另一頭的茶色皮沙發、搖椅、加了座墊的柳條椅上──的記憶模糊得多。（沒有清理盤子和廚房的麻煩──一個崔佛斯太太稱是「我的朋友能幹的艾柏太太」早上會來。）

莫里總拖了座墊坐到地毯上。葛瑞忱晚餐時總穿牛仔褲或軍褲，通常盤腿坐在一隻大椅子裡。她和莫里都高大寬肩，帶了點他們母親的美貌──她焦糖色的捲髮，溫暖的淡褐色眼睛。莫里甚至還有個酒窩。可愛，其他女侍這樣說莫里。她們輕吹口哨。好帥，好迷人呢。然而，崔佛斯太太幾乎不到五呎高，在夏威夷裝下她似乎並不是胖，而是豐滿、實在，像個還沒抽長的小孩。而她眼裡的神采，那專注，那總隨時會爆發的歡欣之情，並沒有，也沒法遺傳或模仿。就像她臉頰上那片粗糙的紅暈，幾乎是疹子。也許是毫不注意臉部皮膚，不管什麼天氣都出去的結果，又像她的身材，她的夏威夷裝，都表現出她的獨立。

有時，在這些週日晚上，除了家人還有客人。一對夫妻，也可能是單身的人，通常在年紀，以及在女方總是熱切、慧黠，而男方總是比較安靜、緩慢和容忍上，都和崔佛斯先生和太太差不多。大家講有趣的故事，通常拿自己開玩笑。（葛莉絲自己到現在一直都是個引人入勝的談話者，她簡直有時都厭了自己，現在她很難記得這些晚餐談話對她一度是多麼新奇。在她原生家庭，大部分生動的談話都是黃色笑話，姑姑和姑丈當然是不講的。偶爾有客人，說的話總是爲食物道歉或讚美食物、討論天氣，以及熱切希望那一餐早早結束。）

在崔佛斯家晚餐後，若氣溫夠涼，崔佛斯先生就點起壁爐。他們玩崔佛斯太太所謂的「白癡文字遊戲」，其實，玩那遊戲時，大家得相當聰明才行，就算是捏造好玩的定義。這時是那些晚餐時相當安靜的人大顯身手的機會。從十分荒謬的說法可以營造出虛假的辯論。葛瑞忱的丈夫瓦特這樣，過了一會葛莉絲也這樣，讓崔佛斯太太和莫里很高興（莫里叫說：「看吧？我跟你們講過的，她很聰明。」除了葛莉絲自己，大家都覺得有趣。）此外是崔佛斯太太自己以荒誕的防禦領頭假造字詞，讓遊戲不會變得太嚴肅或玩的人變得太緊張。

只有一次大家玩得有點不開心，就是在崔佛斯太太的兒子尼爾和他太太玫菲絲來晚餐時。玫菲絲和她的兩個小孩待的地方並不太遠，在湖邊再過去她父母家裡。那晚只有家人和葛莉絲，因爲知道玫菲絲和尼爾會帶小孩來。可是玫菲絲是自己來的——尼爾是醫師，那週末他在渥太華臨時有事。崔佛斯太太爲此而失望，可是她振起精神，帶著愉快的驚訝喊：「不過小孩們應該沒在渥太華吧？」

「可惜不在。」玫菲絲說。「可是他們並不特別可愛。我相信晚餐時他們會從頭叫到尾。寶寶在發燒，天知道麥克是怎麼了。」

她是個苗條皮膚曬深了的女人，穿了紫洋裝，搭配的寬紫色髮圈紮起深色頭髮。漂亮，可是帶著厭煩和不贊同的肉囊掩住了嘴角。她盤子上的晚餐大部分沒動，說是對咖哩過敏。

「噢，玫菲絲。眞糟糕。」崔佛斯太太說。「是新近開始的嗎？」

「噢不是。我一直都有，可是以前我總是禮貌不說。後來我厭倦了半個晚上吐個不停。」

「若你先告訴我——我們能給你什麼嗎？」

「沒關係，我很好。反正這麼熱再加上做媽媽的樂趣，我也沒胃口。」

她點了支香菸。

後來，玩遊戲時，她和瓦特爲了一個他用的定義吵了起來，等查字典證實可以那樣用她說：「噢，對不起。我猜我比不過你們這些人。」到了大家得爲下一場遊戲交出自己寫在紙條上的字時，她搖頭微笑。

「我沒有字。」

「噢，玫菲絲。」崔佛斯太太說。崔佛斯先生也說：「得了，玫菲絲。什麼字都好。」

「可是我就是沒字。抱歉。我今晚覺得很笨。你們玩不要管我。」

他們就玩下去了，大家都假裝沒事，玫菲絲則抽菸，並一直帶著她那堅決甜美受傷不快的微笑。過了一會她起身說非常累，而且不能一直把小孩留給他們的外祖母父帶，她玩得很開心，也很有收穫，現在她實在得走了。

「下個聖誕節我得給你們一部牛津辭典。」她並不特別對什麼人說，發出帶苦澀的笑聲出去了。

瓦特用的是崔佛斯家的辭典，是部美國辭典。

她走時大家都沒互看。崔佛斯太太說：「葛瑞忱，有沒有精神給我們泡壺咖啡？」葛瑞忱到廚房去時嘟囔：「什麼開心。耶穌都哭了。」

「哎。她的日子不好過。」崔佛斯太太說。「帶了兩個小孩。」

一星期中葛莉絲有一天空檔，在清除早餐和排好晚餐桌的中間，崔佛斯太太發現後，開始開車到貝里瀑布接她到湖邊打發那幾個小時。那時莫里在做工——暑假裡他加入了修路隊修七號公路——而瓦特在渥太華上班，葛瑞忱帶了小孩在湖裡游泳或和他們在湖上划船。通常崔佛斯太太自己會宣稱她得去買東西，或給晚餐做準備工作，或有信要寫，把葛莉絲留在寬闊、涼爽、陰暗的客廳兼餐廳裡，裡面是永遠凹陷的皮沙發和擁擠的書架。

「喜歡什麼就讀什麼。」崔佛斯太太說。「不然若你想要的話，縮起來睡覺。你做的事吃力，一定累了。我會留意讓你準時回去。」

葛莉絲從沒睡覺。她看書。簡直就一動也不動，短褲下腿流了汗黏在皮革上。也許是出於看書強烈的樂趣，她經常要一直等到崔佛斯太太得開車送她回去了才看到她。

除非葛莉絲的心思有足夠時間脫離剛才在看的書，崔佛斯太太不會輕易就開始談話。那時她可能會說她自己也念過，談她自己的想法——但總以一種既深思又輕鬆的態度說。譬如她說，談到《安娜．卡列妮娜》：「我不曉得念過那本書多少次了，可是我知道我首先認同凱蒂，再來才是安娜——噢，真是慘，發生在安娜身上的事，而現在，你知道，我發現自己總是同情妲莉。當妲莉帶了那些小孩到鄉下去時，你知道，她得操心怎麼洗澡，有澡盆的問題——我想這就是感情怎麼隨年紀增長而不同。激情給澡盆推到後面去了。反正，別管我說什麼。你沒注意吧？」

「我不知道我注意誰。」葛莉絲爲自己驚訝，不知道自己聽來是自滿還是天眞。「可是我喜歡聽你講話。」

崔佛斯太太笑。「我喜歡聽我自己。」

總之，大約就在這時，莫里開始談到他們結婚的事。這一時還不會發生——要等他取得了工程師資格以後——可是他說得好像是他和她都認定的事。等我們結婚了，他會說，而葛莉絲不質問也不反對，反倒好奇聆聽。

他們結婚後會在小薩柏特湖邊有個自己的地方。離他父母不太近，但也不太遠。當然，那只是個夏季住處。其他時間，他們會住在他工程師的工作帶他們去的地方。很可能是任何地方——祕魯、伊拉克、西北地區。這些旅行的說法很讓葛莉絲喜歡——比讓她聽到他帶著凝重的驕傲說，比如我們自己的家時還要喜歡。所有這些她聽來都不眞，然而，要幫姑丈，接手編椅墊的生涯，就在她長大的屋裡和鎭上，從來對她也都不眞。

莫里老問她有沒有告訴她姑姑和姑丈什麼，她什麼時候才要帶他到家裡去見他們。連他輕易用的那個字——家裡——在她聽來都有點不太對勁，儘管她自己也是那樣用。似乎說我姑姑和姑丈家比較恰當。

其實她在每周一封的短信裡根本沒提，除了說她「和一個暑期在附近打工的男孩出遊。」很可能她給人他在旅館做事的印象。

並非她從沒想到過結婚。那個可能性——半確定性——和編椅座生涯，一直都在她腦中。儘管從沒有人追過她，她總想那會發生，有一天，正像這樣，男方快速做決定。他會看見她——也許在他拿椅子來修時——因而看見她，愛上了她。他會長得英俊，像莫里。熱情，像莫里。愉快的肉體親密隨之而來。

這正是沒發生的。在莫里的車裡，或是在星空下的草地上，她都願意。莫里已有準備，但不願意。他覺得有責任保護她。她那樣輕易獻上自己讓他猝不及防。他覺得，也許，那樣做冷冰冰的。那刻意的奉獻他無法理解，也不合乎他對她的想法。她自己不知道她有多冷——她以爲她表現出來的熱切，必定通向她在單獨時刻和在想像中所知的歡樂，覺得應是由莫里來主掌決定。而他不願那樣做。

這些囫圇讓兩人覺得既不安又有點生氣和慚愧，因此在道晚安時吻個不停、黏在一起、甜言蜜語，以互相彌補。因此，單獨一人，在宿舍裡上床，把方才經過的兩小時從心裡掃除，讓葛莉絲鬆了一口氣。她想對莫里來說也是，自己一人在公路上開車，重新整理他對葛莉絲的印象，好全心全意愛她。

大多數女侍在勞工節過後走了，回學校或大學裡去。可是少了員工——葛莉絲在內，旅館照開，一直到感恩節。今年，又有十二月裡冬季開放的說法，至少在聖誕節期間，可是廚房或餐廳裡似乎沒人知道到底會不會開。葛莉絲寫信給姑姑和姑丈，一副好像已確定了的樣。其實，她根本沒提到關門的事，除非可能在元旦以後。因此他們不應期待她。

她爲什麼這樣做？又不是她另有計畫。她告訴過莫里，在他上大學最後一年時，她想以這一年幫她姑丈，說不定另外找人來學編椅座。她甚至答應他聖誕節時來，好見見她家人。他也說聖誕節是個好時間，他們可以正式訂婚。他正從暑期工資裡省錢來給她買鑽戒。

她也從工資裡存錢。這樣在他學期中，她可以搭巴士到肯新敦去看他。

她講這事，還答應了，輕易地。可是她眞相信，或期望，這會發生嗎？

「莫里是個眞誠的人。」崔佛斯太太說。「欸，你自己看得出來。他會是一個親愛、單純的人，像他爸爸。不像他哥哥。他哥哥尼爾非常聰明。我不是說莫里不聰明，若腦袋裡沒有點貨你沒法成爲工程師，但尼爾——他很深沉。」她笑自己。「海底深不可測的洞穴——我在說什麼？很長一段時間尼爾和我相依爲命。因此我覺得他特別。我不是說他不好玩。可是有時最好玩的人可能也最憂鬱，不是嗎？你不太知道他們。可是擔心長大的孩子有什麼用？對尼爾我很擔心，對莫里我只有一點擔心。而葛瑞忱我一點都不擔心。因爲女人不總是有點什麼讓她們繼續下去，是不是？男人就沒有。」

湖濱的房子從來不在感恩節前封起。葛瑞忱和孩子們得回渥太華去，當然，因爲要上學。而莫里，工作結束了，得回到肯新敦去。崔佛斯先生只有周末時來。可是通常，崔佛斯太太告訴葛莉絲，她留下來，有時和客人，有時單獨一人。

然後她計畫變了。九月時她和崔佛斯先生回渥太華去了。事發突然——周末晚餐取消了。

莫里說，有時，她神經會出問題。「她需要休息。」他說。「她得住院兩星期，讓他們把她穩定下來。她出來時總就好了。」

葛莉絲說她從沒想到他媽媽會有這樣的問題。

「是什麼引起的呢？」

「我想他們不知道。」莫里說。

可是過了一會他說：「嗯。可能是她先生。我的意思是，她的第一個先生。尼爾的爸爸。發生在他身上的事。之類。」

發生在尼爾爸爸身上的事是他自殺了。

「他不穩定，我猜。」

「但可能不是那個。」他繼續。「可能是別的事。她那年紀的女人有的問題。現在沒事了——他們用藥物很容易就讓她調整過來了。他們有很棒的藥。不用擔心。」

到了感恩節，正如莫里預測的，崔佛斯太太出院了，感覺良好。感恩節晚餐照舊在湖濱舉行。在星期日——這也如往常，好在星期一打包、封房。葛莉絲很幸運，因爲她星期日還是放假。

全家都會在。沒有客人——除非把葛莉絲算成客人。尼爾、玫菲絲和他們的小孩會待在玫菲絲父母那裡，星期一在那裡晚餐，但星期日他們會在崔佛斯家裡度過。

星期日早上，當莫里把葛莉絲接到湖濱時，火雞已經在烤箱裡了。因爲小孩的關係，晚餐提早了，五點左右。甜餡餅擱在廚房窗臺上了——南瓜、蘋果、野藍莓。葛瑞忱總管廚房——她是個有條理的廚子，就像她是個協調的運動員。崔佛斯太太坐在廚房桌邊，邊喝咖啡邊和葛瑞忱的小女兒丹娜玩拼圖。

「啊，葛莉絲。」她說，跳起來擁抱——這是她第一次這樣做——她一個笨拙的手勢把拼圖弄散了。

丹娜哀叫：「外婆。」她姊姊珍妮，她一直留心看著，把那些散片收拾起來。

「我們可以再拼回去。」她說。「外婆不是故意的。」

「曼越橘醬放在哪裡？」葛瑞忱說。

「在櫃子裡。」崔佛斯太太說，仍捏著葛莉絲的手臂而不理毀掉的拼圖。

「櫃子哪裡？」

「噢。曼越橘醬。」崔佛斯太太說。「嗯——我都自己做。我先把曼越橘放在一點水裡。然後用小火煮——不對，我想是先泡——」

「哎，我沒時間搞那些。」葛瑞忱說。「你的意思是你沒有罐頭的？」

「大概沒有。一定沒有，因爲我都自己做。」

「那我得派個人去買。」

「說不定可以叫武德太太？」

「不要。我幾乎都沒和她說話。不敢。得要有個人上店裡去。」

「親愛的——今天是感恩節。」崔佛斯太太溫和說。「店都不開門。」

「公路下去那家店總是開的。」葛瑞忱提高了聲音。「瓦特呢？」

「他在船上。」玫菲絲從後面臥房說。語氣聽來像警告，因爲她正設法哄寶寶睡覺。「他帶麥克划船去了。」

玫菲絲帶麥克和寶寶開了自己的車來。尼爾晚點來——他有些電話要打。

崔佛斯先生打高爾夫球去了。

「我只要個人到店裡去。」葛瑞忱說。她等了一下，可是沒人從臥房自告奮勇。她朝葛莉絲揚揚眉毛。

「你不會開車吧？」

葛莉絲說不會。

崔佛斯太太環視一下看她的椅子在哪裡，然後感謝地嘆口氣，坐下了。

「嗯。」葛瑞忱說。「莫里會開。莫里呢？」

莫里在前面臥房找游泳褲，儘管大家都告訴他水太冷了不好游泳。他說店不會開門。

「會開的。」葛瑞忱說。「他們賣汽油。若他們沒開，還有一家在到柏西的路上，你知道的，有冰淇淋圓錐杯的——」

莫里要葛莉絲陪他去，可是珍妮和丹娜兩個小女孩，拉著她同她們去看外公在屋子邊挪威楓樹下裝的鞦韆。

下台階時，她察覺到一腳的涼鞋帶子斷了。她把兩隻鞋都脫了，毫無問題地光腳走在沙地、壓扁的大芭蕉以及許多已經落下捲曲的枯葉上。

先是她推孩子們盪鞦韆，然後是她們推她。就在她赤腳跳下來時，一條腿癱軟了，她痛叫出聲，不知道出了什麼事。

出事的是她的腳，不是腿。左腳底讓一片貝殼銳利的邊沿給割傷了，痛從腳底直貫穿上來。

「是丹娜拿的貝殼。」珍妮說。「她要用貝殼給她的蝸牛做房子。」

「他跑掉了。」丹娜說。

葛瑞忱和崔佛斯太太，還有連玫菲絲都從屋裡趕出來，以爲叫聲來自其中一個小孩。

「她腳流血了。」丹娜說。「地上都是血。」

珍妮說：「她給貝殼割到了。丹娜把那些貝殼留在這裡，打算給伊凡造房子。伊凡就是她的蝸牛。」

然後有人端來了臉盆，和洗傷口的水、毛巾，大家都問有多痛。

「不太痛。」葛莉絲說，跛腳走上台階，兩個小女孩爭著扶她，更加礙事。

「噢，眞糟糕。」葛瑞忱說。「可是你怎沒穿鞋子？」

「鞋帶斷了。」丹娜和珍妮一起說，正當那時一輛葡萄酒色的敞篷車悄無聲息地，巧妙轉進停車處。

「現在，這正是我說的巧合。」崔佛斯太太說。「這裡正是我們需要的人。醫師。」

來人是尼爾，葛莉絲第一次看到他。他身材高䠷、瀟灑、行動迅速。

「你的隨身包。」崔佛斯太太高興喊。「我們已經有個病人給你了。」

「你那輛爛貨可眞拉風。」葛瑞忱說。「新的？」

尼爾說：「蠢事一樁。」

「現在寶寶醒了。」玫菲絲不特別指責什麼人說，回屋裡去了。

珍妮嚴厲說：「一做什麼那個寶寶就醒了。」

「你最好安靜點。」葛瑞忱說。

「別跟我說你沒帶。」崔佛斯太太說。可是尼爾從後座旋出醫師包，她說：「噢，你果眞是有，那好，誰也不知道你會不會有。」

「你是病人嗎？」尼爾對丹娜說。「怎麼了？吞了蛤蟆？」

「是她。」丹娜帶著尊嚴說。「是葛莉絲。」

「原來是她。她吞了蛤蟆嗎？」

「她割到腳了。血一直流一直流。」

「給貝殼割的。」珍妮說。

現在尼爾對外甥女說「讓開」，坐在葛莉絲下面的台階上，小心抬起腳說：「把那塊布還是什麼給我。」然後小心抹去血跡察看傷口。現在他離她這麼近，她察覺到一絲她這夏天在旅館學到的氣味——琴酒加了點薄荷的氣味。

「眞的是流個不停。」他說。「一直流一直流。這樣倒好，清潔傷口。痛嗎？」

葛莉絲說：「有點。」

他尋視她的臉，雖然只很短暫。也許在猜想她是否察覺到那氣味，和她怎麼想。

「我相信。看到吊著的那片嗎？我們得進到那下面好好清乾淨，然後我得縫上一兩針。我有樣東西給你擦就不會像你以爲的那麼痛了。」他抬頭看葛瑞忱。「嘿。把觀眾從這裡清開。」

到現在爲止，他還沒同他母親講過一個字，現在她重複說幸好他剛巧那時到。

「童子軍。」他說。「總是有備而來。」

他的手並沒表現出醉意，眼睛也沒有。他看來既不像他和小孩講話時那個開心的舅舅，也不像他刻意讓葛莉絲安心的閒扯家。他有個蒼白的高額頭，一頭捲得緊緊的灰黑頭髮，明亮的灰眼，寬闊薄唇的嘴似乎因什麼強烈的不耐煩、胃口還是痛楚而翹起。

在給傷口上綳帶時，就在外面台階上——葛瑞忱回廚房去了，要孩子們跟她去，可是崔佛斯太太留下了，專心地看，抿緊了嘴唇好似保證她不會干預——尼爾說最好能送葛莉絲到鎮上，到醫院去。

「去打破傷風預防針。」

「感覺起來並不太糟。」葛莉絲說。

尼爾說：「那不是重點。」

「我同意。」崔佛斯太太說。「破傷風——眞糟糕。」

「我們不會去太久的。」他說。「這裡。葛莉絲？葛莉絲，我幫你上車。」他架住她一隻手臂。她繫上了一隻涼鞋，勉強把腳趾頭塞進另一隻，這樣她可以拖著走。綳帶既整齊又緊。

「我只進去一下。」等她坐在車裡了，他說。「道個歉。」

跟葛瑞忱道歉？跟玟菲絲？

崔佛斯太太從陽臺下來，帶著於她而言似乎很自然的、恍惚興奮的表情，尤其是在這天抑制不住了。她將手放在車門上。

「這好。」她說。「這好。葛莉絲，你是上天派來的。你不會讓他喝太多酒吧？你知道怎麼做。」

葛莉絲聽到了這些話，但全不放在心上。她太爲崔佛斯太太的變化吃驚了，爲她形體仿彿增大，爲她僵硬的舉止、她那散漫卻又激切的善意、從她眼裡溢出的欲哭的高興之情。以及她嘴角顯出的，隱約的乾乾一層，像糖。

醫院在卡樂敦地方，三哩外。有一條公路越過鐵道，他們高速馳過，當車到坡頂葛莉絲簡直錯覺離地，起飛了。幾乎毫無車輛，她並不害怕，反正她也不能怎樣。

尼爾認識急診處値班的護士，等他塡好單子，讓她看了一下葛莉絲的腳（「好功夫。」她淡然說。）他就自顧給她打破傷風針了。（「現在不會痛，可是晚點會。」）他剛打完，護士進到小房間說：「候診室裡有個人等著接你回去。」）

她對葛莉絲說：「他說是你未婚夫。」

「跟他說她還沒好。」尼爾說。「不。跟他說我們已經走了。」

「我說你們在這裡。」

「可是等你回來，」尼爾說。「我們已經走了。」

「他說是你弟弟。難道他不會看見你的車在停車場嗎？」

「我停在後面。停在醫師的停車場。」

「滿狡猾的。」護士回過頭說。

尼爾對葛莉絲說：「你還不想回家吧？」

「不想。」葛莉絲說，好像她看見那字寫在她前面，在牆上。好像她正在做視力測驗。

再一次她被送上車，安坐在米色座位上，涼鞋懸在腳趾帶下搖盪。他們走後面小路出停車場，然後由一條陌生的路出鎮。她知道他們不會看見莫里。她不必去想他。更不必去想玟菲絲。

後來，形容到這一段，她生命這個變化時，葛莉絲可能會說——她也真的這樣說——就好像一扇門在她身後哐啷一聲關上了。然在當時並沒有哐啷聲——只有安靜順從漣漪般蕩過她，那些被離棄的人的權利順利地取消了。

她對這天的記憶依然清晰歷歷，然而有些她常想到的地方不太一樣。

就連那些細節她想必也錯了。

*

起初他們在七號公路上往西。就葛莉絲記憶所及，公路上一輛別的車都沒有，而他們的速度和在高架道路上那時差不多。這不可能——那個星期天早上，路上一定有別的車子，正在回家路上的人，回去和家人共度感恩節的人。開近村鎮邊緣，或碰到路上的許多轉彎時，尼爾一定減速了。她不習慣坐在敞篷車裡，風灌進眼睛，肆意玩弄她的頭髮。那給了她車行一直很快的錯覺，完美飛行——不是驚慌失措，而是奇蹟似地、平靜地。

儘管莫里、玫菲絲和其餘家人已經從她心中拭去，還是有點崔佛斯太太的片段殘留，飄浮半空，輕聲地，帶著一種奇異、慚愧的笑聲傳達她最後的訊息。

你知道怎麼做。

葛莉絲和尼爾沒說話，當然了。據她記得的，除非大喊才聽得見。她記得的，老實說，很難和她當時對性行爲應是怎樣的想法，與幻想區分開來。意外的會面，低微但有力的訊號，幾乎無聲的飛逃，她自己在這件事中多少是個囚犯。輕飄的降服，現在肉體無關緊要了，只有一陣慾望。

他們終於停了，在卡拉達爾，進到旅館裡去——仍在那裡的老旅館。牽起她的手，揉搓他在她手中的手指，放慢腳步以配合她不穩的步伐。尼爾帶她進酒吧。她認出是酒吧，雖然以前從沒去過。（貝里瀑布旅館還沒執照——酒得在家裡喝，或是在馬路對面一間破破爛爛、所謂的夜間俱樂部裡喝。）這就像她想像中的地方——窒悶陰暗的大房間，匆促清掃過後桌子草草放回，清潔劑的味道掩不住啤酒、威士忌、雪茄、菸斗、男人味。

裡面沒人——也許要等到下午才開門。可是現在不是已經下午了嗎？她對時間的概念似乎不準了。

現在一個男人從另一個房間進來，和尼爾說話。他說：「你好，醫師。」走到吧檯後。

葛莉絲相信就會像這樣——不管他們到哪裡，總會有尼爾認識的人。

「你知道今天是星期天。」男人以一種抬高、嚴峻簡直在咆哮的聲調說，好像要停車場外的人都聽得見。「我這裡星期天不能賣任何酒給你。而我絕不能賣任何酒給她。她根本不該在這裡的。你懂嗎？」

「噢是，先生。是確實，先生。」尼爾說。「我全心贊同，先生。」

當兩個男人在說話時，吧檯後的男人從一個隱蔽的架子上拿出了一瓶威士忌，倒了些到一只玻璃杯裡，推過吧檯給尼爾。

「你口渴嗎？」他對葛莉絲說，已經在開一瓶可樂。他把瓶子給她，沒給杯子。

尼爾在吧檯上放了張鈔票，男人把錢推開。

「我跟你講了，」他說。「不賣。」

「那可樂呢？」尼爾說。

「不賣。」

男人把酒瓶收走，尼爾迅速喝下玻璃杯裡的酒。「你是個好人。」他說。「法律的精神。」

「把可樂帶著。她越快離開這裡越好。」

「沒問題。」尼爾說。「她是個好女孩。我的弟婦。未來的弟婦。就我所知。」

「是嗎？」

他們沒回到七號公路。反而取朝北的路，路面沒鋪，但夠寬，也不太陡。那杯酒對尼爾的駕駛似乎和它應有的效用正相反。他減到合乎這條路的速限，甚至是小心的速度。

「你不在意吧？」他說。

葛莉絲說：「在意什麼？」

「被拖到那些老地方。」

「不在意。」

「我需要你作伴。你腳怎樣？」

「很好。」

「一定有點痛。」

「不太痛。不要緊。」

他拿起她沒拿可樂的手，把手掌放到他嘴邊舔了一下，然後放下。

「你以爲我是爲了不良目的綁架你嗎？」

「沒有。」葛莉絲說謊，想那個字多像他母親。不良。

「有一度你會是對的。」他說，就好像她回答：是。「但今天不是。我想今天不是。今天你和教堂一樣安全。」

他聲調的變化，變得親密、坦誠和安靜，以及他的唇壓住，然後他的舌掠過她的皮膚給葛莉絲無比的影響，因而她雖聽見那些字，卻沒聽見他所告訴她的意思。她感覺得到一百、數百他的舌頭在她皮膚上閃動，一場懇求之舞。可是她卻想到說：「教堂未必都安全。」

「沒錯。沒錯。」

「而且我也不是你的弟婦。」

「未來的。我不是說是未來的嗎？」

「那我也不是。」

「噢。原來這樣。我猜我並不意外。不。不意外。」

然後他的聲音又變了，變正經了。

「我在找一條岔路，在右邊。有一條我應該認得出來的路。你對這地帶熟嗎？」

「對這帶，不熟。」

「你不知道花站嗎？烏瑪帕，波蘭？雪路？」

她都沒聽過。

「我要去看一個人。」

轉了個彎，向右，再加上他懷疑的喃喃自語。沒有路標。這條路比較窄也比較凹凸不平，有一條單線的木板橋。頭頂硬木林的樹枝交錯。因爲天氣暖得出奇，這麼晚了葉還沒變色，這些樹枝因此仍綠，除了奇怪的一兩枝像旗幟閃耀。有種避難所的感覺。有好幾哩路尼爾和葛莉絲都靜默不語，樹木連綿不絕，森林沒有止盡。然後尼爾打破了平靜。

他說：「你會開車嗎？」葛莉絲說不會，他便說：「我認爲你應該學。」

他的意思是，當時馬上。他停下車，下了車到她這邊來，她得移到駕駛座上。

「沒比這更好的地方了。」

「如果有什麼來了呢？」

「沒什麼會來。如果來了我們可以應付。所以我挑了一段直路。別擔心，所有工作都由右腳負責。」

他們正在一段樹下隧道的開端，地面灑著陽光。他不多費唇舌解釋車子是怎麼跑的——只告訴她腳放哪裡，要她練習換檔，然後說：「現在開，照我講的做。」

車子第一次跳動嚇壞了她。她把排檔磨得嘎吱響，以爲他馬上就會終止課程，可是他笑了。他說：「哇，輕點。輕點。繼續開。」她照做了。他沒批評她對方向的控制，或操縱方向讓她忘了油門，只說：「繼續開，繼續開，保持在路上，別讓引擎熄火了。」

「我什麼時候可以停？」

「等我叫你停時。」

他要她不停開，直到出了隧道，然後教她怎樣煞車。她一停車就開了車門，他們好換邊，可是他說：「不用。這簡單得很。很快你就會喜歡了。」等他們再開動了，她發現他可能是對的。她一時自信幾乎把他們開進了溝裡。仍然，他在必須抓住方向盤時笑了，課程因而繼續。

他讓她一直開了幾乎好幾哩路才要她停車，甚至——慢慢地——轉了好幾個彎。然後他說他們最好換邊，因爲他除非開車不然沒方向感。

他問她現在感覺怎樣，她雖然全身發抖卻說：「還好。」

他從肩膀到肘部揉她手臂，說：「眞會騙人。」不然此外他沒再碰她，沒再讓她任何部分感覺到他的嘴。

他開了幾哩路後想必方向感回來了，因爲他們到了一個十字路口時他左轉，樹木稀疏了，他們爬了好一陣崎嶇不平的坡，走了幾哩路後來到了一個村子，至少是一些聚在路邊的建築物。一家教堂和一家店，都開著，但都沒維持原來的用途，從周圍的車輛和襤褸的窗帘看，可能是住家。有兩棟情況類似的房子，後面有一座塌掉了的穀倉，深色陳年的乾草從斷裂的梁間像暴凸的內臟鼓出來。

看見這地方尼爾發出歡呼，但沒停車。

「這下我放心了。」他說。「眞——是——放心。現在我知道了。謝謝。」

「謝我？」

「謝你讓我教你開車。那讓我平靜下來了。」

「那讓你平靜下來？」葛莉絲說。「眞的？」

「就像我活著那樣眞。」尼爾微笑，但沒看她。他正忙著掃視村後路邊的原野。好像在自言自語。

「這就是了。一定是。現在我們知道了。」

就這樣開下去，直到他彎進一條並不直走卻曲折環繞野地的巷子裡，避過石頭和叢叢的杜松。巷底是一棟不比村裡的房子好到哪裡去的房子。

「現在，就是這裡。」他說。「我不帶你進這地方。我要不了五分鐘。」

他不止五分鐘。

她坐在車裡，在房子的陰影裡。屋門開著，只有紗窗關著。紗窗有幾處補丁，新鐵絲織進舊鐵絲裡。沒人來看她，連條狗都沒有。現在車子既然停了，這個白天充滿了不自然的寂靜。不自然因爲在這樣一個溫暖的下午，你覺得應該滿是草地和杜松叢裡的昆蟲嗡嗡鳴叫的聲音。就算看不見牠們，牠們的噪音似乎應該從長出地面的每樣東西裡升起，直到地平線盡頭。可是時節已經太晚，甚至連聽見雁子南飛時的叫聲都嫌晚了。反正，她什麼都沒聽到。

這裡他們好像在世界頂峰，或某一頂峰。四周田野低下去，只見得著周圍樹木的部分，因爲長在低一點的地方。

他認識這裡的什麼人？誰住這裡？某個女人？似乎他看得上的女人不可能會住在這種地方，可是葛莉絲今天碰到的盡是怪事。沒個完。

這棟房子一度是磚屋，可是有個人開始拆磚。底下，原木牆露了出來，表面原來的磚頭隨便堆在院子裡，可能等著賣掉。餘留在牆上的磚形成對角線，一級一級的，葛莉絲無事可做，便把椅子往後推，靠在椅背上，好數那些磚塊。她傻愣愣鄭重其事地算，就好像拔花瓣，但不用像他愛我，他不愛我那種分明的話。

好運。不好。好運。不好。她只敢這樣。

她發現這樣參差來回的磚塊很難弄清楚算過還是沒算過，尤其是斜線到了門上方就平下來了。

她知道了。不然還會是什麼地方？賣私酒的地方。她想到家鄉那個釀私酒的——一個臉色暗紅的瘦老頭，陰沉又多疑。萬聖節晚上端了鳥槍坐在前面台階上。還把堆在門邊的柴枝漆上號碼，好知道有沒有給人偷了。她想到他——或這一個——在骯髒但整齊（這她是從補丁的紗窗得知的）悶熱的房裡打瞌睡。從嘎吱作響，上面鋪了弄髒了的被子（是某個現在已死的女性親戚很久以前做的）的行軍床或沙發上起身。

並非她進過賣私酒的人家，可是在家鄉，一貧如洗卻仍高尚的人家和不是這樣的人家間的分隔很薄。她知道那些情形。

多奇怪，她竟想過要嫁給莫里。那會是一種背叛。對她自己的背叛。可是搭尼爾的車不是背叛，因爲他和她知道一些同樣的事。而且她所知道的他，越來越多了。

現在她似乎看見姑丈站在門口，彎腰又驚奇，向外看著她，好像她離家很多很多年了。好像她答應要回家卻忘了，而在這些年間他本該死了卻沒死。

她掙扎要和他說話，可是他不見了。她醒了，動起來。她和尼爾在車裡，車子又回到了路上。她睡覺時嘴張開，口渴了。他轉頭看了她一下，儘管他們造成的風四周吹襲，她發現到一陣新的威士忌味。

眞的。

「你醒了？我出來時你睡得正熟。」他說。「對不起——我得打個招呼。你的膀胱怎樣？」

其實，他們停在那房子時，她就一直在想那問題。她看見後面有間廁所，在房子再過去，可是覺得不好意思下車走過去。

他說：「這裡看起來大概可以。」停了車。她下車走到一些正開花的秋麒麟草、野紅蘿蔔和野紫苑草間，蹲下來。他站在路對面同樣的花間，背對著她。等她回到車裡，她看見了她腳邊地上的瓶子。裡面三分之一似乎已經沒有了。

他看到她在看。

「噢，別擔心。」他說。「我不過是倒了些到這裡。」他拿著一支小酒瓶。「我開車時比較好用。」

地板上還有另一瓶可口可樂。他叫她在前面雁裡找開瓶器。

「冰的。」她意外說。

「冰櫃。他們從湖裡切下冰塊然後放在木屑裡。他把冰塊放在屋子底下。」

「我以爲在那棟房子門口看到我姑丈。」她說。「可是我在作夢。」

「你可以和我講你姑丈的事。和我講你的生活。你的工作。隨便什麼都好。我就是喜歡聽你講話。」

他聲音裡有了新的力氣，臉上的表情也不一樣了，並不是醉酒那種瘋狂的神采。好像他一直在生病──不是大病，只是低落，因爲天氣──而現在要向你顯示他好點了。他蓋上酒瓶放下來，伸手握她的手。輕輕抓著，像同志相握那樣。

「他滿老了。」葛莉絲說。「其實他是我姑公。他是個編椅子的──意思是他編椅座。我沒法解釋怎麼編，可是若你有椅子要修我可以做給你看──」

「我看沒有。」

她笑了，說：「其實很無聊的。」

「那告訴我你對什麼有興趣。你對什麼有興趣？」

她說：「對你。」

「噢。你對我什麼地方感興趣？」他的手溜走了。

「你現在做的事。」葛莉絲肯定說。「爲什麼？」

「你的意思是喝酒？我爲什麼喝酒？」酒瓶蓋又下來了。「你爲什麼不問我？」

「因爲我知道你會怎麼說。」

「怎麼說？我會怎麼說？」

「你會說不然還有什麼可做？或類似的話。」

「沒錯。」他說。「我大概會那樣說。那，然後你會設法告訴我爲什麼我錯了。」

「不。」葛莉絲說。「不。我不會。」

她那樣說了以後覺得冷。她原以爲她是認眞的，可是現在她發現了她一直在以這些回答搏取他的重視，試圖表現她和他一樣見聞廣博，而就在這當中她撞上了底下的眞相。原來是沒有希望——純正、合理而且永存的。

尼爾說：「你不會？不。你不會。那就好。你讓我安心，葛莉絲。」

過了一會他說：「你知道——我睏了。我們一找到好地點我就要靠邊停下來睡覺。只睡一下子。你不在意吧？」

「不在意。我覺得應該的。」

「你會看著我？」

「會。」

「好。」

他找到的地方在一個叫幸運的小鎮裡。鎮的外圍有座公園，在河邊，還有個石子地的停車處。他把座位向後調，然後馬上就睡著了。這時夜色將臨了，大約晚餐時間，證明畢竟不是夏天。不久前有人在這裡做感恩節野餐——爐子裡還有點在冒煙，空中還有點漢堡味。那味道並沒眞讓葛莉絲肚子餓——讓她想起了其他肚子餓的時候。

他立刻入睡，她下了車。她學開車時停停走走，搞得身上有點塵土。她在戶外水龍頭邊盡可能洗乾淨手臂和手臉。然後，不把重量放在割傷的腳上，她慢慢走到河邊，看見河水很淺，水面爲蘆草打斷。一塊牌子上警告這裡禁止褻瀆、淫穢或粗俗的話，否則會受到處罰。

她試盪了盪鞦韆，鞦韆架朝西。她盪得很高，望進澄澈的天空——淡綠、暗金、地平線處有一圈極艷的粉紅邊。空氣已經涼了下來。

她想是觸覺。嘴巴、舌頭、皮膚、身體、骨頭撞擊。燃燒。激情。然而對他們根本不是那樣。和她對他的了解比起來，以她現在對他了解的程度，那是小孩子的遊戲。

她看見的是終極的。好像她在一片黑色無垠水域的邊緣。寒冷，平坦的水。望著這樣黑暗、寒冷、平坦的水，知道一切不過如此。

她回到車裡，試圖叫醒他。他動了動但沒醒。所以她又四下走動保暖，並練習怎樣用腳最好——現在她想到一到早上，又得上班了，服侍早餐。

她又試了一次，急切地和他說話。他以各式承諾和呢喃回答，立刻又睡著了。到天眞正黑時她放棄了。現在晚間的寒氣已重，她認清了一些其他事實。他們不能留在這裡，他們畢竟還在世間。她得回到貝里瀑布。

她笨拙地把他換到乘客座上。若連那都沒弄醒他，顯然什麼都弄不醒他了。她花了好一陣工夫搞清楚怎麼開車頭燈，然後開始開車，顛躓地、緩慢地，回到路上。

她毫無方向感，路上沒人可以問路。她只管開到鎮的另一邊，幸好，在那裡有面路標指向貝里瀑布和其他地方。只有九哩路。

她時速不超過三十哩沿那兩線道的公路開下去。車子很少。有一兩次有人超車，按喇叭，遇見的少數幾輛也按喇叭。有一次是因爲她開得太慢了，另一次是因爲她不知道怎樣調暗車頭燈。不管了。她不能在路中間停下來再鼓起勇氣開始。她只能一直開下去，就像他說的。一直開。

起初她沒認出貝里瀑布，因爲從這個不熟悉的方向過來。等她認出，變得比這整段九哩路來更怕了。在陌生的地方開車是一回事，開進旅館大門是另一回事。

等她在停車場停下他醒來了。他一點都不爲他們在哪裡或她做了什麼而驚訝。其實，他告訴她，早在幾哩路前，按喇叭的聲音就吵醒了他，可是他還是一直裝睡，因爲重要的是不驚到她。但他並不擔心，知道她會開到。

她問他現在是不是夠醒可以開車了。

「完全清醒。清新如水。」

他叫她把腳上涼鞋除下，然後摸摸這裡壓壓那裡，才說：「很好。沒發燒。沒腫。你手臂痛嗎？說不定不會痛。」他陪她走到門口，謝謝她給他作伴。她仍爲安全返回而驚訝。幾乎不知是說再見的時刻了。

其實，直到今天她還是不知道有沒有人說了那話，還是他只是抱住她，以手臂圈住她，以那樣持續變化的力道緊緊抱住她，簡直好像需要兩隻以上的手臂才行，好像她被他團團圍繞，他的身體既強壯又輕盈，在索取的同時又放棄了，好像他在告訴她她放棄他是錯的，任何事都可能，可是同時又告訴她她並沒有錯，他要在她身上留下印記然後走掉。

清早，經理敲宿舍門，叫葛莉絲。

「有人打電話找你。」他說。「別動，他們只想知道你是不是在這裡。我說我去看看。現在沒事了。」

應該是莫里，她想。反正是他們中的一個。但可能是莫里。現在她得面對莫里了。

等她下樓去服侍早餐時——穿了帆布鞋——聽見了那意外事故。在往小薩柏湖半路上，有輛車子撞上了橋墩。車子直直撞上去，整輛撞毀燒毀了。並不涉及別的車，顯然也沒乘客。駕駛身分得由牙齒紀錄去查。到這時可能已經查出來了。

「這死法可眞慘。」經理說。「還不如割喉自殺算了。」

「可能是意外。」廚子說，他天性樂觀。「可能睡著了。」

「是啊。就是。」

現在她的手臂好像遭到重擊痛起來了。她拿不穩托盤，只好用兩手拿在前面。

＊

她不需要面對面應付莫里。他給她寫了封信。

就說是他逼你的。就說你並不願意去。

她回信寫了五個字。是我情願去的。她本想加上對不起，可是止住了自己。

崔佛斯先生到旅館來看她。他態度禮貌，公事公辦的樣子，穩重，沉著，並不惡劣。現在她見到那能讓他獨當一面的場合了。一個可以擔當大局，能夠善後的人。他說很可悲，他們大家都很傷心，但酗酒是件糟糕的事。等崔佛斯太太好些，他要帶她去旅行，去度假，到一個溫暖的地方去。

然後他說他得走了，有很多事要料理。他和她握手再見時，在她手裡放了個信封。

「我們兩個都希望你能好好利用。」他說。

支票開的是一千元。她立刻想要寄回去或撕掉，有時即使是現在，她也覺得那會是個很有魄力的做法。可是最後，當然，她做不到。在那時候，那筆錢足夠保證她在生活上有個起步。

1 加拿大地盾（Canadian Shield）：地質學上數一數二的大陸地盾，也是加拿大七個地理區中最大的一區，以馬蹄鐵狀環繞哈德遜灣，接連美國，綿延八百平方公里，主要是岩質地形，景觀壯麗。

侵犯

他們午夜時分開車離鎮——哈利和戴芬妮在前座，艾玲和羅蘭在後座。天空晴朗，雪滑下了枝頭，但並沒在樹下或突出路邊的石頭上化掉。哈利把車停在橋邊。

「這裡可以了。」

「說不定有人看見我們停在這裡。」艾玲說。「他們可能會停下來看我們在幹什麼。」

他又開了起來。轉進第一條鄉間路，他們都下了車，穿過交錯的杉樹，小心走到河邊，才一小段路。雪發出輕微的破裂聲，儘管底下的地面柔軟泥濘。羅蘭的外套下還穿了睡衣，不過艾玲讓她穿了靴子。

「這裡好嗎？」艾玲說。

哈利說：「離公路不太遠。」

「夠遠了。」

這年哈利因工作倦怠辭掉了在新聞雜誌社的事，買下了這個他小時候記得的小鎮上的一家週報。附近有許多小湖，他家曾在湖邊有棟夏季別墅，他記得在大街上的旅館裡喝到了生平的第一口啤酒。他們到達鎮上的第一個星期天晚上，他和艾玲、羅蘭到那裡去晚餐。

可是酒吧關著。哈利和艾玲只好喝水。

哈利對旅館老闆兼侍者揚起了眉。

「爲什麼？」艾玲說。

「星期天嗎？」他說。

「沒執照。」老闆有種濃厚——而且好像不屑——的口音。他穿著襯衫打了領帶、對襟毛衣，和好像長到了一起的長褲——整個軟趴趴、皺皺、毛毛的，好像是層乾鬆變灰的外皮，好像底下的眞皮膚也就是那樣。

「和以前不一樣了。」哈利說，那人沒回答，他便給大家叫了烤牛肉。

「可眞和氣。」艾玲說。

「歐洲人。」哈利說。「文化。他們不覺得老需要微笑。」他指出餐廳裡還是一樣的東西——高天花板、徐徐轉動的風扇，甚至還有一張昏暗的老油畫，畫了一隻獵犬啣了隻鏽色羽毛的鳥。

進來了別的客人。一家人。小女孩穿了皮鞋和刮人的荷葉邊，一個搖搖擺擺走路的娃娃，一個穿了西裝、窘得要死的少年，一些父母和父母的父母——一個心不在焉的瘦老頭，和一個斜癱在輪椅上穿了胸衣的老婦人。那些穿了花洋裝的女人中隨便一個就抵得上四個艾玲。

「結婚紀念。」哈利悄聲說。

中途他停下來介紹自己和家人，告訴他們他是新的辦報人，並恭賀他們。希望他們不介意他記下他們的名字。哈利是個寬臉、男孩子氣的人，有曬棕了的皮膚和發亮的淡棕色頭髮。他那健康的神采和對大家的親切瀰漫全桌——也許那少年男孩和老夫婦並不覺得。他問那兩位結婚多久了，得到的回答是六十五年。

「六十五年。」哈利叫，想到都頭暈。他問可不可以親新娘，她一轉頭，他也就眞親到了她的長耳垂。

「現在你得親新郎。」他對艾玲說，她勉強微笑，在老人頭頂啄了一下。

哈利問幸福婚姻的祕訣。

「媽媽沒法講話。」女人中的一位說。「不過讓我問問爹地。」她朝她父親耳朵大喊。「你對幸福婚姻有什麼建議嗎？」

他猙獰地皺起臉來。

「起——碼要踩一隻腳在她脖子上。」

所有大人都笑了，哈利說：「好。我就在報上寫你總記得徵求太太同意。」

到了外面，艾玲說：「他們怎麼有辦法搞得那麼胖？我不懂。你要日夜不停吃才能胖到那樣。」

「怪。」哈利說。

「那些四季豆是罐頭的。」她說。「八月。四季豆不是八月熟嗎？而且在這按理說種東西的鄉下？」

「更怪了。」他快樂說。

旅館幾乎立刻就開始變了。正式餐廳裡裝上了假天花板——以金屬條架起來的方形紙板。大圓桌爲小方桌取代了，沉重的木椅換成了配紅色塑膠椅墊的輕金屬椅。天花板既然低了，窗戶只好縮小成扁長方形。其中一扇有個霓虹燈招牌寫歡迎咖啡館。

老闆叫帕拉金先生，儘管招牌那樣寫，他對人從不微笑或多說一個字。

雖然這樣，中午或下午晚點時咖啡館照樣客滿。顧客是高中生，大多在九年級和十一年級間。還有些中學裡的高年級生。那地方最大的吸引力在大家可以在那裡吸菸。並不是說若你看來小於十六歲可以在那裡買菸。帕拉金先生對這十分嚴格。你不行，他會說，以他那重濁、陰沉的聲音說。你不行。

這時他已經僱了一個女人替他做，如果有人要從她那裡買菸她就笑。

「你以爲你騙誰，娃娃臉？」

可是十六歲或大點的人可以從年紀比較小的人那裡收齊了錢然後買上一打。

法律是這樣，哈利說。

哈利不再到那裡午餐了——太吵——不過還是到那裡早餐。他還是希望有一天帕拉金先生會解凍然後講出他的生平。哈利有個檔案，裡面滿是寫書的點子，他也總留心眞人的故事。像帕拉金先生那樣的人——甚至，他說，像那個口氣硬的胖女侍——可能包藏了能變成暢銷書的現代悲劇或歷險。

生命裡最重要的，哈利告訴過羅蘭，是帶著興趣活在世上。睜開眼睛，在所有你遇見的人裡看見可能性——看見人性。保持警覺。如果他有什麼可以教她的就是那點。**保持警覺**。

羅蘭自己弄早餐，通常是速成乾麥片加楓糖漿，而不是加牛奶。艾玲拿咖啡到床上去慢慢喝。她不願意談話。她得準備自己以面對一天在報社的工作。等覺得準備夠了——有時在羅蘭已經上學了以後——便起床沖澡，然後穿上她那些隨心卻招搖的衣服。秋已漸漸深了，通常她便穿上厚重毛衣、皮短裙配艷色的緊身褲襪。像帕拉金先生，艾玲有本事顯得與鎮民不同，然和帕拉金先生不一樣的是，她人漂亮，剪短的黑髮，像驚嘆號的薄金耳環，以及淡紫的眼皮。她在報社作風明快而表情冷淡，間歇會爆出刻意、明朗的微笑。

他們在鎮邊租了一棟房子。後院過去，便是一片給人度假用的原野，包括岩堆、花崗岩坡、杉林、小湖，和一片過渡的白楊、軟木楓樹、落葉松和柏樹林。哈利熱愛這裡。說可能會有天醒來看見後院有一頭大鹿。在太陽已經低斜而秋季白天的暖意不過是騙人後，羅蘭才下學到家。屋裡寒冷，殘留了昨夜晚餐的味，還有舊咖啡渣和她該拿出去的垃圾味。哈利弄了堆肥——他打算明年闢個菜園。羅蘭把裝了削下來的皮、蘋果心、咖啡渣和剩菜的桶子，拿到熊或鹿可能現身的樹林邊。白楊葉已經變黃了，落葉松毛毛的橘色針葉襯著深色的長青樹。她倒了垃圾，然後照哈利教她的，鏟了土和用割下來的草屑蓋住。

她現在的生活和不過幾星期前，當她、哈利和艾玲在熱天下午開車到一座小湖裡去游泳時很不一樣了。晚一點時，她和哈利到鎮上去遊逛冒險，艾玲則在家裡磨光、油漆和貼壁紙，宣稱她一個人做比較好又比較快。她要哈利做的只是把他所有那些紙箱裡的文章、檔案櫃和書桌送到地下室裡的破爛小房間裡去，免得礙她的事。羅蘭幫他忙。

她拿起的一隻紙箱奇異地輕，裡面似乎裝了什麼柔軟，不像紙，更像布或毛線的東西。就在她問：「這是什麼？」時，哈利見到她拿著紙箱便說：「哎。」然後說：「噢，老天。」

他把紙箱從她手裡拿走，放在檔案櫃的抽屜裡，然後大聲關上。「噢，老天。」他又說了一次。

他從沒以這種粗暴又氣急的態度和她說過話。他四下看看，彷彿可能有人在看他們似的，然後拿手在褲子上拍拍。

「對不起。」他說。「我沒想到你會拿起那個。」他拿手肘撐在檔案櫃上，額頭抵在手上。

「現在，」他說。「現在，羅蘭。我儘可以編個謊話給你，可是我要跟你講實話。因爲我相信小孩子應該知道眞相。起碼到了你這年紀，應該知道。不過在這情形得是個祕密。好不好？」

羅蘭說：「好。」已經有個什麼東西讓她但願他不會那樣做了。

「那裡邊是骨灰。」哈利說。他說骨灰時，聲音奇異地降低了。「不是普通骨灰。是一個嬰兒火化的灰。這個嬰兒在你出生前死掉了。知道嗎？坐下。」

她坐在一堆硬皮封面的筆記簿上，裡面是哈利寫的東西。他抬頭看她。

「你要知道——我告訴你的對艾玲來說是很傷心的事，所以必須保密。因此你千萬不能講，不然艾玲聽到了受不了。所以現在你懂了嗎？」

她說了必須說的話。懂。

「好現在——事情是，我們在有你以前有了這個嬰孩。一個女嬰，當這嬰孩還很小時艾玲懷孕了。她大爲震驚，因爲那時她才剛發現帶小孩有多累，而她因害喜睡眠不足又一直吐。不只是早上吐，而是早上吐中午吐晚上吐，她不知道到底要怎樣面對。懷孕的事。所以有一晚她覺得受不了了，忽然想到一定要出去。她上了車，嬰孩在小床裡，天已經黑了，下雨，她開得太快，來不及轉彎。所以。嬰孩沒綁好因此彈出了小床。艾玲斷了幾根肋骨，還腦震盪，一時看來好像我們要失去兩個嬰孩了。」

他深吸一口氣。

「我的意思是，我們已經失去了一個。當它彈出小床時就死了。可是我們沒失去艾玲懷的那個。那就是你。懂嗎？你。」

羅蘭點點頭，微微地。

「因此，我們所以沒告訴你——除了艾玲的情緒狀態以外——還怕會讓你覺得我們並不眞正要你。一開始你會覺得。但你一定要相信我們要你。噢羅蘭。我們要你。我們要你。」

他將手臂抽離檔案櫃，過來擁抱她。他聞起來像汗水和他和艾玲晚餐喝的葡萄酒味，羅蘭覺得很不舒服，又尷尬。那故事並不讓她覺得難受，雖然骨灰有點嚇人。但他說那會傷艾玲的心，她相信。

「那就是你們吵架的原因嗎？」她隨意說，他放開了她。

「那些爭吵。」他難過說。「我想可能底下是有一點。在她的神經質底下。你知道我對這一切都很難過。我眞的難過。」

他們出去散步時，他有時會問她，他告訴她的話有沒有讓她擔心或難過。她以堅定又相當不耐煩的聲音說：「沒有。」他說：「好。」

每條街都有特色——維多利亞式大宅（現在是老人院），掃把工廠殘餘的一座磚塔，年代久遠到一八四二年的墳場。有一兩天還有個秋節市場。他們看一輛又一輛卡車開過泥地，拖著滿載水泥磚塊的平臺，磚塊滑向前面，弄得卡車搖晃、停下來、量好距離。哈利和羅蘭各挑了一輛卡車加油。

現在，那一整段時間對羅蘭似乎帶著虛假的光輝，有種稚氣似的熱切，並沒把一旦開學、開始要寫報告，以及天氣變後日常生活或現實的沉重考慮進去。一頭熊或大鹿是野生動物考量自己的需要——並不是什麼刺激。而現在她不會在市集上跳上跳下，爲她的卡車加油。說不定同校的人看見她會以爲她是個怪物。

反正他們幾乎已經這樣認定了。

她在學校裡的孤立來自於知識和經驗，正如她自己知道的，而那可能看來像天眞和傲慢。對別人無比難解的事對她並不難解，對這她不知道怎樣假裝。正因這樣讓她與眾不同，就像她知道怎樣發 L' Anse qux 牧場的音又讀過《魔戒》。她五歲時就喝了半瓶啤酒，六歲時就抽過大麻，儘管兩樣她都不喜歡。她知道口交是怎麼回事，還知道各種避孕法和同性戀做什麼。她經常看見哈利和艾玲赤裸，還見過他們一群朋友在樹林裡的營火邊赤身露體。在那同一假日，她和其他小孩偷溜出去，看父親們經由巧妙協議潛進不屬於他們妻子的帳篷裡。有個男孩建議性交，她同意了，可是他始終沒法進展，他們互相生氣，後來她就討厭看見他。

在這裡所有這些對她都是負擔——讓她覺得尷尬又特別難過，甚至覺得受到剝奪。而除了在學校時記得叫哈利和艾玲爸爸和媽媽，也不能怎樣。那好像把他們放大了，但不那麼鮮明。以這種方式談他們，他們清晰的輪廓稍微模糊，性格也稍微暗淡了。和他們面對面時，她沒有製造這種情形的本事。她甚至沒法表明那樣可能會讓她安心。

羅蘭班上有些女生覺得咖啡館那麼近無法抗拒，但又提不起勇氣進去，就進旅館大廳去上女洗手間。在那裡花上十五分鐘到半小時，拿不同髮型玩弄自己和彼此的頭髮，塗上可能是從斯提德曼那裡偷來的唇膏，聞彼此在藥店裡噴了免費試用香水的脖子手腕。

她們找羅蘭一起去時，她猜想可能是什麼詭計，但還是同意了，部分原因是因爲她不喜歡在越來越短的下午單獨回到樹林邊的家去。

她們一進大廳，裡面兩個女生就抓住她推向櫃檯，那餐館的女人正坐在一隻高腳凳上用計算機算帳。

這女人叫——羅蘭已經從哈利那裡得知——戴芬妮。她頭髮細長，可能是很淡的金黃色，也可能眞的是白色，因爲她不年輕了。想必常得把頭髮從臉上甩開，像她現在那樣。深色鏡框眼鏡後的眼睛覆著紫色眼皮。臉龐寬大，像她的身材，蒼白細緻。但一點也不傲慢。現在，她抬起淡藍的眼睛，從一個女生看到另一個女生，好像並不為她們這樣可鄙的行為意外。

「就是她。」那些女生說。

女人——戴芬妮——現在看著羅蘭。她說：「羅蘭？你眞的是？」

羅蘭十分困惑，說是。

「噢，我問她們學校裡是不是有人叫羅蘭。」戴芬妮說——提到其他女生好像她們已經很遠了，關在她和羅蘭的談話之外。「我問她們是因爲有一件在這裡撿到的東西。有人想必把這掉在咖啡館裡了。」

她打開抽屜拿出一條金鏈子。鏈子上盪著拼成羅蘭的字母。

羅蘭搖搖頭。

「不是你的？」戴芬妮說。「眞可惜。我已經問過高中生了。那我想只好留著了。說不定會有人回來找。」

羅蘭說：「你可以在我爸爸的報紙上登廣告。」直到第二天，當她在學校走廊上經過兩個女生聽見她們以嘲諷的聲調說我爸爸的報紙時，才想到應該說「報紙」的。

「我是可以。」戴芬妮說。「可是那樣可能會有各式各樣的人來說是她們的。甚至，謊報名字。鏈子是金的。」

「可是那她們就沒法戴了。」羅蘭指出。「若那不是她們的眞名。」

「可能。但我想她們還是會假報。」

其他女生到女洗手間去了。

「嘿你們，」戴芬妮朝她們叫。「那裡不准進去。」

她們詫異，轉身。

「爲什麼？」

「因爲不准，就是那樣。你們可以到別的地方去亂來。」

「我們以前進去你從來不管。」

「以前是以前，現在是現在。」

「那裡應該是公用的。」

「不是。」戴芬妮說。「鎮公所裡面的是公用。所以到那裡去。」

「我不是指你。」她對羅蘭說，她正要跟大家去。「可惜鏈子不是你的。過一兩天你再來。如果還是沒人來領，我看，嘿，反正有你的名字在上頭。」

第二天羅蘭又去了。其實，她才不在乎那鏈子——她沒法想像脖子上掛著自己的名字走來走去。她只想要有件事可做，有個地方可去。她本可以到報社去的，可是在聽到她們那樣說**我爸爸**的報紙就不想去了。

她打定主意若是帕拉金先生而不是戴芬妮在櫃檯後就不進去。可是戴芬妮在，在澆前窗上一盆難看的植物。

「噢，好。」戴芬妮說。「沒人來認領。等到周末，我有預感終究會是你的。這個時候你總是可以來。下午我不做咖啡館。如果我不在大廳裡你就按鈴，我反正在。」

羅蘭說：「好。」轉身要走。

「願不願意坐一下？我想泡杯茶。你喝茶嗎？你可以喝茶嗎？還是寧可喝汽水？」

「檸檬──萊姆。」羅蘭說。「麻煩你了。」

「放在玻璃杯裡？你要玻璃杯嗎？冰塊？」

「用瓶子就好了。」羅蘭說。「謝謝。」

戴芬妮還是拿了玻璃杯來，加冰塊。「我看好像不夠冰。」她說。她問羅蘭想坐哪裡──是坐破舊的老皮椅還是櫃檯後的高腳凳。羅蘭挑了凳子，戴芬妮便坐另一隻。

「現在，願意告訴我今天在學校裡學了什麼嗎？」

羅蘭說：「嗯──」

戴芬妮蹦出一臉微笑。

「我跟你開玩笑的。以前我討厭人家那樣問我。一個理由是，我從不記得那天學了什麼。另一個是，一旦不在學校裡了我才不要談學校的事。所以我們不要談那。」

羅蘭並不為這女人分明示好的舉動驚訝。她的教養讓她相信小孩和大人可以平起平坐，儘管她發現很多大人並不理解這點，也就不強求。她知道戴芬妮有點緊張。因此才一直提休息一下，或是在奇怪的地方發笑，也因此訴諸伸手到抽屜裡拿出一大片巧克力。

「給你配飲料的點心。這樣才值得你再來看我，是不？」

羅蘭為女人尷尬，但高興收下了巧克力糖。在家她從沒得糖果吃。

「你不必收買我來看你。」她說。「我樂意來的。」

「噢—噢。所以我不必收買你？你這小孩特別。好，那還給我。」

她伸手抓巧克力，羅蘭彎身護衛。現在她也笑了。

「我是說下次。下次你不必收買我。」

「不過收買一次可以。是不是？」

「我喜歡有點事做。」羅蘭說。「而不只是回家。」

「難道你不去找朋友嗎？」

「我並沒什麼朋友。我九月才進這學校的。」

「這樣。如果老到這裡的那群就是你可以挑的，我看沒有也就罷了。你喜歡這鎮嗎？」

「小。有些東西不錯。」

「爛地方。都是爛地方。我這輩子見過太多爛地方了，你簡直要以爲到現在老鼠大概吃掉我的鼻子了。」她拿手指上下敲鼻子。她的指甲油顏色搭配眼皮。「還在。」她懷疑說。

爛地方。戴芬妮說那種話。語氣激烈——不是討論而是陳述，而且她的判斷是既嚴厲又任性。她談自己——她的品味、體質——好像談的是巨大的神祕，是什麼獨特又終極的事。她對甜菜過敏。就算光一滴甜菜汁下喉，組織馬上就腫起來，就得上醫院去動緊急手術好讓她能呼吸。

「你呢？有沒有過敏？沒有？那好。」

她相信一個女人不管做什麼工作，都應該把手保養得好好的。她喜歡塗墨水藍或是李子色的指甲油。她還喜歡戴耳環，又大又叮噹響的那種，就算上班時。她才不戴那種小耳釦式的。

她不怕蛇，可是對貓覺得怪怪的。她想在她還是嬰兒時，說不定有隻貓受到奶味吸引過來躺在她身上。

「那你呢？」她對羅蘭說。「你怕什麼？你最喜歡什麼色？你夢遊過嗎？你的皮膚曬了太陽是變深還是曬傷？你頭髮長得快還是慢？」

並非羅蘭不習慣有人對她感興趣。哈利和艾玲——特別是哈利——很關心她對事情的想法、意見。有時這些關心讓她厭煩。但她從沒想到還有許多其他事情，偶然的事實，也能重要到讓人開心。而且她從沒在戴芬妮那裡——不像在家裡——感到在戴芬妮的問題後還有問題，從沒感到若她不小心就會讓人打探清楚了。

戴芬妮教她笑話。說她知道好幾百條笑話，不過只教羅蘭那些過得去的。哈利會認爲那些講紐芬蘭人（紐非人）的笑話不恰當，但羅蘭盡責笑了。

她跟哈利和艾玲說她放學後到一個朋友家去。那並不全是撒謊。他們聽了好像高興。可是因爲他們，戴芬妮說她可以收下金鏈時她沒收。假裝可能有一天金鏈主人會來找。

戴芬妮知道哈利，在咖啡館裡她給他端早餐，儘可以跟他提羅蘭去看她的事，但顯然她沒提。

她有時掛起牌子——需要服務請按鈴——帶羅蘭到旅館其他地方去。偶爾有客人來住，他們的床要理，廁所和水槽要刷，地板要吸塵。她不准羅蘭幫忙。「只要坐在那裡和我說話就好。」戴芬妮說。「這種工作有點寂寞。」

但都是她說。她散漫無序地談她的生活。人物出現又消失，要羅蘭不必問自己就弄清他們是誰。叫先生或女士的人是好老闆。別的老闆是老母豬肚皮、老馬的屁股（別學我的話），他們很壞。戴芬妮在醫院做過（做護士？你開玩笑？），還在菸草田、過得去的餐館、在潛水場和木材場做過廚子，還在巴士站做過清潔工看過噁心難以開口的事情，還在一家通宵便利商店做過，在那裡被搶劫就不幹了。

有時她和羅仁廝混，有時和菲爾。菲爾能不問一聲就借用你的東西——她借過戴芬妮的上衣穿去跳舞，流了一大堆汗把腋下都爛穿了。羅仁高中畢業可是犯了大錯嫁給那個沒腦筋的現在一定後悔了。

戴芬妮本可以結婚的。她約會過的男人裡有的發達了，有的變成了無業游民，有的她不知下場怎樣了。她喜歡一個叫湯米．克布萊德的男孩，可是他是個天主教徒。

「你大概不知道那對一個女人來說代表了什麼。」

「那表示你不能避孕。」羅蘭說。「艾玲是天主教徒，可是她退出了因為不同意。艾玲我媽。」

「你媽反正不用擔心，後來那樣。」

羅蘭不懂。然後想戴芬妮一定是在講她——羅蘭——是獨子。她一定以為哈利和艾玲在有了她後還想要更多小孩，可是艾玲沒法子。就羅蘭所知，並不是那樣。

她說：「如果他們想要是可以有更多小孩的。在他們有了我以後。」

「那是你想的，欸？」戴芬妮玩笑說。「說不定他們不能再生了。可能領養了你。」

「不是。我不是領養的。我知道不是。」羅蘭簡直要講出艾玲懷孕時發生的事，但因哈利那樣強調祕密就克制住了。對不守諾言她很迷信，儘管她注意到大人經常失信而卻無所謂。

「別這麼認眞的樣。」戴芬妮說。托住羅蘭的臉，拿她的黑莓色指甲彈她臉頰。「我只是開玩笑。」

旅館洗衣房裡的烘乾機故障，戴芬妮只好把濕床單和毛巾晾起來，因爲下雨最好晾衣服的地方是舊租馬行。羅蘭幫忙抬裝滿了白床單的籃子穿過旅館後面的石子院子到空空的石穀倉去。裡面已經鋪上了水泥地，但從地底，或可能是石頭加碎石的牆壁裡，還是滲出一股味道來。潮地，馬革，濃重的尿和皮革氣。除了晾衣繩和幾隻破椅子和衣櫥。她們的腳步聲引起回聲。

「叫你的名字看。」戴芬妮說。

羅蘭叫：「戴—芬—妮。」

「你的名字。你在幹嘛？」

「這樣回聲比較好。」羅蘭說，又叫：「戴—芬—妮。」

「我不喜歡我的名字。」戴芬妮說。「沒人喜歡自己的名字。」

「我並沒不喜歡我的名字。」

「羅蘭是好。是個好名字。他們給你挑了個好名字。」

戴芬妮隱身在她夾的床單後了。羅蘭吹口哨亂走。

「在這裡眞正好聽的是歌聲。」戴芬妮說。「唱你最喜歡的歌。」

羅蘭想不出什麼最喜歡的歌。這似乎讓戴芬妮意外，就像當她發現羅蘭不知道任何笑話那樣。

「我有一大堆。」她說。便唱了起來。

「月光河，超過一哩寬——」

哈利有時也唱這首歌，總嘲笑這首歌，不然是嘲笑自己。戴芬妮的唱法相當不同。羅蘭發現戴芬妮歌聲裡沉靜的感傷把她拉向飄蕩的白床單。那些床單本身也好像要在她——不，在她和戴芬妮——周圍溶化——造成一種尖銳的甜蜜感。戴芬妮的歌聲好像是種擁抱，大敞而開，你可以衝進去。同時，那鬆弛的感情讓羅蘭肚裡一陣顫慄，微微有種噁心的危險。

在河灣等候

我越橘的朋友——

羅蘭藉拖一把沒座的椅子將椅腿刮過地面加以打斷。

*

「有件事我一直想問你們。」晚餐時，羅蘭堅定地對哈利和艾玲說。「我有沒有可能是領養的？」

「你哪裡來的這念頭？」艾玲說。

哈利停了吃，朝羅蘭玩笑地豎眉，然後開玩笑說。「如果我們要領養小孩，你想我們要一個問這麼多問題的嗎？」

艾玲站起來，弄裙子拉鏈。裙子掉了下來，然後她把褲襪和內褲捲下來。

「看看這裡。」她說。「這就該告訴你了。」

她的肚皮，穿了衣服時看來扁扁的，現在顯得有些圓和墜。表皮顏色還微帶曬深的顏色，連比基尼泳衣的印子都還在，散布了一些死白的條痕，在廚房燈光下發亮。以前羅蘭就看過這些痕但沒多想——它們看來就像艾玲特殊身體的一部分，像她肩胛骨上的兩顆痣。

「那些痕是因爲皮膚撐開而造成的。」艾玲說。「我把你遠遠頂在前面。」她把手放在身前比了一個不可能的距離。「現在你信了吧？」

哈利把頭貼近艾玲，頂住她光光的肚皮。然後直起身對羅蘭說。

「你若奇怪爲什麼我們只有你一個小孩，答案是有了你我們就心滿意足了。你聰明、漂亮又有幽默感。我們怎麼知道再有一個會一樣好？加上，我們不是一般的家庭。我們喜歡搬來搬去。

喜歡試新東西，有彈性。我們有了一個完美又很能適應的小孩。沒必要冒險。」

他臉朝著羅蘭，艾玲看不見，現出遠比他的話更凝重的表情。是持續的警告，混合了失望和驚異。

若不是艾玲在那裡的話，羅蘭就會問他。如果他們兩個嬰兒都失去了，而不只是一個呢？如果她自己從沒在艾玲肚皮裡過因而不能爲她肚皮上的痕跡負責呢？她怎能知道他們不是以她作爲代替？如果有一件大事她不知道，難道就不會有其他的？

這想法讓人有點不安，但有種飄渺的迷人處。

下一次羅蘭放學後進旅館大廳時咳嗽。

「到樓上來。」戴芬妮說。「我有治那的好東西。」

正當她放上需要服務請按鈴的牌子時帕拉金先生從咖啡館進大廳來了。他一隻腳穿鞋另一隻穿了拖鞋，剪開好裝進上了繃帶的腳。就在他大腳趾的地方有塊乾血跡。

羅蘭以爲戴芬妮看見帕拉金先生就會把牌子放下來，但她沒有。只對他說：「你有空最好換那繃帶。」

帕拉金先生點頭但沒看她。

「我過一會下來。」她告訴他。

她的房間在三樓，在屋簷下。羅蘭邊爬邊咳說：「他腳怎麼了？」

「什麼腳？」戴芬妮說。「我猜可能是給人踩了。可能是用鞋跟吧？」

她房間的天花板陡峭斜到兩邊的老虎窗。有張單人床、一個水槽、一把椅子、一具衣櫥櫃。椅子上有個小電爐，上面放了只水壺。衣櫥櫃上放滿了一大堆化妝品、梳子、藥丸、一個茶袋罐和一個熱巧克力罐。床罩是淡棕和白色細條子的棉布，像旅館臥房裡的那種。

「沒什麼布置吧？」戴芬妮說。「我並不常在這裡。」她在水槽裝滿水壺插上電爐，然後掀掉床罩取出一條毯子。「脫下外套。」她說。「好好裹在這毯子裡。」她摸摸散熱器。「要一整天熱氣才到這裡。」

羅蘭照做了。戴芬妮從最上一隻抽屜裡取出兩隻杯子和兩根湯匙，從罐子裡量熱巧克力。她說：「我只用熱水泡。我猜你習慣用牛奶。我也不在茶或其他飲料裡放牛奶。我拿牛奶到這裡只會餿掉。我沒有冰箱。」

「用水也好。」羅蘭說，雖然她以前從沒那樣喝過熱巧克力。她突然想要在家裡，裹暖了窩在沙發上看電視。

「好了，別就站在那裡。」戴芬妮以微帶懊惱或緊張的聲調說。「坐，讓自己舒服。水不久就好了。」

羅蘭坐在床沿。忽然戴芬妮轉過身，從腋下抓住她——讓她因此又咳了起來——把她拉起來讓她背靠牆坐到床上，腳突了出來。她的靴子給拔了下來，戴芬妮很快捏她腳看襪子濕不濕。不濕。

「哎。我原本要拿東西治你的咳嗽的。我的咳嗽糖漿呢？」

從同樣的抽屜出現了一瓶半滿的琥珀色液體。戴芬妮倒了一匙。「張開。」她說。「味道沒那麼糟。」

羅蘭吞下後說：「裡面是不是有威士忌？」戴芬妮瞧瞧瓶子，上面沒有標籤。

「我找不到說有的地方。你找得到嗎？如果你爸媽發現我給了你一匙威士忌止咳會大發脾氣嗎？」

「有時我爸給我弄杯嗒滴[1]。」

「是嗎？」

現在水開了，沖進杯子裡。戴芬妮快速攪拌，打散凝塊，和它們說話。

「快點，你們這些討厭鬼。快，你們。」假裝開心的樣。

今天戴芬妮有點不對。她似乎太慌又太興奮，也許底下是憤怒。還有，對這房間來說，她太大、太蹦跳、太亮了。

「你左右看一下這房間，」她說。「我就知道你在想什麼。你想，哇，她一定沒錢。她爲什麼沒多一點東西？可是我不積聚東西。因爲有很好的理由，我有太多打包搬家的經驗了。才定下來，你就發現出了什麼事，又得搬家了。但我存錢。大家會爲我銀行裡的錢意外。」

她把杯子給羅蘭，然後小心在床頭坐下，枕頭在背後，穿了絲襪的腳放在露出的床單上。羅蘭對穿了尼龍襪的腳有種格外的厭惡。對光腳丫，或穿了襪子、鞋子的腳，或穿了尼龍襪但隱在鞋裡的腳不會，單是對任何穿了尼龍襪露在外面的腳特別敏感，尤其是在碰到別的布料時。這只是私人的怪癖——就像她對菇類和對在牛奶裡滾動的乾麥片一樣。

「今天下午你進來時我剛好很感傷。」戴芬妮說。「我剛好在想一個我以前認識的女孩，覺得若我知道她在哪裡應該給她寫封信。她叫喬哀斯。我正在想不知她生活怎麼樣。」

戴芬妮的體重壓得床墊下沉，讓羅蘭不由得滑向她。她盡力不撞上她，為這發窘，因而特別禮貌。

「你什麼時候認識她的？」她說。「年輕時嗎？」

戴芬妮笑了。「是啊。我年輕時。她也年輕，一心要離開家裡，她和一個傢伙廝混，然後就陷住了。你知道我那樣說的意思嗎？」

羅蘭說：「懷孕了。」

「對了。所以她就順其自然，想說它可能會自己消失，可能。哈—哈。像流行性感冒。她一起的那個男的已經和另一個他沒結婚但多少算是他太太的女人有了兩個小孩，而且老想著要回到她身邊。可是在那以前他就被捕了。她也是——喬哀斯也是——因為她替他帶東西。她把那東西裝在海綿棒裡，你知道它們看來什麼樣嗎？你知道我指的是什麼東西嗎？」

「知道。」對那兩個問題羅蘭答：「當然。毒品。」

戴芬妮發出咕嚕聲，吞下飲料。「這是高度機密，你懂嗎？」

巧克力裡還有些凝塊沒散，而羅蘭不願用仍帶了所謂咳嗽糖漿的匙子去弄散。

「結果她落了個遲延判決，所以她懷孕並不算太壞，因為那樣她才逃脫了。接下來，她加入了一群基督徒，他們有人認識一對醫師夫妻，他們照顧生小孩的女孩然後安排讓嬰兒很快就讓人領養。並不盡是做好事，他們拿這些嬰兒賺錢，但總是讓她免掉社工人員的麻煩。所以，她生了小孩，連看都沒看到。她只知道是個女孩。」

羅蘭四下看找鐘。似乎沒有。戴芬妮的手錶在她的黑毛衣袖子底下。

「所以她離開了那地方，然後事情一件又一件發生，她沒多想那孩子。她想她會結婚然後生更多小孩。所以，反正，那沒發生。她並不在意，光看一些她沒嫁的人。她甚至還動過兩次手術讓那不會發生。你知道是什麼手術嗎？」

「墮胎。」羅蘭說。「什麼時候了？」

「你這小孩見聞倒不少。」戴芬妮說。「是啊，沒錯，墮胎。」她拉起袖子看錶。「還不到五點。我正要講她開始想到那小女孩，不知她怎樣了，因此她開始打聽。她運氣很好剛好找到那同一群人。那些基督教人士。她得對他們有點兇，不過拿到了消息。她打聽出了那對收養她的人。」

羅蘭扭著下床。差點給毯子絆倒，她把杯子放在衣櫥櫃上。

「現在我得走了。」她說。她看看小窗子外。「下雪了。」

「是嗎？還有什麼新鮮的？你不想知道剩下的？」

羅蘭穿上靴子，儘量漫不經心地穿免得戴芬妮太注意。

「那個男的好像在一家雜誌社做事，所以她到那裡去找，他們說他不在那裡了，可是告訴她他去了哪裡。她不知道他們給她的小孩取了什麼名字，不過她也有辦法打聽出來。除非試過不然你永遠不會知道能打聽出多少。你是要從我這裡逃跑嗎？」

「我得走了。我肚子不舒服。我感冒了。」

羅蘭用力扯下戴芬妮掛在門後的外套。但沒能馬上就扯下，因而滿眼淚水。

「我甚至不認識這個喬哀斯。」她難受說。

戴芬妮把腳挪到地上，慢慢從床上起身，把她的杯子放在衣屜櫃上。

「若你肚子不舒服最好躺下來。說不定你那個喝得太快了。」

「我只要我的外套。」

戴芬妮取下外套可是拿得很緊。羅蘭抓時她不肯放。

「怎麼了？」她說。「你沒在哭吧？我以爲你不是個愛哭鬼。好了。好了。拿去。我只是逗你的。」

羅蘭把手臂穿進袖子，可是知道沒法弄好拉鏈。她把手插進口袋裡。

「好了？」戴芬妮說。「你現在好了？你還是我的朋友？」

「謝謝熱巧克力。」

「別走太快了，讓你肚子穩下來。」

戴芬妮彎下來。羅蘭後退，怕那些白髮，那些如絲飄蕩的髮帘會進到她嘴裡去。

如果你老到頭髮變白，便不應該留長。

「我知道你可以保密，我知道你可以保住我們會面、談話和所有的祕密。以後你就會懂得。你是個非常好的小女孩。」

她親羅蘭的頭。

「沒什麼好擔心的。」她說。

大朵大朵的雪花直落，將人行道鋪上毛茸茸一層，人走過就化成一道黑色足跡，然後又填滿了。車輛小心慢行，露出暈黃的車燈。羅蘭有時四下張望，看有沒有人跟蹤。越來越密的雪花和越來越暗的天色讓她看不太清楚，可是她想並沒人跟蹤。

她覺得肚裡既脹又空。似乎只要吃對東西就可以去除那感覺，因此她一進屋裡就直奔廚房櫃子，給自己倒了一碗熟悉的早餐麥片。楓糖漿用完了，可是她找到了點玉米糖漿。她站在冷廚房裡吃，連靴子和外衣都沒脫，望著後院裡的新雪。雪把東西托了出來，就算廚房的燈亮著。她看見自己映在雪白的後院、覆了白的深色石頭，和已因白色負荷而低垂的常青樹枝上。

她還來不及吃下最後一口就得奔到廁所去大吐一場——還沒變軟的玉米片、黏稠的糖漿、絲縷的淡色巧克力。

她父母回到家時她躺在沙發上看電視，仍穿著靴子和外套。

艾玲脫下外衣給她拿了條毯子來並量她體溫——正常——然後摸她肚子看硬不硬，又要她把右膝彎到胸前看這樣右邊是不是會痛。艾玲總擔心盲腸炎，因爲有一次她在一個派對上——那種持續好幾天的派對——一個女孩子便死於盲腸破裂，大家都因抽大麻迷幻到不知道她情況嚴重。等她確定羅蘭的盲腸沒事便去弄晚餐了，哈利陪羅蘭。

「我想你得的是學校炎。」他說。「我自己以前也得。只不過在我還是小孩時治那病的法術還沒發明。你知道怎麼治嗎？躺在沙發上看電視。」

第二早羅蘭說她還是不舒服，儘管不是那樣。她不要早餐，可是一等哈利和艾玲出門她就拿了一個大肉桂麵包，沒熱就邊看電視邊吃。她用蓋的毯子擦黏黏的手指，試圖想像她的未來。她想要就把未來花在這裡，在這房子裡，這沙發上，可是除非她能想出什麼眞正的病來看樣子是不可能。

電視新聞完了，一部日間連續劇開始了。這是個她去年得支氣管炎時熟悉的世界，後來就忘了。雖然她不管了似乎一切都沒什麼變。大部分同樣的人物出現——當然，處境不一樣了——一樣行爲（高貴、無情、性感、悲傷）、一樣凝視遠方的眼神和一樣涉及事故和祕密的半截句子。她津津有味看了一陣，然後想起了一件事擔心起來。這些故事裡的小孩和大人最後經常屬於相當不同於他們一向接受的家庭。有時瘋狂又危險的陌生人突然出現，帶來災難性的要求和情緒，把生活弄得天翻地覆。

有一度這對她似乎是個吸引人的可能性，但現在不了。

哈利和艾玲從不鎖門。想像，哈利會說——我們住在一個你可以不需要鎖門就出門的地方。現在羅蘭起身去鎖門，前後都鎖了。然後她把所有窗戶的帘子都拉上。今天沒下雪，但也沒化。新雪看來已經有點灰，好像一夜間老了。

她沒法遮住前門上的小窗子。有三片，淚珠形狀，排成對角線。艾玲極討厭它們。她撕掉壁紙，把這廉價房子的牆壁漆上不尋常的顏色——知更鳥蛋藍、黑莓—玫瑰、檸檬黃——她掀掉醜地毯磨光地板，可是對這些小窗毫無辦法。

哈利說它們沒那麼糟，他們一人一個，高度也正好，讓他們可以看外面。他給它們取名爸爸熊、媽媽熊和寶寶熊。

連續劇完了，然後是一個男人和女人開始談室內植物，羅蘭淺淺睡著了，她甚至不知道自己睡著了。等她從夢裡醒來知道自己一定是睡著了。她夢見一隻動物，冬季的灰鼬鼠還是瘦狐狸——她不清楚是哪個——在大白天裡從後院看這房子。夢裡有人告訴她這動物有狂犬病，因爲牠們不怕人，也不怕人住的房子。

電話響了。她把毯子拉過頭蓋住聲響。她相信一定是戴芬妮。戴芬妮要知道她怎麼了、爲什麼躲起來、她對她講的故事有什麼想法、她什麼時候要到旅館來？

其實是艾玲，查問羅蘭和她盲腸的情形。艾玲讓電話響了十次還是十五次，然後沒穿外套就跑出報社開車回家。當她發現門鎖了就用拳頭猛敲，又大力扭動門把。她把臉貼在媽媽熊上高喊羅蘭的名字。她聽得見電視響。跑到後門又大敲大喊。

這些羅蘭腦袋在毯子下都聽見了，當然，可是過了好一陣她才意識到是艾玲而不是戴芬妮。她一醒悟就拖了毯子偷偷到廚房，還是半以爲那聲音可能是騙人。

「老天，你是怎麼了？」艾玲說，一把抱住她。「門爲什麼鎖了？你爲什麼沒接電話？你在玩什麼把戲？」

艾玲又是抱她又是吼她，羅蘭撐了約十五分鐘。然後她崩潰了，統統都說出來。說出來眞讓人安心，可是儘管她邊抖邊哭，她覺得正以什麼私密又複雜的事交換安全和舒適。她沒法講出全部眞情，因爲她自己也沒搞準。她沒法解釋要什麼，一直到一點都不想要的那一刻。

艾玲打電話給哈利要他回家。他必須走回家，她不能丟下羅蘭去接他。

她去開前門的鎖，發現一個信封，放進信箱口但沒蓋郵戳，上面除了羅蘭沒寫字。

「你聽見這進信箱口嗎？」她說。「你聽見陽臺上有人嗎？這他媽的是怎麼發生的？」

她撕開信箱，抽出帶了羅蘭名字的金鏈。

「我忘了告訴你那個了。」羅蘭說。

「有張紙條。」

「別念。」羅蘭叫。「別念。我不要聽。」

「別傻了。它又不會咬人。她只說她打電話到學校去你不在那裡所以她想你是不是生病了給你個禮物讓你開心。她說反正她是買給你的，沒人遺失。那是什麼意思？本來是等你三月十一歲了給你做生日禮物的，但她要現在給你。她哪來你生日在三月的念頭？你的生日在六月。」

「我就知道。」羅蘭以回復到以前筋疲力盡、孩子氣、賭氣的聲調說。

「你看吧？」艾玲說。「她統統都搞錯了。她瘋了。」

「不過，她知道你的名字。她知道你在哪裡。她怎麼知道你沒領養我？」

「我才不知道她到底是怎麼知道的，可是她錯了。她全都搞錯了。這樣好了。我們拿你的出生證明出來。你是在多倫多的衛斯理醫院生的。我們帶你去那裡，讓你看那房間。——」艾玲又看了看那紙條，在手裡捏成一團。

「那混帳女人，打電話到學校去。」她說。「到我們家來。瘋女人。」

「把那藏起來。」羅蘭說，指項鏈。「藏起來，收起來。現在。」

哈利不像艾玲那麼生氣。

「每次我和她講話她看起來都好好的。」他說。「她從沒跟我講過這種事。」

「她當然不會講。」艾玲說。「她針對的是羅蘭。你得去跟她談談。不然就我去。我是講眞的。今天。」

哈利說他會去。「我會去跟她講清楚。」他說。「鐵定。不會再有更多麻煩了。眞是的。」

艾玲提早做午餐。她做了漢堡，放上美乃滋和芥茉醬，哈利和羅蘭都喜歡的那樣。羅蘭先吃完才意識到表現出這麼好的胃口恐怕錯了。

「好些了？」哈利說。「下午回學校？」

「我還在感冒。」

艾玲說：「不。不回學校。而且我要在家陪她。」

「我實在不認為有那必要。」哈利說。

「還有給她這個。」艾玲說，把那信封塞到他口袋裡。「別擔心，不必看，只是她的笨禮物。還有告訴她別再搞那種事，不然她就有麻煩。絕不能再有。絕對不能有。」

羅蘭再也不必回學校了，不必回小鎮上的那家。

那天下午艾玲打電話給哈利的姊姊——哈利和她不說話，因爲姊夫曾批評過他，哈利的生活方式——討論姊姊上過的那家學校，多倫多的一家私立女校。之後是更多電話，和定好約見時間。

「不是錢的問題。」艾玲說。「哈利有足夠的錢。不然可以弄到。」

「也不是爲了發生的這件事。」她說。「你不該在這爛小鎮上長大的。你不該最後變得像個土包子。我原本一直在想這問題。只想等你大一點再說。」

哈利回到家後說，自然要看看羅蘭想怎樣。

「你想離開家嗎，羅蘭？我以爲你喜歡這裡。我以爲你有朋友。」

「朋友？」艾玲說。「她有那個女人。戴—紛。你眞和她講明了？她明白了嗎？」

「我講了。」哈利說。「她知道了。」

「你把賄賂還給她了？」

「如果你要那樣稱呼。還了。」

「不會再有麻煩了？她明白了，不會再有麻煩？」

哈利打開收音機，晚餐時他們一直聽新聞。艾玲開了瓶葡萄酒。

「做什麼？」哈利以微帶惡意的聲音說。「慶祝啊？」

羅蘭學會了那些徵象，以爲現在看到了那些她需要承受的，爲了那奇蹟似的解救所必須支付的代價——不必再回學校，以及不必再走進那旅館，甚至可能再也不必走過那些街道，在聖誕節前的兩週裡不必走出這房子。

葡萄酒可能便是一個徵象。有時是。有時不是。可是等哈利拿出琴酒給自己倒了半玻璃杯，單單加了冰塊——很快他會連冰塊都不加——軌道便已經設定了。事情可能還是愉快的，但那愉快堅硬如刀。哈利會和羅蘭說話，艾玲會和羅蘭說話，比他們平常和她說得要多。不時他們會相互談話，幾乎像平常那樣。可是房間裡會有一種並未以言語表達的無忌。羅蘭會希望，或試圖希望——更正確地說是，她曾試圖希望——不論如何他們能避免吵架爆發。她總相信——仍然相信——不是只有她一人這樣希望。他們也希望。有的部分是這樣。可是有的部分他們又急切等候將會發生的事。他們從沒能克服這急切。從沒有一次，當這感覺在房裡，當氣氛變了，驚人的明亮讓所有形狀、所有家具和用具更鮮明更具體時——從沒有一次最壞的沒跟著來。

以前羅蘭沒法就待在她房間裡，她得和他們在一起，撲到他們身上，邊抗議邊哭，直到他們中的一個抱她起來帶她回床，說：「好了，好了，別煩我們了，就別再煩我們了，這是我們的生活，我們需要能夠談事。」「談事」指的是在屋裡走來走去，提出確切漫長的指責，尖聲爭執，直到他們開始互相丟菸灰缸、瓶子、盤子。有一次艾玲跑出去撲在草坪上，扯起一塊土和草，而哈利在門口嘶喊：「噢，就是那調調，給他們一場好戲看。」有一次哈利把自己鎖在廁所裡，叫：「只有一個辦法能擺脫這折磨。」他們兩人都威脅要用藥丸和剃刀片。

「噢天啊，不要讓我們這樣。」艾玲有一次說。「拜託，拜託，不要讓我們再這樣了。」而哈利以尖銳的呻吟回答，那聲調殘酷地模仿她：「是你這樣做的——你停。」

羅蘭已經放棄了弄清那些爭吵到底是爲什麼。總是爲了新的事（今晚她躺在黑暗裡，想也許是因爲她要離家，因爲艾玲單獨做了那決定），也總是爲了同樣的事——那屬於他們的東西，他們永遠沒法放棄的東西。

羅蘭也放棄了他們兩人各有弱點的想法——哈利老開玩笑因爲他難過，而艾玲的尖銳和不經意是因爲哈利有什麼地方似乎把她隔絕在外——放棄了若她，羅蘭，能夠把他們中的一人解釋給另一人聽事情就會改善的想法。

第二天他們會靜下來、受傷、慚愧又奇異地興高采烈。「人必須要這樣，壓抑感情是不好的。」有一次艾玲告訴羅蘭。「甚至有個理論說壓抑怒氣會讓人得癌症。」

哈利叫那些吵架是胡鬧。「抱歉又胡鬧了。」他會說。「艾玲是個火氣大的人。我能說的只是——甜甜——噢老天，我只能說——這些事情會發生。」

這晚，其實在他們眞開始製造傷害前羅蘭就睡著了。在她確定他們眞會那樣以前。她上床時那瓶琴酒還沒出場。

哈利把她叫醒。

「對不起。」他說。「對不起，蜜糖。你能不能起床下樓？」

「早上了嗎？」

「還沒。還是深夜。艾玲和我要和你談談。我們有些事要和你談。多少和你已經知道的有關。現在，來。要拖鞋嗎？」

「我討厭拖鞋。」羅蘭提醒他。她走在他前面下樓。他還是衣服工整，艾玲也是，在走道上等。她對羅蘭說：「這裡有另一個你認識的人。」

是戴芬妮。戴芬妮坐在沙發上，穿著她平常穿的黑長褲和毛衣，外面是滑雪夾克。羅蘭從沒看過她穿戶外的衣服。她的臉垮垮的，皮膚看來浮腫，身體像打了大敗仗。

「我們不能到廚房去嗎？」羅蘭說。她不知道爲什麼，可是廚房好像比較安全。比較不那麼特別，而且若大家坐在桌旁有桌子可以扶著。

「羅蘭要到廚房，那我們就到廚房。」哈利說。

等他們在那裡坐定了，他說：「羅蘭，我解釋了我跟你講過嬰兒的事。在我們有你以前的那個嬰兒和發生在她身上的事。」

他等到羅蘭說：「是。」

「現在我可以說句話嗎？」艾玲說。「我可以跟羅蘭說句話嗎？」

哈利說：「當然了。」

「哈利沒法忍受再來一個嬰兒這件事。」艾玲說，看著桌面下她膝上的手。「想到屋裡亂七八糟他就受不了。他要寫作。他要成就，所以不能接受混亂。他要我墮胎，我說好然後我說不好然後我說好，可是我做不到，我們吵了一架，我帶了嬰兒上車，打算到一個朋友家去。我沒有超速，更沒有喝醉。根本就是路上光線太差和壞天氣。」

「還有那手提睡籃也沒繫好。」哈利說。

「就不管那了。」他說；「我並沒堅持墮胎。我可能提到過墮胎，可是我根本不可能強迫你。我沒和羅蘭提這是怕會讓她難受。一定會讓她難受。」

「是，可是那是眞的。」艾玲說。「羅蘭可以受得了，她知道那又不是她。」

羅蘭說話了，嚇了自己一跳。

「是我。」她說：「若不是我那是誰？」

「是，但我並不要那樣做的。」艾玲說。

「你並不完全不要那樣做。」哈利說。

羅蘭說：「停。」

「這正是我們說好不做的。」哈利說。「我們不是說好不這樣的嗎？而且我們應該向戴芬妮道歉。」

在這番談話間戴芬妮沒看任何人。她沒把椅子拉近桌子。她似乎沒注意到哈利說了她的名字。似乎不只是失敗讓她靜止不動。而是頑固，甚至是厭惡的重量，這哈利和艾玲並無法察覺。

「今天下午我和戴芬妮談了，羅蘭。我告訴了她嬰兒的事。那嬰兒是她的。我從沒告訴你那嬰兒是領養的，因爲那會讓事情看來更糟——我們領養了那個嬰兒然後把整件事搞砸了。我們試了五年，一直沒法懷孕，所以就去領養。可是戴芬妮是她的親媽媽。我們叫她羅蘭然後叫你羅蘭——我猜是因爲我們最喜歡那名字，也因爲那給我們重新再來的感覺。戴芬妮要知道她嬰兒的下落，發現是我們領走了，自然而然以爲那就是你。她到這裡來找你。這整件事滿悲哀的。我告訴她實情時，可以理解的，她要證明，所以我叫她今晚來這裡，我給她看了文件。她從沒要把你偷走或之類的，她只是要和你做朋友。她只是寂寞又失落。」

戴芬妮一把扯下她夾克的拉鏈好像要多一點空氣。

「我還告訴她我們還是有——告訴她我們還沒找到時間或好像從沒有個好時間——」他朝在廚房工作檯上的硬紙盒揮揮手。「所以我也讓她看了。」

「所以今天晚上以一家人的身分，」他說：「今天晚上既然一切都公開了，我們要去做這件事。把這事處理了——悲慘和責怪。戴芬妮和艾玲和我，我們要你也來——這你願意嗎？你還好嗎？」

羅蘭說：「我本來在睡覺的。我感冒了。」

「你不如就照哈利說的做。」艾玲說。

仍然戴芬妮毫不抬眼。哈利從檯上拿了硬紙盒給她。「也許這應該由你拿。」他說。「你還好嗎？」

「大家都沒事。」艾玲說。「我們走吧。」

戴芬妮站在那雪地裡，捧著紙盒，因此艾玲說：「我拿好嗎？」敬重地從她手裡取過。她打開盒子，本來要給哈利，然後改變主意拿給戴芬妮。戴芬妮拿起滿手骨灰，但沒拿過盒子傳過去。艾玲取了一把，將盒子給哈利。等他拿了骨灰要把盒子給羅蘭，但艾玲說：「不用。她不必。」

羅蘭已經把手放在口袋裡了。

沒有風，因此骨灰就掉在哈利、艾玲和戴芬妮灑落的雪地裡。

艾玲好像喉嚨痛那樣說：「我們在天國的父——」

哈利清楚說：「這是羅蘭，我們的小孩，我們都愛她——我們來一起說。」他看看戴芬妮，然後看看艾玲，然後他們一起說：「這是羅蘭。」戴芬妮的聲音輕微呢喃，艾玲的聲音僵硬誠摯，而哈利的聲音洪亮，帶領著大家，十分凝重。

「我們向她告別，將她散到雪裡——」

最後艾玲急促說：「原諒我們的罪。我們的侵犯。原諒我們的侵犯。」

戴芬妮和羅蘭上後座搭車回鎮上。哈利替她開車門讓她坐他旁邊的前座，可是她跌撞過他身旁進了後座。既然她不是捧紙盒的人，便放棄了比較重要的座位。她伸手到滑雪夾克口袋裡拿衛生紙，結果拉出了一樣東西掉到車子地上。她不由嘟囔了一聲，伸手去摸，可是羅蘭更快。羅蘭撿起一隻她常見戴芬妮戴的耳環——及肩的彩虹色在她髮間閃亮的珠珠耳環。想必是她今晚戴的耳環，但想想還是塞到了口袋裡。就這隻耳環的感覺，那寒冷鮮亮的珠子滑過她指間的感覺，讓羅蘭突然想要一些東西消失，讓戴芬妮變回她起初的那樣，坐在旅館櫃檯後，大膽而又快活。

戴芬妮什麼都沒說。她手指沒碰拿過了耳環。可是她和羅蘭在那晚第一次正面相看。戴芬妮的眼睛睜大了，有一瞬間裡面有種熟悉的表情，帶著嘲諷和陰謀。她聳聳肩把耳環放進口袋裡。如此而已——那之後她就一直瞪著哈利的後腦袋。

當哈利放慢讓她在旅館下車時，他說：「你哪個晚上不上班的話，歡迎來晚餐。」

「我差不多都在上班。」戴芬妮說。她下了車，然後不特別對任何人說：「再見。」踏步過鬆軟的人行道進旅館去了。

回家路上艾玲說；「我知道她不會。」

哈利說：「欸。說不定她高興我們問了。」

「她才不在乎我們。在她以爲羅蘭是她的時，她只在乎羅蘭。現在她連她也不在乎了。」

「唉，我們在乎。」哈利說，聲音提高了。「她是我們的。」

「我們愛你，羅蘭。」他說。「我只是要再告訴你一次。」

她的。我們的。

有個東西刺羅蘭的光腳踝。她伸下手去，找到了附在她睡衣褲腳上櫟樹的刺果。

「我從雪下面沾上了刺果。我沾了幾百個刺果。」

「到家了我幫你拔下來。」艾玲說。「現在沒辦法弄。」

羅蘭死命拔睡衣上的刺果。一拔下來馬上就發現又黏在了手指上。她試用另一手拔，很快所有手指上就都沾滿了。她討厭死這些刺果了，恨不得擊手大叫，可是她知道唯一能做的只是安坐等待。

---

1 嗒滴（toddy）：酒加了溫開水、糖和香料而成的飲料。

弄人

I

「我會死。」許多年前一個晚上羅彬說。「若是那件洋裝還沒好我會死。」

他們在艾撒克街上深綠木屋的紗窗陽臺上。鄰居威勒德．桂格和羅彬的姊姊喬安正在牌桌邊玩牌，羅彬坐在沙發上，朝一本雜誌皺眉。花煙草的香味和街上某家廚房裡燉番茄的氣味彌漫。

威勒德見喬安幾乎不帶微笑，直到她以平和的聲音說：「你說什麼？」

「我說我會死。」羅彬不服說。「如果明天前那件洋裝還沒好我會死。乾洗店。」

「我就以爲是聽到你那樣說的。你會死？」

你從沒法抓穩喬安那種話的意思。她聲調那麼溫和，那樣無比輕蔑，她的微笑——現在沒了——只是嘴角微微一吊。

「就是，我會。」羅彬不服說。「我需要那洋裝。」

「她需要，她會死，她要去看話劇。」喬安以知心的聲調對威勒德說。

威勒德說：「哎，喬安。」他父母，還有他本人，是這兩女孩的父母的朋友——他還是把這兩人想成是女孩子——既然大家的父母都死了，他覺得有義務，盡可能地維持這兩個女兒相安無事。

現在喬安三十歲了，羅彬二十六。喬安身材像小孩，窄胸，蒼白長臉，一頭細直棕髮。她從不假裝她不是個不幸的人，在童年和成熟女人之間就中斷了。從小以來受到持續氣喘的影響而停止發育，甚至可說因而殘障。你想不到一個看來那樣的人，一個冬季時不肯出門和不肯晚上一人在家的人，能這樣凌厲地捕捉住其他比較幸運的人的愚蠢。或抱持這樣深的鄙視。她們一輩子，在威勒德眼裡，他總看見羅彬眼裡蓄滿了憤怒的淚水，卻聽見喬安說：「現在你又是怎麼了？」

今晚羅彬只覺被輕刺了一下。明晚是她到史特拉佛德的日子，她覺得已經出了喬安的掌握。

「演的是什麼，羅彬？」威勒德說，盡可能撫平氣氛。「是莎士比亞嗎？」

「是。《皆大歡喜》。」

「你都聽得懂嗎？莎士比亞？」

羅彬說聽得懂。

「你眞是不得了。」

＊

羅彬這樣看戲已經五年了。每年一齣。起初是她在史特拉佛德上護校時開始的。她和一個同學一起去，那同學的舅媽管服裝有兩張免費票。那個有免費票的同學覺得無聊極了——演的是

《李爾王》——因此羅彬沒聲張自己的想法。她反正也沒法表達——寧可自己一人離開戲院，至少二十四小時不和人說話。那時她就下決心再來。而且是自己一人。

那並不太難。她長大的鎮，以及，爲了喬安，她後來找事的鎮，才不過在三十哩外。那裡的人知道在史特拉佛德每年都有莎士比亞戲劇上演，可是羅彬從沒聽說有人去看。像威勒德這樣的人怕給觀眾裡的人瞧不起，也怕聽不懂裡面講的話。而像喬安這樣的人相信，從來就沒人眞正喜歡莎士比亞，當地若果眞有人去了，不過是爲了能混跡在高尚人士中間，那些人自己也不喜歡卻故作喜歡。鎮上那些有看舞台劇習慣的人，寧可在有百老匯音樂劇巡迴演出時到多倫多，到皇家艾樂克斯去。

羅彬喜歡坐好位子，因此只付得起周末的日場戲。她挑她在醫院裡不上班的周末上演的劇。看戲前她從不先讀原著，也不在乎是悲劇還是喜劇。她還沒在觀眾裡見到一個認識的人，不管是在戲院裡還是在街上，這對她正好。她一個護士同事曾和她說：「我絕沒勇氣自己一人那樣做。」羅彬這才意識到自己一定和大家不同。她從沒像在那些置身陌生人間的時候，覺得那樣自由自在。看完了戲她會走到鎮上，沿河，找家不太貴的地方吃東西——通常是吃個三明治，坐在櫃檯邊的凳子上。等到七點四十搭火車回家。就是這樣。然而那幾個小時給了她信心，讓她覺得她將回去的生活儘管顯得克難又不足，但只是暫時的，輕易就可以忍受。在那後面有種光華，在那生活、那一切背後有種光華，經由火車窗的陽光表現出來。夏日原野上的陽光和長長的投影，像留在她腦裡的戲劇。

去年，她看了《安東尼和克里奧佩托拉》。戲後她沿河步行，注意到河裡有隻黑天鵝——她第一次見到──一隻悄然的侵入者，在離一些白天鵝不遠的地方滑行捕食。可能是白天鵝翅膀耀眼的白讓她想到這次到一家眞正的館子去吃，而不是在櫃檯邊。白桌布，幾朵鮮花，一杯葡萄酒，加上不尋常的食物，譬如淡菜，或是小母雞。她動手去查看皮包，看有多少錢。

她的皮包不見了。那難得一用的銀鏈花布皮包並不像平常掛在她肩上，而不在那裡。她從戲院一直走得快到城中心了都沒發現它不見了。當然，她的洋裝沒有口袋。她沒有回程車票，沒有口紅，沒有梳子，沒有錢。一毛錢都沒有。

她記得看戲當中她一直都把皮包拿在膝上，在節目單下。現在，節目單也沒有了。可能兩樣都滑到地上去了？可是不對──她記得在化妝室的廁間裡她還有皮包。她把它掛在門後的鉤子上。可是她沒把它留在那裡。沒有。她對水槽上的鏡子看看自己，拿出梳子來弄弄頭髮。她的頭髮又深又細，雖然她想像自己的頭髮像賈姬．甘乃迪的那樣蓬鬆，晚上就上了髮捲，它還是很容易就扁掉了。不然她對所見的還算滿意。她有灰綠色的眼睛深色眉毛，和不管她要不要都會曬黑的皮膚，這些在她窄腰寬裙臀部幾排褶子的鱷魚梨綠洋裝襯托下格外出色。

就是在那裡她忘了皮包。在水槽邊的檯子上。欣賞自己，轉身掉頭看洋裝背後的V字領──她認為她的背好看──查看胸罩肩帶有沒有露出來。

就在一陣虛榮、稚氣的得意裡，她快步走出化妝室，把皮包留在了背後。

她爬上街邊的坡，開始以最直線走回戲院。儘快地走。在午後的熱氣裡，沿街沒有遮蔭，交通繁忙。她幾乎跑起來了。汗水從洋裝腋下滲了出來。她疾步走過熱騰騰的停車場──現在空了──走上坡。那裡也沒有蔭，戲院建築周圍不見人影。

不過戲院沒鎖。在空蕩的大廳裡她停了一下讓習慣室外強光的眼睛適應黑暗。她感覺得到自己心跳猛烈，還有一粒粒的汗珠從上唇冒出。售票亭關了，零食櫃檯也關了。裡面劇場的門鎖了。她下樓到盥洗室去，鞋子在大理石台階上喀啦響。

拜託是開的，拜託是開的，拜託它在那裡。

沒有。紋理平滑的檯子上空空的，垃圾筒裡也沒有，每一扇門後的鉤子上也都沒有。

她到樓上時有個男人在抹大廳地板。他告訴她皮包最後可能到了失物招領處，可是失物招領已經關了。他稍帶猶疑放下抹布，領她走下另一道樓梯到一個放了一些雨傘、包裹的地方，甚至還有一些外套、帽子和一條看來噁心的棕色狐狸毛圍巾。可是沒有花布肩背的皮包。

「倒楣。」

「可不可能在我的座位下？」她懇求，儘管知道並不在那裡。

「那裡已經掃過了。」

那時她除了爬上樓走過大廳出門到街上，別無他法。

她朝和停車場相反的方向走去，找陰涼的地方。她可以想見喬安說那清潔工已經把她的皮包藏起來好帶回家去給太太或女兒，在那種地方他們就是那樣。她在找板凳還是矮牆，好坐下來把事情想清楚。她從沒想到會有這種事。

一條大狗從後面走來，經過時撞了她一下。是條深棕色狗，長腿，帶著傲慢、固執的神氣。

「朱諾。朱諾。」一個男人叫。「走路時要看路。」

「她只是年輕又粗魯。」他對羅彬說。「她以爲這人行道是她的。她並不兇。你怕了嗎？」

羅彬說：「沒。」她滿心遺失皮包的事，還沒想到狗會來攻擊。

「大家看到都貝爾曼狗時總會害怕。都貝爾曼出名地兇悍，她原本是學做看護狗的，學到了要兇悍，但不是在走路時。」

「沒關係。」她說。

狗主人沒走到朱諾等他的地方，反卻叫她回來。他把拿在手裡的狗圈戴在她頸上。

「我放她到草地上跑。在戲院下面。她喜歡那樣。可是在上面這裡她應該戴上狗圈的。我偷懶。你不舒服嗎？」

羅彬甚至不爲這番談話改變方向而意外。她說：「我皮包丟了。是我的錯。我把它丟在戲院的化妝室裡了，我回去找可是找不到。我看完戲就走了，把它丟在那裡。」

「今天演的是什麼？」

「《安東尼和克里奧佩托拉》。」她說。「我的錢在裡面，還有回家的火車票。」

「你搭火車來的？來看《安東尼和克里奧佩托拉》？」

「是。」

她記起了母親教她和喬安搭火車或是到任何地方去時的話。總要有兩張鈔票摺好了別在內褲上。還有，別和陌生男人講話。

「你爲什麼微笑？」他說。

「我不知道。」

「好，你可以繼續微笑下去。」他說。「因爲我很樂於借你點坐火車的錢。幾點的班次？」

她告訴了他，他說：「好。不過你應該先吃點東西。不然會肚子餓，就不能好好享受坐火車的樂趣了。我身上沒錢，因為我帶朱諾散步時不帶錢。可是我的店不遠。跟我來，我從錢箱裡拿。」

她一直心不在焉，因此直到現在才察覺出他說話帶了口音。什麼口音？不是法國腔也不是荷蘭腔——這兩種腔她自覺聽得出來，法國腔是從學校學到的，而荷蘭腔則來自醫院裡的移民病人。另一個她注意到的是他談到她享受坐火車的樂趣。她知道的人裡沒人會對一個成人講那樣的話。可是他講得好像那不但自然而且必須。

在當尼街轉角時他說：「我們轉這邊。我的房子就在街邊。」

他說房子，早先他說的是店。不過可能他的店就是他的房子。

她並不擔心。事後她想到那點。她毫不遲疑便接受了他的幫助，允許他解救她，覺得他散步時身上不帶錢但可以從錢箱拿完全自然。

之所以這樣可能在於他的口音。有些護士嘲笑荷蘭農人和他們的太太的口音——當然是在他們背後。因此羅彬養成了另眼看待這些人的習慣，好像他們有語言障礙，甚至有點遲鈍，儘管她知道根本不是這樣。因而，口音會引發她某種的善意和禮貌。

她也沒好好看他。起初是太懊惱，然後是不太容易，因為他們並肩而行。他身材高，腿長，走得快。她注意到的是陽光在他頭髮上閃亮，他頭髮剪得很短，在她看來像閃耀的銀色。也就是，灰白。他寬廣的額頭也在陽光下閃亮，她多少有種他比她大一輩的印象——溫文有禮，然又微帶不耐，像老師那樣，自以為是的那種人，要人尊敬，但絕不要親密。稍後，在室內，她才看見那灰髮裡混了鏽紅——雖然就一個紅髮的人來說他的膚色帶了不尋常的橄欖色調——又看見他在室內的動作有時有點笨拙，好似不習慣有人在他的生活空間裡。他可能比她大不到十歲。

她出於錯誤的理由而信任他。但信任他並沒有錯。

那店員的就在一棟房子裡。舊時遺下的狹窄磚房，在一條兩旁建築都是蓋來做店面的街上。有一般房子會有的前門、台階和窗戶，窗裡有一具精巧的鐘。他開了門鎖，但沒把寫了關門的牌子反過來。朱諾擠在他們兩人前面進去，再一次他爲她道歉。

「她認爲她有職責查看這裡沒有閒雜人來，而且一切都和她走時一樣。」

這地方到處是鐘。深色木和淺色木的，上了漆的數字和金色圓頂的。坐在架子上、地上，甚至在生意經手的櫃檯上。此外，有的坐在凳子上，露出了內部。朱諾俐落地從中間溜過，聽得見她咚咚上樓的聲音。

「你對鐘有興趣嗎？」

在羅彬想到要有禮貌前她說：「沒。」

「好，那我就不必搬出我那一套了。」他說，帶她走過朱諾先前走的路線，經過可能後面是廁所的門，走上陡峭的樓梯。然後他們置身廚房，那裡一切整潔明亮，朱諾搖著尾巴在地板上一只紅碟子旁等候。

「你稍等等。」他說。「對。等。難道你沒看見我們有客人嗎？」

他側身讓羅彬進寬闊的前面房間，上漆的寬大地板上沒有地毯，窗上也沒有窗帘，只有遮光帘。沿一面牆一套音響占了大半空間，靠對面牆是一張沙發，那種可以拉出來變成床的。兩隻帆布椅，還有一具書架，一層放了書，一層是雜誌，疊得整整齊齊。不見圖畫、椅墊或是裝飾。單身漢的房間，每件東西都是刻意的、必需的，宣示某種簡樸自足。和羅彬唯一熟悉的另一個單身漢的地方毫不相同——威勒德‧桂格的，他的地方更像是在他死去的父母的家具間隨意搭置的蕭條營房。

「你想坐哪裡？」他說。「沙發？那裡比椅子舒服。我給你泡杯咖啡，你喝咖啡時我弄點晚餐。別的時候你做什麼，在戲完以後搭火車回家以前？」

外國人講話不一樣，在話外留了一點空間，像演員那樣。

「走走。」羅彬說。「還吃點東西。」

「那，今天也是一樣了。你一個人吃會不會無聊？」

「不會。我想那齣戲。」

咖啡很濃，不過她一下就習慣了。她不覺得有需要表示要在廚房幫忙，不像她和女性在一起時會那樣。她站起來，幾乎踮著腳尖穿過房間，自己拿了一本雜誌。甚至就在她拿起時就知道是白費——那些雜誌都以廉價的棕色紙張印刷，上面的文字她既看不懂也認不出。

其實，一旦把雜誌攤在膝上，她發現連字母都沒法認。

他端了更多咖啡過來。

「噢。」他說。「原來你看得懂我的語文。」

聽來有點嘲諷，可是他的眼神避開她的。簡直像在自己的地方，他變害羞了。

「我根本連是什麼語都不知道。」她說。

「是塞比亞文。有的人說是塞比—克羅埃西亞文。」

「你是從那裡來的嗎？」

「我是從芒特內格羅來的。」

現在她呆住了。她連芒特內格羅在哪裡都不知道。鄰近希臘？不對——那是馬其頓。

「芒特內格羅在南斯拉夫。」他說。「起碼他們是那麼叫的。但我們不那麼叫。」

「我以爲你們出不了那些國家。」她說。「那些共產國家。我以爲你沒法就像一般人一樣出國到西方來。」

「噢，可以的。」他說，好像對這並不太感興趣，或者已經忘了這點。「如果你眞的要就出得來。我五年前離開的。現在比較容易了。我很快就要回去，然後我想會再離開。現在我得給你弄晚餐了。不然你只好餓肚子走了。」

「就一件事。」羅彬說。「爲什麼我看不懂這些字母？我的意思是，這些是什麼字母？你來的地方用的就是這字母嗎？」

「斯拉夫字母。像希臘文。現在我去做吃的了。」

她把那印刷奇怪的雜誌攤在膝上，覺得她進入了異國世界。在史特拉佛德的當尼街上，一小塊異國世界。芒特內格羅。斯拉夫字母。她想，若老問他問題就太粗魯了。讓他覺得像個樣本。她得約束自己，雖然現在她有一大堆問題。

下面所有的鐘——不然是大部分的鐘——都開始報時。已經七點鐘了。

「有沒有晚點的班次？」他從廚房叫。

「有。九點五十五分。」

「那個班次好嗎？會有人擔心你嗎？」

她說沒有。喬安會不高興，但那未必能算做擔心。

晚餐是燉肉，不然是濃湯，裝在碗裡，配上麵包和紅酒。

「奶油牛肉。」他說。「希望你喜歡。」

「很好吃。」她眞心說。那葡萄酒她就不敢說了──甜一點就好了。「你在芒特內格羅就吃這嗎？」

「不一定。芒特內格羅的食物不太好吃。我們並不以食物出名。」

那就可以說：「你們什麼有名？」

「你們是什麼？」

「加拿大人。」

「不是。你們以什麼出名？」

她隨即感到懊惱，覺得笨。卻笑了。

「我不知道。可能沒什麼有名。」

「芒特內格羅出名的是吵鬧和打架。他們就像朱諾。需要紀律。」

他起身放音樂。他沒問她想聽什麼，讓她鬆了口氣。她不願有人問她喜歡哪些作曲家，她想得起來的只有兩位，莫扎特和貝多芬，而她沒把握能分辨得出他們的作品。她眞正喜歡的是民謠，但怕他會覺得那種喜好無趣又瞧不起人，出於某種她對芒特內格羅的想法。

他放的是某種爵士樂。

羅彬從沒有過情人，連男朋友都沒有過。這是怎麼發生的，不然是怎麼沒發生的？她不知道。當然，因爲喬安，可是有的女孩子，也有類似負擔，卻做到了。有個理由可能是她沒多想，也沒及早想這件事。在她住的鎭上，大多女孩子都在高中畢業前就已經和某人定下來了，有的沒念完高中，便輟學結婚去了。地位比較好的女孩子，當然——少數幾個女孩的父母負擔得起送她們上大學——家人要求她們在離家去追求比較好的遠景前不要交任何的高中男朋友。被拋棄的男孩子很快就給人搶走了，那些動作不夠快的女孩子因此就發現沒什麼可挑了。過了某個年紀，新來的男人通常都帶了太太。

可是羅彬有過機會。她離家去受護士訓練，那給了她一個新開始。受訓做護士的女孩子有機會碰上醫生。在那方面她也失敗了。當時她不知道。她太認眞了，也許那是問題所在。爲了某一件事太認眞，譬如《李爾王》，而不會好好利用舞會和打網球的機會。在一個女孩子身上，某種過度認眞會取消了容貌。可是她幾乎想不起有任何情形，她曾羨慕過某個女孩得到的男人。其實她想不起有任何她但願嫁了的人。

並非她反對結婚。她只是在等，好像她是個十五歲的女孩，只有偶爾她才猝然面對自己眞正的處境。有時女同事會安排她和某人見面，然後她才為人家以為合適的對象震驚。最近甚至威勒德也嚇到了她，開玩笑說他哪天應該搬進來，幫她照顧喬安。

有些人已經替她找好了藉口，甚至讚美她，認定她從來就計畫要獻身喬安。

等他們吃完他問她，在上火車前願不願意沿河散步。她同意了，他說除非他知道她的名字不然沒法和她散步。

「我可能需要向別人介紹你。」他說。

她告訴了他。

「羅彬像知更鳥？」

「像紅胸知更鳥。」她說，就像她以前想都不想就常說的。現在她非常尷尬，除了不顧一切一直講下去不知怎麼辦。

「現在輪到你告訴我你的名字了。」

他名叫丹尼爾。「丹尼洛。可是在這裡是丹尼爾。」

「所以這裡是這裡。」她說，仍帶了因紅胸知更鳥而不好意思的佻巧語調。「可是那裡是哪裡呢？在芒特內格羅──你住在鎮上還是鄉下？」

「我住在山裡。」

他們坐在店上頭的房間裡時，他們間有個距離，她從不害怕──也從沒盼望──那個距離會因他任何突然或笨拙的舉動而改變。在這種事發生的少許場合，她總替他們尷尬。現在出於需要她和這個男人走得相當近，若遇見了人他們的手臂可能會擦到。不然他得稍稍移到她身後讓路，他的手臂或胸部打到她的背一下。這些個可能，加上知道他們遇見的人一定當他們是一對，在她的肩膀間引起了近似嗡嗡響、緊張的感覺，順那隻手臂一直下去。

他問她《安東尼和克里奧佩托拉》的事，她喜歡嗎（喜歡）和最喜歡哪個部分。襲上心頭的是幾個大膽又逼眞的擁抱，但她沒那樣說。

「最後有個地方。」她說。「她正要把毒蛇放到身上，」——她本想說胸部的，後來改了，可是身上也沒好多少——「然後那老人拿了裝毒蛇的無花果籃子進來，他們說說笑笑，有點。我想我喜歡那是因爲全沒料到。我的意思是，我也喜歡別的地方，我全都喜歡，可是那裡不一樣。」

「是。」他說。「我也喜歡那裡。」

「你看過嗎？」

「沒。現在我要把記憶留下來。可是我一度讀過很多莎士比亞，學生學英文時讀。我白天學鐘，晚上學英文。你學的是什麼？」

「沒多少。」她說。「不是在學校裡學的。那以後我學不得不學的東西，做護士。」

「學做護士，那有很多要學的。我想應該是。」

之後他們談那晚有多涼爽，多讓人喜歡，以及晚上明顯長了，雖然還有整個八月要過。還有朱諾，她原本也要來，可是他一提醒說她該留下來守店，她馬上就靜下來了。這番談話越來越像心照不宣的託辭，像傳統的護屏，掩飾他們間越來越無法避免、越必要發生的事。

然而在火車站的燈光下，不管什麼憧憬或神祕，都馬上就消失了。有些人在窗口排隊，他站在他們後面，等輪到他好替她買票。他們走到乘客候車的月臺上。

「如果你把全名和地址寫在紙上，」她說。「我會馬上就寄還給你。」現在會發生了，她想。而它是空。現在什麼也不會發生。再見。謝謝。我會寄錢給你。別急。不麻煩。還是謝謝你。再見。

「我們沿這裡走走。」他說，他們沿著月臺走，遠離燈光。

「最好別擔心錢的事。就那麼一點錢，而且可能反正也來不及到這裡，因爲我很快就要走了。有時郵件很慢。」

「噢，可是我一定得還你。」

「那麼，我會告訴你怎樣還我。你在聽嗎？」

「在。」

「明年夏天我會在這裡，同樣地方。同樣店。我最晚六月就會在那裡。明年夏天。所以你挑要看的戲劇，搭火車來這裡，然後到店裡來。」

「我那時再還你？」

「是。我會做晚餐，我們會喝葡萄酒，我會告訴你一年間發生的所有事，你會告訴我你的事。還有，我還要一樣。」

「什麼？」

「你要穿相同洋裝。你的綠洋裝。髮型也一樣。」

她笑了。「這樣你才認得我。」

「是。」

他們在月臺盡頭，他說：「這裡小心。」然後，在他們下到石子地時問：「可以嗎？」

「可以。」羅彬說，聲音一顫，可能是因爲石子地面不平，也可能是因爲這時他抓住了她的肩膀，然後他的手往下移到她赤裸的手臂上。

「我們相遇是件重要的事。」他說。「我想是很重要的。你這樣想嗎？」

她說：「是。」

「是的。是的。」

他手滑到她腋下，環腰將她抱得更緊，然後他們一次又一次親吻。吻的交談。含蓄、醉人、無懼、變換個人。當他們停下時兩人都在發抖，他費了一番努力才控制住聲音，平實地說。

「我們不寫信，信不好。我們只要互相記得，然後明年再見。你不必讓我知道，來就是了。如果你感覺還是一樣，你就來。」

他們聽得見火車聲。他幫她上月臺，然後便不再碰她了，但快步走在她身旁，在他口袋裡找東西。

就在他離開她前，他給了她一張摺起的紙片。「我離店前寫的。」他說。

在火車上她念他的名字。**丹尼爾・艾德茨**。和這些字：**比羅傑維茨**。**我的村子**。

她離開火車站，走在茂盛黑暗的樹下。喬安還沒上床。在玩單人牌戲。

「抱歉我錯過了早一班的火車。」羅彬說。「我吃過晚餐了。奶油牛肉。」

「原來我聞到的就是那個。」

「我還喝了杯葡萄酒。」

「我也聞到了。」

「我想就上床去了。」

「我想也是。」

身後一片光燦的雲彩，羅彬上樓時想。來自於神，祂是我們的家。多幼稚，甚至褻瀆神聖，如果你相信褻瀆神聖的話。在月臺上被吻，然後聽到要一年後再報告。這若讓喬安知道了，她會怎麼說？

外國人？外國人揀沒人要的女孩？

有兩星期兩姊妹幾乎不說話。然後，看到既沒電話也沒信來，而羅彬晚上出去不過是上圖書館，喬安放心了。她知道事情有些不一樣了，可是不以爲有什麼嚴重。她開始同威勒德開玩笑。

在羅彬面前她說：「你知道我們這個女孩子開始在史特拉佛德做神祕冒險嗎？噢眞的。我跟你說。帶了一身酒氣和燉肉味回家。你知道她聞起來像什麼嗎？吐的穢物。」

她大約以爲羅彬到了什麼怪餐館，菜單上有些歐洲菜，又叫了一杯葡萄酒搭配，自以爲世故。

羅彬正要到圖書館去，讀有關芒特內格羅的書。

「兩個多世紀以來，」她讀到：「芒特內格羅人持續與土耳其人和阿爾巴尼亞人抗爭，對他們而言這幾乎就是男性所有的義務。（芒特內格羅人因而出名的高傲、好鬥和厭惡工作，最後一項是南斯拉夫的老笑話。）

她沒法找到是哪兩世紀。她讀到國王、主教、戰爭、暗殺的事，以及最偉大的塞比亞詩篇，叫〈群山花環〉，是一位芒特內格羅國王寫的。她幾乎一點也不記得念過的東西。除了名字，芒特內格羅的眞名，她不知怎麼發音。**Crna Gora**。

她看地圖，光是找那國家就夠難了，不過用放大鏡，逐漸地，最後還是能熟悉那些鎭各別的名字（沒有一個是比羅傑維茨）以及摩洛卡河和塔拉河，和似乎除了吉塔谷地外無處不在的陰暗山脈。

難以解釋她這番調查的需要，她也不試圖解釋（雖然，有人注意到她在圖書館，以及她的全神貫注。）她想必試圖——也多少做到了——把丹尼爾安置在某個眞正的地方和眞正的過去，想到她學到的這些名字他一定知道，這番歷史他想必在學校裡就學到了，這些地方當中的有些地方他小時或年輕時想必去過。在她以手指摸一個印刷的名字時，可能正摸到了他所在的地方。

她也試圖照著書，靠了圖表，學怎麼造鐘，但並不太成功。

他一直在她心裡。她醒來時想到他，工作暫緩時也想到他。聖誕節慶讓她想到了東正教的儀式，她讀到過的，長鬍子教士穿了金袈裟，蠟燭、香和異國語言肅穆低沉的吟唱。冷天和湖心的冰讓她想到山裡的冬天。她覺得她似乎被挑出來和那陌生部分的世界聯繫，因爲不同的命運而被挑中。那些是她自己用的詞。命運。情人。不是男朋友。情人。有時她想到他講到離開那個國家時不在乎、勉強的態度，便爲他害怕，想像他捲入黑暗的伎倆、像電影上的情節和危險。也許他下定決心不通信是好的。不然在寫信和等信間生命整個便搾乾了。寫和等，等和寫。當然還有擔心，如果信沒來的話。

現在她有件東西可以隨時帶著。她知道自己現出的光采，在她身上，在聲音和舉止上。讓她走路的樣子不同了，沒來由就微笑，以及對病人特別溫柔。她喜歡一次專注在一件事上，這她在履行職責，或和喬安晚餐時可以做。房裡的空牆，一條條透過百頁窗映在牆上的光。雜誌粗糙的紙，上面老式的插圖，而不是相片。他用來盛煎肉的厚陶碗，外圍有一道黃線。朱諾巧克力色的口鼻，和她強壯的腿。然後是街上涼爽的空氣，公共花圃傳來的花香，以及河邊的街燈，一整個文明的小蟲正繞燈飛舞。

當他替她買好車票回來，她心裡一沉，然後一緊的感覺。可是那以後的散步，謹慎的步伐，從月臺上下到石子地上。透過薄薄的鞋底，她感到尖銳的石子帶來的刺痛。

不管重複多少次，對她沒有一樣絲毫褪色。她的記憶，以及記憶裡的增添，只不過讓那溝槽越來越深。

我們相遇是件重要的事。

是的。是的。

可是當六月到來，她拖延了。她還沒決定看哪齣戲，也還沒訂票。最後她決定最好是挑一周年那天，去年的同一天。那天的戲碼是《皆大歡喜》。她想到她可以就到當尼街去，根本不必去看戲，因爲她會心不在焉無法專心。然而，她又迷信，不敢變換那天的任何次序。她拿到了票。把綠洋裝送到乾洗店去。自從那天她就沒再穿過，但她要洋裝乾淨筆挺一如嶄新。

在乾洗店燙衣服的女人那星期有幾天沒上班。她小孩病了。可是答應說會回去上班，那洋裝會在周末早上燙好。

「我會死。」羅彬說。「如果明天洋裝沒好我會死。」

她看喬安和威勒德，他們在桌邊玩牌。她曾經見到他們這樣姿勢多少次，現在也許再也不會看見了。他們距她的焦慮和抗拒，她生命裡的危險，是多麼遙遠。

洋裝還沒好。小孩還在生病。羅彬考慮過把洋裝拿回家自己燙，可是怕她會太緊張燙不好。尤其是喬安在一邊看。她立刻到鎭上唯一可能的服裝店去，而且運氣不錯，找到了一件一樣合身但剪裁比較直的，也是無袖。不是鱷魚梨綠，而是萊姆綠。女店員說是今年流行的顏色，大圓裙和細腰已經過時了。

從火車窗她看到下雨了。她甚至沒帶傘。她對面坐的是一個她認識的女乘客，她不久前才在醫院裡動手術拿掉膽囊。這婦人有個女兒住在史特拉佛德。她是那種認爲兩個人認識，在火車上碰見又到同一個地方去，便應該一路聊天的。

「我女兒會來接我。」她說。「我們可以送你到你要去的地方。特別是下雨的時候。」

她們到史特拉佛德時雨停了，太陽出來，而且非常熱。仍然，羅彬無可奈何讓她們送她。她和兩個吃冰棒的小孩坐在後座。她洋裝上竟沒給濺上任何橘色或草莓色的汁液簡直是奇蹟。她等不及戲完。在冷氣調節的戲院裡凍得發抖，因爲那洋裝質料既薄又無袖。不然可能是因爲緊張。她一路道歉到她那排座位口，步伐不一走上台階到大廳的日光裡。又下雨了，大雨。獨自一人在化妝室裡，她遺失皮包的那間，她整理頭髮。濕氣破壞了她髮型的蓬鬆，她那上了髮捲弄得很順的頭髮，現在成了稀疏的黑捲，一條條掛在臉上。她應該帶髮膠的。她竭盡全力，將頭髮往後梳。

她出來時雨停了，太陽又出來，耀眼照在潮濕的人行道上。現在她出發了，她覺得腿軟，好像在學校裡有幾次得到黑板前去演算數學題，或得站在全班前面背誦的時候那樣。她太快就到了當尼街口。現在不到幾分鐘，她的生命就會變了。她還沒準備好，但她再也受不了任何遲延了。

在第二個街口她看見了前面那間奇怪的小屋，給兩邊傳統式的商店建築夾著。

她越來越近，越近。門開著，像同條街上的店面——沒幾家裝了冷氣機。只有紗門防止蒼蠅進來。

走上兩層台階，然後她站在門外了。可是過了一會才推開門，讓視線習慣一下半黑的室內，免得進去後跌跌撞撞。

他在那裡，在櫃檯過去的工作檯邊，在一隻燈泡下忙。他彎著腰，只見側面，全神貫注在一座鐘上。她怕有什麼變化。怕其實她記憶裡的他不實。或者芒特內格羅改變了什麼——他剪了新髮型、蓄了鬍子。可是沒有——他還是一樣。照在他頭上的工作燈還是照出了同樣短髮，像以前一樣發亮，銀色帶了紅棕色調。厚實的肩，微微駝著，袖子捲起露出前臂的肌肉。臉上是專注、熱切、完全滿足於所做的神情。她常想起的神情，儘管她以前從沒見過他專注在鐘上的情形。她想像中他的那個神情來自於他俯身向她的時刻。

不。她不要進去。她要他起身，走過來，打開門。她叫了他，丹尼爾。在最後一刻羞於叫他丹尼洛，怕發那異國音節時聽來呆氣。

他沒聽見——不然就是因爲正在做的事而遲延抬頭。然後他抬頭了，但不看她——這時他似乎在找一樣需要的東西。可是抬頭時他看見了她。他小心移開某樣東西，一推工作檯起身，不情願地朝她走來。

他微微對她搖頭。

她的手已經準備要推開門了，但沒推。她等他說話，可是他沒說話。他再度搖頭。他有點慌。站定不動。他移開視線，看看店裡——看看那一堆鐘，彷彿它們能給他點訊息或支助。當他再度抬頭看她的臉時他顫抖了，而且不由自主地——也可能不是——露出了門牙。好似因爲看見她而害怕起來，感到了危險的焦慮。

她站在那裡，凍住了，彷彿這仍有可能是個玩笑，是場遊戲。

現在他再次朝她走來，好似打定主意怎麼做了。不再看她，但帶著決心——在她看來是這樣

——和厭憎，他把手放在木門，那開著的店門上，然後當她的面一推關上了。

這是條捷徑。她滿心驚駭明白了他的所爲。他演出這場戲在於這樣比較容易打發掉她，比解釋容易，比和她的意外和女人家的沒完沒了、她受傷的感情、可能的崩潰和淚水糾纏容易。

*

她感到的是羞恥，極度的羞恥。一個比較有自信、有經驗的女人會感到憤慨，大怒而去。在他身上灑尿。羅彬聽見過一位女同事這樣講一個拋棄她的男人。你不能相信任何穿長褲的東西。那女人一副並不意外的樣子。而心底深處，羅彬現在也不意外，而是怪罪自己。她應該把去年夏天的那些話，火車站的承諾和告別，當做兒戲，當做是對一位寂寞又遺失皮包獨自來看戲的女性不必要的善行。他會在到家以前就後悔了，並禱告她不會把他當眞。

很可能他從芒特內格羅帶了太太回來，太太就在樓上——那就解釋了他臉上的緊張，那驚異的顫抖。如果他想到羅彬的話，想的是她可憐的處女之夢、羅織她稚氣的盤算。這之前可能有女人爲了他而失去理智，而他也會找到打發她們的方法。這是個法子。寧可殘忍，不要好心。沒有道歉，沒有解釋，沒有希望。假裝你不認識她，而若那行不通，當她的面把門摔上。越快讓她恨你，越好。

雖然對她們中的有些人是上坡的苦工。

正是。而她在這裡，哭泣。她勉強一路忍住，可是在河邊徑上，她哭起來了。同樣一隻黑天鵝在獨游，同樣一家小鴨子和牠們呱呱叫的爸媽，陽光照在水面。最好不要想規避，最好不要漠視這個打擊。如果你規避了一下，就得接受再度的打擊，那打在胸上讓人無法承受的重擊。

＊

「今年時間捏得比較好。」喬安說。「戲怎樣？」

「我沒全看。我剛要進戲院時一隻蟲子飛進了眼裡。我一直眨可是沒法把牠弄出來，只好起來到化妝室去設法沖出來。然後我一定是把部分蟲子擦到毛巾上，揉到另一隻眼裡去了。」

「你看來好像大哭過。你進來時我以爲一定是齣超級大悲劇。你最好用鹽水洗洗臉。」

「我本來就打算那樣的。」

還有其他她要做，或不做的事。再也不到史特拉佛德去，再也不走上那些街道，再也不看戲。再也不穿那些綠洋裝，不管是萊姆綠的，還是鱷魚梨綠的。避免聽見有關芒特內格羅的新聞，那應不會太難。

II

現在眞正的冬天到了，湖面結了冰，一直凍到防波堤。冰面粗糙不平，有的地方看來好像大浪就凍在原地了。工人在外面拆聖誕燈飾。報導說有流行性感冒。冒風走路的人眼睛會流淚。大多女人穿上了運動褲和滑雪夾克的一般冬季服。

但羅彬可不。當她走出電梯去巡視醫院三樓和頂樓時，穿的是黑大衣、灰呢裙和淡紫灰的絲襯衫。她濃密、炭灰的直頭髮剪得齊肩，耳朵上還戴了小小的鑽石耳環。（大家都注意到，就像以前，鎮上有些最好看、最有成就的女人還是那些沒結婚的。）她現在不必穿得像個護士了，因為她做的是零工，而且只在這層樓。

你可以像平常一樣搭電梯上到三樓，可是下來就比較難了。需要桌後的護士按鈴放你出去。這層是精神病房，但很少人這樣稱呼。病房面西對著湖，像羅彬的公寓，因此常有人叫它夕陽旅館。有些年紀大點的人叫它皇家約克。那裡的病人是短期的，雖然其中有些人經常會短期入院。那些個妄想、畏縮或悲慘變成持久性的病人住在別處，在鎮外不遠的郡立療養院裡，正式名稱叫長期療養院。

四十年來這個鎮沒什麼成長，但是變了。有了兩座購物中心，儘管廣場邊的商店勉力支撐。有新的房子——一個成人社區——在鎮外的崖上，還有面對湖兩棟寬闊的老宅改成了公寓。羅彬運氣不錯拿到了其中一間。艾撒克街上她和喬安以前住的房子拿塑膠裝修過後，變成了仲介公司的辦公室。威勒德的房子多少還是一樣。幾年前他中過一次風，但大致恢復了，不過走路得靠兩隻拐杖。他住院時羅彬常見到他。他談到她和喬安眞是好鄰居，以及他們玩牌的樂趣。

喬安已經死了十八年，賣掉房子後羅彬不再和舊識往來了。也不再上教堂，除去那些成了醫院病人的人，她幾乎難得一見年輕時認識的人，那些和她同校的人。

在她的年紀，結婚的機會又來了，在有限的可能性裡。通常他們要個有婚姻經驗的女人——

雖然有個好職業也並不爲過。可是羅彬表明她沒有興趣。從她年輕時就認識她的人說她一向不感興趣，她就是那樣。她現在認識的人裡有些認爲她是同性戀，可是基於成長環境太落後太壓抑而不能表明。

現在鎮上的人不一樣了，她交往的便是這些人。有些人沒結婚就同居。有的在印度、埃及、菲律賓或是韓國出生。舊日的生活方式，早年的規矩，多少還維持了一點，可是很多人儘管自行其是，對那些規矩卻毫無所知。你幾乎可以買任何想要的食物，天氣好的星期日還可以坐在人行道上的咖啡桌邊喝時髦的咖啡，享受教堂的鐘聲而毫不想到做禮拜。海灘邊上不再是火車棚和倉庫——你可以沿湖邊的木道走上一哩。有個合唱社和戲劇社。羅彬在戲劇社裡還是很活躍，雖然不再像她年輕時那樣經常上臺。幾年前她飾演海達．蓋柏勒[1]。一般的反應是戲很不愉快，但她的海達演得十分精采。尤其是那角色——大家都說——正和她本人相反，更是分外傑出。

這些時日，這裡有相當多人到史特拉佛德去。她卻到湖上尼加拉去看戲。

羅彬注意到沿牆一排三張行軍床。

「怎麼了？」她問桌後的護士柯洛。

「暫時的。」柯洛說，帶著懷疑的語調。「重新分配。」

羅彬到桌後的衣櫥裡掛起大衣和袋子，柯洛告訴她這些病例是從佩爾斯郡來的。因爲那裡太擠了算是換地方，她說。不過有人搞錯了，郡立機構還沒準備好接收他們，因此上面決定暫時把他們安置在這裡。

「我需要過去打個招呼嗎？」

「隨你。我上次看時他們都還在睡。」

三張行軍床的邊欄拉了起來，病人都平躺著。柯洛沒錯，他們似乎都在睡覺。兩位老婦人和一位老先生。羅彬掉轉身，又轉回去。她站定了俯視那老人。他嘴巴張開，假牙，若有的話，拿下來了。他還是有頭髮，白了，剪得短短的。肌肉消了，兩頰塌陷，但臉龐仍然額頭寬闊，保留了些許威嚴和——就像她上次看到他那樣——慌張的樣子。有幾處皮膚萎縮、蒼白到幾乎銀白，可能是長癌割掉的地方。他的身體消瘦了，毯子下腿幾乎不見，但胸部和肩膀仍然寬闊，很像她所記得的。

她看他床尾的卡片。

亞歷山大・艾德茨。

丹尼洛。丹尼爾。

也許這是他的第二個名字。亞歷山大。不然就是他說謊，謹慎地撒了個謊，或是半個謊，從一開始直到最後。

她回到書桌和柯洛說。

「有沒有那人的資料？」

「爲什麼？你認識他？」

「我想我可能認識他。」

「我看看有沒有。我可以把檔案叫出來。」

「不急。」羅彬說。「等你有時間。只是好奇而已。我最好現在去看我的病人。」

羅彬的職責是每周兩次和這些病人談談，然後寫他們的病情報告，看他們的妄想或憂鬱是否退了、藥是不是有效，以及他們的情緒如何受到親人或伴侶看望的影響。她在這一層樓做很多年了，自從七〇年代引進了把精神病患留在靠近家庭的做法到現在，她認識很多不斷回來的病人。她另外修了一些課，取得醫治精神病患的資格，反正對這她原來就有點心得。自她從史特拉佛德沒看《皆大歡喜》回來，便開始受到這工作吸引。某件事——雖然不是她所預期的那件——改變了她的生命。

她把雷先生留到最後，因爲他總最花時間。她並沒法每次都給他他所要求的時間——視其他人的問題而定。今天其他人都還好，多虧了藥物，頂多爲他們帶來的麻煩道歉。但雷先生，他認定他對DNA的貢獻沒得到報償或受到肯定，爲了一封給詹姆斯・華森的信而大鬧。傑姆，他叫他。

「那封我寄給傑姆的信，」他說。「我還有點腦筋知道不該寄那樣一封信而不留副本。可是昨天我查遍我的檔案，你猜怎麼了？你跟我說。」

「最好還是你告訴我。」羅彬說。

「不在那裡。不在那裡。給人偷了。」

「可能是放錯地方。我再找找看。」

「我並不意外。我早該放棄的。我在和那些大號男生鬥，和那些人物鬥的有誰贏過？跟我老實講。告訴我。我該放棄嗎？」

「那要你做決定。只有你。」

再一次，他開始和她敘述他一些特殊的不幸。他本不是個科學家，他的工作是調查員，但他幾乎一生都在追隨科學的進展。他給她的資料，甚至他以鈍鉛筆畫的畫，無疑是正確的。只不過說他受騙的故事笨拙無奇，大約多歸功於電影或電視。

可是她總喜歡他講到螺旋鏈拉開兩條鏈漂開時的部分。以這樣優美、這樣善解的手，他向她展示那是怎麼發生的。每一條鏈出發走上預定的旅程，根據自己的指示自我複製。他也愛那部分，驚嘆不已，眼中帶淚。她總謝謝他的解釋，期望他能就此打住，而當然他不能。

仍然，她相信，他正逐漸好轉。當他開始沉浸在不公平的枝節，專注在像那封失竊的信這種事上時，就表示他在好轉。

給他一點鼓勵，轉移一點他的注意力，他可能會愛上她。在這之前，有兩個病人便曾這樣。兩人都已婚。但那並不阻礙她和他們上床，在他們出院以後。只不過，到了那時，感覺已經變了。男人覺得感激，她覺得好心，雙方都感到某種錯置的惆悵。

她並不後悔。現在很少事讓她後悔了。更何況是她的性生活，她的性生活時斷時續又且祕密，但大致來說是愉快的。她爲保持這事祕密所花費的心力可能毫無必要，既然大家已經認定了她——就此，她現在認識的人是大錯特錯，正像她很久前認識的人那樣。

＊

柯洛給了她一份列印。

「不多。」她說。

羅彬謝了她，疊起列印拿到衣櫥，好放在皮包裡。讀時她要自己一人。可是她不願等回到家。她下樓到安靜房去，那裡原來是祈禱室。這時那裡沒人在避靜。

艾德茨，亞歷山大[2]。一九二四年七月三日生於比羅傑維茨，南斯拉夫。一九六二年五月二十九日移民加拿大，由哥哥丹尼洛・艾德茨監護，後者生於一九二四年七月三日，加拿大公民。

亞歷山大・艾德茨和哥哥丹尼洛同住，直到後者於一九九五年九月七日死亡。他於一九九五年九月二十五日住進佩爾斯郡立長期療養院，自該日起一直是那裡的病人。

亞歷山大・艾德茨顯然自出生便聾啞，或可能出生不久便得病而變成聾啞。幼時沒有特殊教育設備。智商未經測試，但受過修理鐘錶訓練。無手語訓練。依賴哥哥，否則對外感情封閉。冷漠、無胃口、偶爾現出敵意，自住院後大體上退化。

不可思議。

兄弟。

雙胞胎。

羅彬想拿這張紙給某人看，某個權威人士。

這太荒謬了。這我不接受。

仍然。

莎士比亞應該給她做好心理準備的。在莎士比亞劇裡，雙胞胎經常是弄混和禍事的緣由。那些把戲只不過是一種手段。最後謎題解開，惡作劇得到諒解，眞愛或類似的感情重新點燃，而那些受愚弄的人很有風度地不加抱怨。

他想必出去辦事了。很快辦點事。他不會讓那弟弟看店太久的。可能紗門勾上了——她從沒試圖推開。說不定他告訴弟弟勾上紗門不要打開，然後他帶朱諾到附近散步去了。她就奇怪爲什麼朱諾不在那裡。

設使她晚點到。早點到。設使她等到戲完了，或者根本就沒看戲。設使她沒浪費時間弄頭髮。那又怎樣？他有亞歷山大而她有喬安，他們怎麼應付得來？從亞歷山大那天的表現來看，不像他會接受任何侵入、任何變化。而喬安當然也會不好過。爲了羅彬嫁給了一個外國人的成分，大於聾啞的亞歷山大。

以那時的情形，現在很難分辨。

在一天，在幾分鐘裡，整件事就毀了，不是斷斷續續，經過漫長的掙扎、希望、失落，像這種事通常的敗壞過程。如果說事情反正遲早要敗壞，速戰速決不是比較容易忍受嗎？

可是你不眞採取那種觀點，對自己不那樣。羅彬不。即使現在她仍渴望她的機會。她才不要浪費時間感謝那加在她身上的戲弄。可是她最後會回心轉意感謝發現了眞相。至少——那個發現保全了整件事，直到那任性插手打斷的部分。讓你大爲悲憤，可是因爲遙遠而感到溫暖，毫無羞愧。

他們所在的是另一個世界，一定是。正像任何舞台上假造的世界。他們那脆弱的安排，那些親吻的儀式，那晚環繞他們的，相信一切正會如安排實現的癡心。在這情形下，往這邊或那邊移個一吋，你就輸了。

羅彬有的病人相信梳子和牙刷一定得照次序擺好，鞋子必得面對正確的方向，台階必定得數，不然就會受到某種懲罰。

如果在那方面她做錯了什麼，應是那件綠洋裝了。因爲乾洗店的女人、生病的小孩，她穿錯了洋裝。

她但願能講給誰聽。他。

1《海達・蓋柏勒》（Hedda Gabler），挪威劇作家易卜生的劇作。海達・蓋柏勒亦爲主角名。

2 原書此處即如此。艾德茨爲姓，亞歷山大爲名。

異能

讓但丁休息一下吧

一九二七年三月十三日。照理春天就該來的，到的卻是冬天。大風雪封路，學校停課。聽說有個老頭走到鐵道去，八成是凍僵了。今天我穿了雪鞋走在路中間，雪地上除了我的印子沒有任何痕跡。等我從店裡回來我的鞋印已經又填滿了。這是因爲湖沒像往常結冰，西風挾帶了大量濕氣變成雪落下來的緣故。我去買咖啡和一兩樣別的必需品。在店裡竟然見到大約一年沒見的泰薩・奈特比。我對從沒去看她有點愧疚，因爲自她休學後我試過繼續和她交朋友。我想除了我沒人這樣。她全身裹在一條大披肩裡，看來好像從故事書裡走出來的。其實她上身比較重，因爲臉寬，頂了一頭黑色捲髮，再加上寬肩膀，儘管她頂多五呎多一點。她光是微笑，還是一樣的泰薩。我問她可好——見到她你總會這樣問，眞心眞意的，因爲她在十四歲左右犯了好長一段時間的病而輟學了。此外你會那樣問是因爲沒什麼別的可說，她並不住在我們其餘人所住的世界裡。她既不參加任何社團，也不參與任何運動，她沒有任何正常的社交生活。她確實也有牽涉到人的生活，那並沒什麼不對，但我不知道怎麼談那事，可能她也不知道。

麥克威廉斯先生在店裡幫麥克威廉斯太太，因爲店員都沒法來。他老愛捉弄人，便捉弄起泰薩來，問她難道沒預見到風雪要來，怎麼沒讓我們大家知道，之類，麥克威廉斯太太叫他別再捉弄她。泰薩卻像根本沒聽見，要了一罐沙丁魚。我突然覺得好難過，想到她坐下來晚餐，卻只有一罐沙丁魚。那其實不太可能，我想不出她有什麼理由不能像大家一樣弄一餐來吃。

我在店裡聽到的大新聞是派西亞爵士廳的屋頂塌了。這下我們《貢多拉船夫》的舞台沒了，本來是要在三月底上演的。市政廳的舞台不夠大，而老歌劇院現在拿來放黑斯家具行的棺材了。今晚我們本來要排練的，可是我不知道誰會去，也不知道結果會怎樣。

三月十六日。決定停掉今年的《貢多拉船夫》，只有我們六個在主日學校廳裡排練，所以就放棄了，到威爾弗家去喝咖啡。還有威爾弗宣布這次是他最後一次演出了，因爲業務越來越忙，我們得另外找個男高音。這可眞是個打擊，因爲他是最好的一個。

我還是覺得用名字喊當醫師的人怪怪的，雖然他才不過三十。他的房子本來是寇根醫師的，很多人還是那樣叫。房子是特別蓋給醫師用的，邊上有個診所。可是威爾弗全部整修過了，有些牆都打掉了，因此很寬敞明亮，席德．羅斯敦開他玩笑說他整修房子是準備娶太太了。那馬上就讓在場的吉妮十分不自在，可是席德大概不知道。（有三個人向吉妮求過婚。第一個是威爾弗．勒布斯頓，然後是湯米．舍投斯，然後是伊袁．馬凱。一個是醫師，然後是驗光師，然後是牧師。她比我大八個月，不過我想我大概沒指望趕上。我想其實她讓他們覺得她有意，儘管她總說她不懂，每次他們向她求婚她都覺得好像晴空一道霹靂。我的想法是，在你引他們愚弄自己以前，有好些法子可以把事情都變成笑話。）

萬一我得了重病，我希望能夠毀掉這本日記，不然從頭到尾看過畫掉壞心的部分，如果我死掉的話。

我們的談話變得嚴肅起來，不知爲什麼，話題轉到我們在學校裡學的東西和已經忘了多少。有人提到以前鎮上有辯論社，可是大戰後都沒了，大家有了車開來開去，又有電影可看，又打起了高爾夫球來。以前他們討論的話題多嚴肅。〈科學和文學，哪個對造成人類性格更重要？〉有誰能想像今天要人出來聽那種東西嗎？光是隨便坐在一起討論都覺得好笑。然後吉妮說起碼我們得組個讀書會，那樣會讓我們看一些一直想看可是總沒看的重要書籍。那些一年又一年站在客廳玻璃門後架子上的哈佛古典名著。幹嘛不看《戰爭與和平》，我說，可是吉妮宣稱她已經看過了。因此是在《失樂園》和《神曲》間投票，《神曲》贏了。對這書我們只知道並非喜劇，而且是以義大利文寫成，儘管我們不用說讀的是英文本。席德以爲是拉丁文，說他在何特小姐的課上讀的拉丁文已夠享用一輩子了，我們都朝他大叫，然後他假裝本來就知道。反正現在既然《貢多拉船夫》暫時擱下了，我們應該找得到時間每兩周聚一次互相鼓勵。

威爾弗帶大家參觀全屋。餐廳在走道一邊，客廳在另一邊，廚房裡設有櫥子、雙水槽和最新的電爐。走道後面有一間洗衣房和流線型設計的浴室，衣櫥大得可以走進去，門上還裝了整面的穿衣鏡。到處都是金色的柚木地板。等我回到家這裡看來好簡陋，牆板看來又暗又老氣。早餐時我和父親說我們可以在餐廳邊上蓋一間陽光室，這樣至少有個明亮現代的房間。（我忘了提威爾弗在他房子邊上對應診所的地方蓋了間陽光室，正好平衡。）父親說我們已經有了兩座陽臺可以早晚受陽，哪有必要再蓋一間？所以看樣子我的整修家裡計畫大概沒什麼前途。

*

四月一日。我醒來第一件事就是愚弄父親。我衝出走道尖叫說一隻蝙蝠飛進我房間了，他從浴室衝出來，牙齒矯正架沒戴滿臉都是肥皂泡沫，要我別再神經兮兮的尖叫去拿掃把。所以我拿了掃把來，然後在他沒戴眼鏡咚咚來去找蝙蝠時我躲在後樓梯假裝害怕。最後我可憐他就大喊：「四月傻子！」

所以接下來是吉妮打電話來說：「南西，我怎麼辦？我的頭髮一直掉，枕頭上到處都是，枕頭上大把大把都是我漂亮的頭髮，現在我半禿，再也不能出門了，你能不能過來看我們能不能做頂假髮？」

所以我冷靜說：「只要用麵粉混水拌一拌糊回去就好了。怪不怪，剛好在四月愚人節發生？」

現在到了我並不那麼熱切想記的部分了。

我沒等早餐就走到威爾弗家去，因為我知道他早早就上醫院的。他穿了襯衫和背心自己打開前門。我沒試診所，想還沒開門。他雇的那個打掃屋子的老太婆——我甚至不知道她的名字——在廚房裡弄得乒乓響。我猜應該是她開門的，可是他就在走道上準備出門了。「南西啊。」

我什麼話都沒說，只是抓著喉嚨裝出苦相。

「你怎麼了，南西？」

更多緊抓喉嚨和痛苦的粗嘎聲，搖頭表示沒法告訴他。噢，可憐。

「進來。」威爾弗說，領我從前廳邊經過屋門到診所去。我看見那老婦窺了一下，不過沒表現出我看見了她，只繼續表演。

「現在，」他說，把我推到病人椅上，開了燈。百頁帘還是拉著，裡面充滿了刺鼻的消毒劑還是什麼的味道。他拿出一支壓舌棒和照亮喉嚨的檢查工具。

「現在，儘量張大。」

我就張大嘴巴，可是正當他要壓我的舌頭時我大叫：「四月傻子！」

他臉上毫無笑容。他把棒子甩開，關掉工具上的燈，一聲不發，直到他猛力拉開診所的外門。然後他說：「我剛好有病人要看，南西。你為什麼不能表現得懂事點？」

所以我就兩腿夾著尾巴慌忙走了。我沒勇氣問他為什麼禁不起一個玩笑。無疑他廚房裡那個多事的女人會將他多生氣和我不得不屈辱跑掉的事傳遍全鎮。一整天我都覺得難受極了。而最愚蠢的巧合是我甚至真的覺得病了，發燒，還有點喉嚨痛，所以只好坐在前面房裡膝上蓋了毯子讀但丁。明晚讀書會要聚會，所以我應該搶先在他們大家前面。問題是我一點都不記得，因為讀時我一直想，我做的事可真蠢，我還聽得見他以尖銳的聲調要求我的行為合乎年紀。可是那時我發現自己在腦袋裡和他爭，辯說在生活裡享受一點樂趣並不是那麼糟的事。我相信他父親是個牧師，是不是因為這樣就能解釋為什麼他會那樣？牧師家庭經常搬家，因此他可能從沒機會和一群死黨一起長大，到彼此了解互相胡來的地步。

現在我能看見他穿了背心和漿挺的襯衫拉著門。人高，又瘦得像把刀。他整齊分邊的頭髮和嚴厲的八字鬍。糟透了。

我不知是該寫封短信給他，解釋在我看來開個玩笑並不是件了不得的罪行，還是該寫封有點尊嚴的道歉信。

我不能和吉妮商量，因爲他向她求過婚，那表示他認爲她比我有價值。而且我心情壞到懷疑她因此私底下覺得勝過了我。（即使她拒絕了他。）

四月四日。威爾弗沒來參加讀書會，因爲一個老傢伙中風了。所以我寫了封短信給他。儘量寫得有點歉意，但不太過謙卑。這比任何事都更讓我坐立不安。不是短信，而是我做的事。

四月十二日。今天中午我應門時，吃了我年輕的蠢生命裡最大的一驚。父親才剛到家，正坐下來晚餐，而威爾弗在那裡。他從沒回我給他的短信，我都已經放棄了，以爲他打算永遠討厭我，而我未來唯一能做的只是鄙視他，因爲別無選擇。

他問我是否打斷了我的晚餐。

他不可能打斷我的晚餐，因爲我下定決心除非減肥五磅不再吃晚餐了。父親和包克斯太太吃他媽的晚餐時，我就把自己關起來讀一點但丁。

我說，沒有。

他說，那好，願不願和他去開車兜風一下？我們可以去看河冰外流，他說。緊接又解釋他大半晚都沒睡又得在一點開診所，因此沒時間睡一下，新鮮空氣會讓他恢復精神。他沒解釋爲什麼大半晚沒睡，所以我猜測是有嬰兒出生，而他以爲若告訴我會讓我不好意思。

我說我才剛開始我一天定量的閱讀。

「讓但丁休息一下吧。」他說。

所以我拿了外套告訴父親，我們就出去上了他的車。我們開到北橋，那裡聚了一些人看冰，大多是中飯休息時的男人和男孩。今年並沒有大塊的冰，因爲冬季來得晚。不過還是撞在橋墩上不斷摩擦，像往常一樣發出大響，中間流了細細一條河水。除了站定觀看好像癡了別無選擇，我的腳變冷了。雖然破冰了但冬天似乎還沒放棄，而春天似乎還相當遠。我不懂怎麼有人能站在那裡，覺得有趣到一看數小時。

過不久威爾弗也看膩了。我們回到車裡不知說什麼，直到我乾脆直問他有沒有收到我的短信。

他說收到了。

我說我做那事眞覺得自己是個傻瓜（這可能是眞的但大概比我的眞意聽來更造作）。

他說：「噢，別在意那事。」

他倒了車我們開向鎭上，他說：「我本想要請你嫁給我。只不過我不要做的像這樣。我本想漸漸導引到那上頭的。在比較合適的場合。」

我說：「你的意思是你想要可是現在不想了？還是你仍然想要？」

我發誓我那樣說時並不是在激他。我眞的只是想弄清楚。

「我的意思是我想要。」他說。

在我還來不及震驚，「好」已經脫口而出了。我不知道怎麼解釋。我禮貌但不太熱切地說好。比較像，好，我想喝杯茶。我甚至都沒顯出意外。好似我得儘快帶我們度過這個時刻，然後就可以放鬆正常了。雖然事實上和威爾弗在一起時我從沒眞正放鬆和正常過。有一陣子我覺得搞不懂他，以爲他既是懾人又是可笑，自從倒楣的四月愚人節我簡直窘得無地自容。我希望我說好我願意嫁給你並不是爲了克服窘迫。但是我記得想到應該收回好，然後說我需要時間想想，可是我幾乎不可能那樣做而不弄得我們更窘。而且我不知道我有什麼可想的。

我和威爾弗訂婚了。我不能相信。對大家都是這樣發生的嗎？

四月十四日。威爾弗來和父親談，我到吉妮那裡去和她談。我馬上就坦白我覺得告訴她不太自在，然後說我希望她不會覺得給我當伴娘難堪。她說當然不會，我們兩個都相當激動，手臂相擁掉了一點眼淚。

「同伴怎能和朋友相比？」她說。

我一時興起不顧一切告訴她反正都是她的錯。

我說我不忍見兩個女孩都拒絕他那可憐人。

五月三十日。我很久沒記是因爲有一大堆事要做。婚禮定在七月十日。我的禮服由柯尼許太太做，她讓我穿了內衣全身插滿了大頭針又直叫我別動搞得我發瘋。白紗，我不要拖長的尾紗，怕會不小心絆倒。此外還有半打夏季睡衣、一件帶蓮花圖案的水紋絲日本和服和三雙冬季睡衣的嫁妝，全都在多倫多的辛普森買的。顯然睡衣並不是理想嫁妝，可是反正連身睡裙既不保暖我又討厭，因爲總在腹部絞成一團。一些絲內衣和別的，都是桃色或「肉色」。吉妮說我應該趁機會多買，因爲如果中國打起仗來絲就少了。她一向都是新聞通。她的伴娘禮服是粉藍色的。

昨天包克斯太太做了蛋糕。那蛋糕好像需要六個星期才能入味，所以我們只是剛好趕上最後關頭。爲了好運必須要我攪拌，那麵糊裡滿是水果重得我手臂簡直都快斷了。歐黎在這裡，所以包克斯太太沒在看時他接手替我攪了一下。不知道那樣做會帶來怎樣的運氣。

歐黎是威爾弗的堂弟。因爲威爾弗沒有兄弟，由他——就是歐黎——做伴郎。他比我大七個月，所以感覺上好像他和我還有點像小孩，正如威爾弗不像（我沒法想像他曾經像小孩過）。他——歐黎——曾在一家肺病療養院待過三年，可是現在好多了。他在那裡時，他們放掉了他一個肺裡的氣。這我聽說過，以爲之後就必須靠一個肺，但顯然不是這樣。他們只是放掉氣讓它停工，同時以藥物治療包圍發炎部分讓它休眠。（看我才和醫師訂婚，現在簡直就成醫學專家了！）威爾弗解釋這時歐黎掩住耳朵。說他寧可不想那，假裝他自己是個空洞的賽璐珞娃娃。他和威爾弗剛好相反，可是他們似乎相處得很好。

蛋糕我們要拿給職業糕餅師去上奶油，謝天謝地。我想不然包克斯太太會受不了那份緊張。

六月十一日。還有一個月。我甚至不該在這裡寫的，而該動手開結婚禮物單。我不能相信所有這些東西都是我的。威爾弗催我挑壁紙。我以爲房間都粉刷成白色是因爲他喜歡，然而他這樣好像只是留給太太去挑壁紙而已。我怕我面對這事會目瞪口呆，但鼓起勇氣告訴他我認爲他很體貼，只不過除非住在裡面我沒法想像我要什麼。（他想必希望在我們蜜月回來前都完成的。）因此我把那事延後了。

我還是一周兩天到廠裡去。我多少期望婚後能繼續，可是父親告訴我當然不行。接下來說，儼然僱用已婚婦女不太合法，除非是寡婦，或是她有困難，可是我指出既然他沒付我錢不能算是僱用。然後他才說出原本不好意思說的，就是等我結婚了便會有事打斷了。

「會有你不到公共場合的時候。」他說。

「那我才不知道呢。」我說，臉紅得像個白癡。

原來他（父親）一心想要歐黎接替我的工作，他（父親）眞的希望歐黎能夠深入這個生意甚至接收過去。也許他期望我能嫁個那樣的人——儘管他認爲威爾弗很棒。而且歐黎自由自在又聰明又受過高等教育（我不知道他到底是在哪裡或受過多少教育，可是顯然比這裡任何人都知道得多），可能像個一流人選。因此昨天我得帶他到辦公室讓他看看帳簿之類的，父親還帶了他把他介紹給大家和剛好在場的人，看來一切順利。歐黎很用心，在辦公室裡擺出一副正經樣子，此外神情愉快，和大家談笑風生（但不玩笑過分），甚至還改了說話方式，改得恰到好處，父親很高興，大爲振奮。我和他道晚安時他說：「有年輕人到這裡來我當做是好運。他是個在尋找未來和一個可以安身的地方的人。」

我沒反駁他，但我相信歐黎在這裡安定下來掌管鋸木廠的機率，就像我加入《齊格飛富麗秀》[1]一樣大。

他只是不得不逢場作戲。

有一次我想到吉妮很可能會把他搶過去。她閱讀廣泛又抽菸，雖然上教堂但她的見解有些人可能會當做是無神論。而且她告訴過我她認爲歐黎並不難看，儘管有點矮（我看有五呎八、五呎九）。他有她喜歡的藍眼睛，還有奶油糖顏色的頭髮，有一捲落在額前，看來刻意、迷人。他們見面時他自然對她很好，常逗她談，等她回家了他說：「你的小朋友滿有學問的，是不是？」

「小。」吉妮至少和他一樣高，我當然想告訴他。可是對一個不太高的男人指出有關身高的事滿壞的，因此我就閉了嘴。對「有學問」那部分我不知道怎麼說。在我看來，吉妮是個有知識的人（譬如歐黎讀過《戰爭與和平》嗎？），但我沒法從他的語氣得知他到底認爲她是不是。我只聽得出如果她是，他並不喜歡，而如果她不是卻表現出好像她是，那他也不喜歡。我應該說點什麼瀟灑又反對的話，譬如，「對我你太深了。」可是當然直到過後才想起來。最糟的是，他一那樣說吉妮，我心裡馬上對吉妮有了點意會，雖然我爲她辯護（在心裡），卻又有點狡猾地同意他。我不知道對我未來她會不會顯得一樣聰明了。

威爾弗就在那裡，想必聽見了我們整個對話但什麼都沒說。我儘可以問他是不是不願意爲一個他求過婚的女孩辯護，可是我從沒和他說過對那事我知道多少。通常他只是聽歐黎和我講話，低著頭（他對大家都這樣，他太高了），臉上露出一點微笑。我甚至不知道那是微笑，還是他嘴巴本來就那樣。晚上他們兩個過來，結果經常是父親和威爾弗玩牌，歐黎和我隨意閒談。或是威爾弗、歐黎和我打三人橋牌。（父親從不喜歡橋牌，出於某種理由他認爲那太高級了。）有時威爾弗接到醫院或艾爾西・班敦（他的管家，我老記不住她的名字——只好大叫問包克斯太太）打來的電話，便得出去。不然有時牌打完了，他就坐到鋼琴邊憑耳力彈。可能是亂彈。父親逛到陽臺上加入歐黎和我，我們搖擺靜聽。那時似乎威爾弗只是彈琴自得，並不是表演給我們聽。我們聽不聽，還是聊起天來，他都不在意。有時我們就聊天，因爲對父親那可能太過古典了一點，他最喜歡的一首是〈肯他基老家〉。你看得出來他開始坐立不安，那種音樂讓他覺得世界有點難解，因此爲了他我們就說起話來。然後他——父親——會特意告訴威爾弗我們多喜歡聽他彈琴，而威爾弗心不在焉地說謝謝。歐黎和我識趣不說話，因爲知道在這種情形他對我們怎麼想一點都不在乎。

有一次我注意到歐黎邊聽威爾弗彈琴邊跟著唱。

「早晨天才剛亮而皮爾．金特在打呵欠——」

我低語：「什麼？」

「沒什麼。」歐黎說。「他彈的是那首。」

我要他拼出來。P-e-e-r-G-y-n-t。

我應該多學點音樂的，這樣威爾弗和我就有共同點了。

天氣突然熱起來了。牡丹花盛開，大得像嬰兒的屁股，繡線菊花落如雪。包克斯太太說如果這繼續下去，到婚禮前統統都要枯掉了。

寫這時我已經喝了三杯咖啡，連頭髮都還沒理。包克斯太太說：「不久你就得改變作風了。」

她的意思是，因爲艾爾西．什麼的告訴威爾弗她要退休，這樣我可以經手管家。

所以現在我要改變作風告別日記了，至少暫時。我曾經覺得有什麼眞不尋常的事會在我生命裡發生，因此每一件事都記下來很要緊。那只是個感覺而已嗎？

中午時的女孩

「別想就在這裡閒晃。」南西說。「我有樣你想不到的東西給你。」

歐黎說：「你滿是想不到的東西。」

那天是星期天，歐黎滿心希望他能無事閒蕩。南西有一點他不太喜歡，就是她的精力。他想很快她就會需要那些精力來治家，這點威爾弗——以他那種遲鈍、平常的方式——就全靠她了。

上過教堂威爾弗直接到醫院去了，歐黎回來與南西和她父親一起晚餐。星期天他們吃冷食——這天包克斯太太上她自己的教堂，下午在她自己的小房子裡好好休息。歐黎幫南西清理廚房。從餐廳傳來響亮的鼾聲。

「你父親，」歐黎看了一下說。「他在搖椅上睡著了，《星期六晚間郵報》攤在膝上。」

「他從不承認他在星期天下午睡覺。」南西說。「他總想要看書。」

南西穿了條圍在腰部的圍裙——不是那種要在廚房大幹一場的圍裙。她把圍裙脫下掛在門把上，然後在廚房門前的小鏡子前弄鬆頭髮。

「我一團糟。」她以一種抱怨但並非不滿的語氣說。

「就是。我看不出威爾弗看上你哪一點。」

「小心，不然我就揍你。」

她領他出門，轉過小葡萄叢和楓樹下——她已經告訴過他兩三次了——以前她在那裡有架鞦韆。然後沿巷子後到街區盡頭。因爲是星期天，沒人在割草。其實根本沒人在後院，那些房子都有種封閉、自滿和隱蔽的模樣，好似在每一棟房子裡都有個像南西父親那樣有品德的人，當他們享受辛苦賺來的休息時，暫時對人世毫無所知。

這並不表示鎮上就完全寂靜。星期天下午正是鄉下人和鄰近村民上沙灘的時候，那裡離鎮四分之一哩，在懸崖底下。從水滑梯傳來混合孩童尖叫、躲避和潑水的喊叫聲，還有車子的喇叭聲、冰淇淋車的叭叭聲，和年輕人亟欲炫耀和擔心的母親的高叫聲。所有這些夾雜在一起變成了一聲高喊。

巷底，面對一條比較窮、沒鋪的街，是一棟空建築，南西說是老冰屋，再過去是一塊空地和乾溝上一道板橋，然後他們在一條寬僅容一輛車——或者說一匹馬和馬車——的路上。沿這條路兩旁都是帶刺的灌木牆，長了鮮綠的小葉和散布了乾燥粉紅的花。它們擋住了風，又沒有蔭，枝條還會勾住他襯衫的袖子。

「野玫瑰。」他問這些是什麼玩意，南西說。

「我猜這就是我想不到的東西了？」

「到時你就知道了。」

他在這隧道裡汗流浹背，恨不得她能慢下來。他和這個女孩在一起時經常驚訝，她在任何一方面都毫不出色，也許除了嬌縱、傲慢又自我中心。說不定他想刺激她。她剛好比一般女孩子聰明一點，因此他能刺激她。

遠處，他看見有一片屋頂，有些像樣的樹遮蔭，既然沒指望從南西那裡多知道一點，他只好指望到那裡後能坐下來，在陰涼的地方。

「有客人。」南西說。「早該知道的。」

路盡頭掉頭處停了一輛老舊的T型車。

「反正只有一輛。」她說。「希望他們就快完了。」

可是等他們到了車邊，沒人從那棟還不錯、一層半樓的房子出來——磚造，那種磚在這一帶叫做「白色」，而在歐黎來的地方叫「黃色」。（其實是種有點骯髒的深膚色。）沒有樹籬——只有一道拉起的鐵絲欄圍繞院子，裡面的草沒割。從大門也沒有水泥步道通到門口，只是一條泥徑。這在鎮外並不稀奇——鋪設人行道或擁有割草機的農人不多。

可能一度有過花圃——至少在高大的草間有白色和黃色的花直立散布。這些是雛菊，他滿有把握，可是懶得問南西，省得可能聽她帶嘲弄的糾正。

南西帶他進到一個眞的是從比較優渥、閒適的日子遺留下來的東西——一座沒上漆完全木造的鞦韆，有兩隻鞦韆座。左右的草全沒經人踩過——顯然很少人用。它站在兩棵葉子厚重的樹蔭裡。南西一坐下立刻就又跳起來，然後架在兩鞦韆座間她開始來回擺盪這吱嘎作響的東西。

「這樣她就會知道我們在這裡了。」她說。

「誰？」

「泰薩。」

「她是你的朋友嗎？」

「當然了。」

「老太太朋友？」歐黎毫不熱中說。他有許多機會見識到南西怎麼揮霍所謂的——在一些她可能讀過而且喜歡的女孩子書裡，可能就叫做——她性格裡光輝的一面。就像她在鋸木廠裡對老工人天眞的戲弄。

「我們是同學。泰薩和我。」

那又讓他想起另一件事——她用心拉攏他和吉妮的做法。

「她有什麼有趣的？」

「你看就知道了。啊！」

攏到一半她跳了下來，跑到房子邊上的汲水幫浦去。用力壓起水來。她必須上上下下用力壓才有水出來。就連這樣她似乎一點也不累，不斷壓了一陣直到裝滿了掛在鉤上的錫杯，然後一路濺拿到鞦韆旁。從她熱切的神情他以爲她會馬上給他，可是她舉杯到自己嘴邊快活的灌下去。

「這水不是鎭上的水。」她說，把杯子給他。「是井水。很好喝。」

她是一個會從任何掛在井邊的錫杯喝沒處理過的水的女孩。（他自己身體經歷過的苦楚讓他比別的年輕人更明白這種可能的危險。）當然，她也是個愛炫耀的人。然而她是眞的、天生的大膽無忌，一心認爲她的生活快樂自在。

他不會那樣說自己的生活。可是他認爲——他不可能提到這而不自嘲——他命定要做不尋常的事，他的生命會有些意義。也許這是吸引他們兩人到一起的地方。但不同在他會繼續下去，而不會妥協。不像身為女孩她所會做的——像她已經做了的。想到他有比任何他認識的女孩子更寬廣的選擇讓他突然安心了，讓他覺得對她充滿了關愛和玩心。有時，在取笑她和受她取笑的時候，時間閃爍自在流去，他並不需要問他為什麼和她在一起。

那水真的是好喝，而且無比沁涼。

「大家都來找泰薩。」她說，在他對面坐下。「拿不準什麼時候誰會到這裡來。」

「是嗎？」他說。突然生出狂想，說不定她真夠狂、夠獨立，甚至到和一個半職業性的不定時鄉下妓女交朋友的地步。反正，繼續和一個變壞了的女孩子做朋友。

她知道了他的想法——她有時很精明。

「噢，不是，」她說。「我不是那個意思。噢，那絕對是我有過的最糟的想法。泰薩是世上最不可能的一個女孩子——真是惡心。你真該覺得羞恥的。她是最不可能的女孩子——噢，你見了就知道了。」她臉色變得好紅。

門開了，毫無一般拉長的告別——或根本毫無告別——一個男人和女人，中年，有些疲憊但並不完全力竭，像他們的車子，沿步道走來，朝鞦韆望過來，看見南西和歐黎，不過沒說話。怪的是南西也沒說話，沒高聲打招呼。那對男女分別到車子兩邊，上車開走了。

然後一個人影從門口的陰影移出來，南西高叫。

「喂。泰薩。」

那女人身材像個結實小孩。一個滿頭深色捲髮的大腦袋，寬肩，粗短的腿。她赤著腿，一身奇怪服裝——水手服和裙子。起碼在熱天算奇怪，既然她已不再是個學生了。很可能是她一度在學校裡穿的衣服，因爲個性節省，便在家裡穿到壞。這種衣服從來穿不壞，而在歐黎看來，穿在女孩子身上也從不好看。她那身服裝看來很呆板，正像大多女學生。

南西帶他上前介紹，他對泰薩說——以那種女孩子通常接受的隱晦方式——他常聽說她。

「他才沒。」南西說。「別信他的話。我帶他到這裡來是，因爲，老實說，我不曉得拿他怎麼辦。」

泰薩的眼皮厚，眼睛並不很大，卻是驚人柔軟的深藍。當她抬眼看歐黎時，眼光並不帶絲毫特別的善意、敵意甚或好奇。只是十分深沉篤定，讓他無法繼續說俏皮禮貌的話。

「你們最好進來。」她說，領先進去。「我得把奶油攪完，希望你們不在意。上一批客人來時我正在攪奶油，就停手了，可是如果再不攪，最後奶油恐怕會壞掉。」

「星期天攪奶油，壞女孩。」南西說。「看，歐黎。奶油是這樣做的。我打賭你以爲奶油從母牛身上出來時就已經做好包好可以進店了。你儘管攪。」她對泰薩說。「如果你累了可以讓我試一陣。其實，我只是來請你參加我的婚禮。」

「我有點聽說。」泰薩說。

「我本來可以寄張請帖給你的，可是我不知道你會不會留心。我想最好還是我來這裡，你若不肯來我就擰斷你的脖子。」

他們直接進到廚房裡。窗帘拉到了窗臺，頭頂高處一隻風扇攪動空氣。裡面聞起來有烹煮、蒼蠅毒劑碟、煤油和抹布的味道。這種種味道可能在牆壁和地板裡幾十年了。可是有人——無疑是這個呼吸沉重、幾乎喘氣奮力攪拌的女孩——花力氣把碗櫥門和廚房門漆成了知更鳥蛋的藍。

攪乳器四周的地上鋪了報紙保護地板，沿桌子和爐子邊上經常走動的地方地板已經磨損凹下了。要是對大多農家女孩歐黎就會大膽問是不是可以試攪看看，可是在這情形他不太有把握。她不像個陰鬱的女孩，這個泰薩，只是顯得比她年紀大，直率又自足到讓人不安。

奶油來了。南西跳起來看，叫他也來看。奶油顏色淡得讓他意外，一點也不黃，可是他沒說什麼，免得南西罵他無知。然後兩個女孩把那淺色黏糊的一團放在桌上一塊布裡，用木槳奮力拍打再用布包好。泰薩揭起地板上的一扇門，她們兩人拿了走下不然他不知道在那裡的地下室台階。南西幾乎一步踩空尖叫了一下。他認為泰薩自己來比較省事，可是她並不在意優待南西一點，就像對待一個麻煩可愛的小孩。她打開從地下室拿上來的檸檬汁，讓南西收拾地板上的報紙。她從角落的冰櫃裡拿出一塊冰來，在水槽裡洗掉一點木屑，再用鐵錘敲打，好放一些到他們的玻璃杯裡。這時他還是沒出力幫忙。

「現在泰薩。」南西喝了一大口檸檬汁後說。「現在是時候了。幫我個忙。拜託。」

泰薩喝她的檸檬汁。

「告訴歐黎，」南西說。「告訴歐黎他口袋裡有什麼東西。從右邊開始。」

泰薩沒抬眼說：「嗯，我看有個皮夾。」

「噢，再來。」南西說。

「是啊，她對了。」歐黎說。「我是有皮夾。現在她是不是該猜裡面有什麼？因為裡面沒多少東西。」

「別管那個。」南西說。「告訴他別的，泰薩。他右邊口袋裡的。」

「到底是怎麼回事啊？」

「泰薩。」南西甜蜜說。「拜託，泰薩，你知道我的。記得我們是老朋友，我們從學校第一間教室就是朋友。就爲我做一次。」

「這是什麼遊戲嗎？」歐黎說。「這是你們兩個女孩私下想出來的遊戲嗎？」

南西笑他。

「怎麼了？」她說。「你裡面有什麼見不得人的東西嗎？是有臭襪子嗎？」

「一枝鉛筆。」泰薩說，十分安靜地。「一點錢。硬幣。我不知道是多少錢的。一張寫了點東西的紙？印刷？」

「清出來，歐黎。」南西叫。「清出來看。」

「噢，還有一包口香糖。」泰薩說。「我想是一包口香糖。就是這樣了。」

口香糖包裝拆了，裏滿了衣服的毛屑。

「我都忘了這東西了。」歐黎說，雖然並沒忘。清出了一截鉛筆、幾枚鎳幣和銅幣、一張折損的剪報。

「徵求原創高水準的文稿，包括詩作和散文。」她大聲念。「將慎重考慮——」

歐黎從她手裡搶走剪報。

「有人給我的。他們要我的意見，看那刊物是不是眞心的。」

「噢，歐黎。」

「我甚至不知道那地方是不是還在。就像口香糖。」

「你難道不驚奇嗎？」

「我當然驚奇。我全忘了。」

「難道你不爲泰薩驚奇？爲她所知道的驚奇？」

歐黎勉強給泰薩一個微笑，雖然他十分惱怒。並不是她的錯。

「那些是很多人口袋裡都會有的東西。」他說。「硬幣？當然。鉛筆——」

「口香糖？」南西說。

「可能。」

「還有印了字的紙？她說了是印刷。」

「她說一張紙。她不知道上面是什麼。你不知道，對不對？」他對泰薩說。

她搖頭。她朝門望去，傾聽。

「我看巷裡有輛車。」

果然正如她所說。現在他們都聽見了。南西去帘子邊窺視，就在那時泰薩給了歐黎一個意想不到的微笑。不是那種共謀或道歉或一般賣弄風情的微笑。很可能是表示歡迎的微笑，但沒有任何分明的邀請。只是給予她內在的一點溫暖，一點自在從容。同時她寬大的肩膀一動，鬆弛了，好似那微笑傳遍了全身。

「噢，討厭。」南西說。然而她必須克制住她的興奮，而歐黎必須克制住他受到的奇異吸引和驚訝。

正當一個男人下車時泰薩打開了門。他在大門口等南西和歐黎走下步道。他大約有六十幾，厚肩，臉色嚴肅，穿了一套淺色的夏季西裝，戴了頂克莉絲蒂帽。他的車是輛新型的雙人車。他朝南西和歐黎點了一下頭，簡短、刻意不帶好奇，好似若他們從診所出來而他給他們拉門時會有的表情。

泰薩的門在他們身後沒關多久，另一輛車就在巷子遠處出現了。

「排隊。」南西說。「星期天下午來得人多。起碼夏天時。有人從老遠來看她。」

「好讓她告訴他們他們口袋裡的東西？」

南西沒理他。

「通常是問她遺失了的東西。値錢的東西。至少，對他們來說値錢。」

「她收費嗎？」

「我想沒有。」

「一定有的。」

「爲什麼一定有？」

「她不是窮嗎？」

「她又不挨餓。」

「說不定她並不都總說中。」

「欸，我想她一定是都說中了，不然大家就不會一直來看她了，對不對？」

等他們走進玫瑰叢間明亮窒悶的隧道時說話的聲調變了。他們擦掉額頭汗水，沒有了針鋒相對的力氣。

歐黎說：「我不懂。」

南西說：「我不知道是不是有人懂。而且，不只是大家丟的東西而已。她還指點過屍體的地點。」

「屍體？」

「他們認爲有個男的沿鐵道走下去，陷在大風雪裡凍死了，他們找不到他，她教他們到懸崖下的湖底去找。果然。根本就不是鐵軌。還有一次有頭母牛走失了，她告訴他們牠淹死了。」

「那又怎樣？」歐黎說。「如果那些都是眞的，爲什麼沒人去調查？我的意思是科學性的。」

「完全是眞的。」

「我不是說我不相信她。可是我要知道她是怎麼做到的。你問過她嗎？」

出他意料之外，南西說：「那不是太沒禮貌了？」

現在反倒像她已經厭倦了這番談話。

「所以，」他堅持。「她在學校時就能未卜先知嗎？」

「不能。我不知道。她從沒說過。」

「她是不是就像大家一樣？」

「她並不就像大家一樣。可是誰又是了？我是說，我從不覺得我是。或者吉妮覺得她是。在泰薩的情形，就是她所住的地方，上學前又得先擠牛奶，這些是我們沒一個需要做的。我一直都設法和她做朋友。」

「我相信。」歐黎溫和說。

她好像沒聽見繼續說下去。

「但是，我想一定是——我想一定是她生病時開始的。我們高二那年她生病了，會突然發作。她休了學就沒再復學，就是那時她有點失去聯繫了。」

「發作。」歐黎說。「癲癇症嗎？」

「我從沒聽說過。噢」——她轉開去——「我眞卑鄙。」

歐黎停下腳步。他說：「爲什麼？」

南西也停了下來。

「我帶你到那邊去就是爲了讓你看我們這裡也有特別的東西。她。泰薩。我的意思是，讓你見識泰薩。」

「是。那又怎樣？」

「因爲你認爲我們這裡沒一樣値得注意的。你認爲我們只配給你取笑。所有我們這一帶的人。所以我要讓你見識見識她。像個畸形人。」

「我可不會拿畸形人用在她身上。」

「不過那是我的用心就是了。我眞該讓人踢踢我的腦袋。」

「還不至於。」

「我應該去請她原諒的。」

「我可不會那樣做。」

「你不會嗎？」

「不會。」

那晚歐黎幫南西擺出冷食晚餐。包克斯太太在冰箱裡留了一隻雞和沙拉凍，南西在星期六做了個天使蛋糕，配草莓。他們把東西都在下午受蔭的陽臺上擺好。在主菜和甜點之間，歐黎把盤子和沙拉碟拿回廚房去。

他突如其來說：「不知道他們有沒有人給她點心或什麼的？像雞還是草莓？」

南西正拿最好的草莓沾水果糖。過一會說：「對不起？」

「那個女孩。泰薩。」

「噢。」南西說。「她有雞，如果她要很可以殺一隻的。若她也有一片莓子園我也不意外。鄉下地方大多數人都有。」

回家路上她的那番悔過讓她心安了，現在那感覺已經過去。

「不單單她不是畸形人。」歐黎說。「她也不認爲自己是畸形人。」

「那當然了。」

「不管她是什麼，她都無所謂。她的眼睛好出色。」

南西叫威爾弗，問他要不要在她弄甜點時彈彈鋼琴。

「我得把牛奶打發起來，這種天氣大概要半天。」

威爾弗說他們可以等，他累了。

他畢竟還是彈了，晚些，在盤子洗好天快黑的時候。南西父親沒去教堂做晚間禮拜——他認為那樣要求太過分了——可是在星期天晚上不准任何牌戲或桌面遊戲。威爾弗彈琴時，他又把《郵報》瀏覽了一遍。南西坐在陽臺階上他看不見的地方，抽菸，希望她父親聞不見。

「等我結婚了——」她對倚在扶手欄上的歐黎說。「等我結婚以後我愛什麼時候抽菸就什麼時候抽。」

當然，因爲肺不好，歐黎不抽菸。

他笑了。說：「這可新鮮。就爲了那，理由足夠嗎？」

威爾弗憑耳力彈〈莫扎特小夜曲〉。

「他彈得很好。」歐黎說。「他手巧。可是以前女孩子會說他的手冷。」

然而，他並不在想威爾弗、南西，還是他們那種婚姻。他想的是泰薩，想她的怪異和沉靜自足。想她在這樣一個悶熱漫長的晚上，在她那野玫瑰巷底做什麼。她還有客人來嗎？還忙著解決別人生活裡的問題？還是出去坐在鞦韆上來回吱嘎擺盪，除了升起的月亮無人陪伴？

過不久，他就會發現她利用晚上時間從幫浦提水去澆她的番茄，並在豆子和馬鈴薯邊堆土，而若他想要有機會和她談話，最好也照做。

在那段時間裡，南西越來越忙於婚事，沒心思去想泰薩，也幾乎想不到他了，除了有時說在她需要他時卻總不見他。

四月二十九日。親愛的歐黎：

我一直想我們從魁北克回來後應該就會有你的消息了，可是竟然沒有（連聖誕節都沒有！），不過後來我大概可以說推想出爲什麼了——我好幾次開了信頭，可是爲了等心情平息就拖下來了。我可以說我以爲你那篇在《星期六晚報》上的散文還是短篇小說還是隨便你怎麼叫寫得很好，你能登上雜誌我相信是很了不起的事。父親不喜歡你所提到的「小」湖港，他想提醒你這港口是休倫湖這岸最優良也最繁忙的港口，我也不太喜歡「普通」這詞。我不知道這地方是不是比其他地方更普通，還是你期望它——詩意？

最主要的問題在泰薩，和這給她的生活帶來的影響。我估計你並沒想到這。我還沒法和她電話聯絡，我對開車也還不太熟（理由我讓你自己去想），因此沒去看她。反正據我所知，有一大堆人去看她，這時開車去她住處是最糟的了，救護車一直從溝裡抬人出來（沒因此得到感謝，反而得聽路況落後的訓）。路面一塌糊塗，根本就沒法修。野玫瑰自然是過去的事了。鎭民代表爲這最後可能的花費已經大聲抱怨，很多人也很氣憤，認爲是泰薩在背後主使這些宣傳並大肆撈錢。他們不知道她都是免費的，而如果有誰賺到錢，就是你了。我說的這些是引用父親的話——我知道你不是個圖錢的人。對你是發表的光采。如果這聽來有些嘲諷請你原諒。有雄心壯志固然好，可是別人呢？

也許你盼望的是恭賀信，可是我希望你能諒解，我實在不吐不快。

但還有一件事。我想問你，那時你就一直都打算寫那篇東西嗎？現在我聽說你自己來來去去到泰薩那裡好幾次。你從沒和我提起，也沒邀我一起去過。你從沒說你是在蒐集材料（我相信你會這樣稱呼），而且在我記憶裡，你根本不太瞧得起那整件事。在你全篇文章裡，既沒提到是我帶你去那裡，也沒提到是我介紹你給泰薩的。那件事你一點都沒指明，就像私底下你既不承認也不感謝。而且我不知就你的用心，你到底對泰薩有多坦誠，以及爲了探求你的——借用你的話——科學上的好奇，你是不是得到過她的同意？你有沒有向她解釋過你的所爲？還是你光是來來去去，利用我們這些平凡人來開啓你的寫作事業？

總之祝你好運，歐黎，我想不會再有你的消息了。（並非我們有幸收到過你的片語隻字。）

你的姻表親，南西。

親愛的南西：

南西我得說你實在是小題大作。泰薩遲早會讓人發現又「寫出來」的，因此爲什麼那個人不能是我？寫那篇文字的想法只在我去和她談了以後慢慢才生出來的。我的所爲眞的是出於對科學的好奇，我天性是這樣，我永遠也不會因此而道歉的。你似乎覺得我的任何計畫和行動都必須先得到你的同意或讓你知道，儘管就在你爲了結婚禮服的龐大後襬和結婚禮物派對和你收到了多少大銀盤還有天知道什麼事而奔來奔去的時候。

至於泰薩，如果你認爲那篇文章一發表我就把她忘在腦後，或者我並沒考慮到對她的影響，那你就錯了。其實我收到了她一封信，說事情並不像你形容的那樣糟。起碼她在那裡的日子也不需要再忍受多久了。我和一些讀過那篇文章因而很感興趣的人有聯絡。就這些現象，有一個相當合法的研究，有的在這裡，但大多在美國。我想國界那邊對這種事比較有錢可花也比較有眞正的興趣，因此我正在探查那邊的某個可能性——讓泰薩給針對這方面的科學刊物做研究對象——在波士頓、巴爾的摩或可能是北卡洛萊那。

你把我看得那樣不值讓我很難過。你並沒提到——除了一個隱約（快樂？）的聲明——你的婚姻生活怎樣。沒一個字提到威爾弗，但我相信你帶了他到魁北克去，希望你們玩得愉快。我希望他像往常一樣發達。

你的，歐黎。

親愛的泰薩：

顯然你把電話停了，因爲你最近的名氣可能有那需要。近來事情的結果往往出我意料。我懷孕了——不知道你是不是聽說了——這讓我變得煩躁不安。

我想，既然現在有那麼多人去看你，你大概忙得頭暈腦脹。想必難以過正常日子。如果你有空，我很想看看你。所以這封信其實是邀你過來坐坐，若你到鎭上來（我在店裡聽說現在你的食品都是用送的）。你從沒看過我的新家——我的意思是才剛裝修過對我來說是新的。現在想想，你也並沒看過我的舊家——總是我跑去找你，而且也不像我想要的那麼常去。生活總是滿滿的。在獲取和花費間我們浪費了自己的能力。爲什麼我們讓自己忙得沒時間做我們該做的，或本來會做、想要做的事？記得我們用那些舊木槳打奶油嗎？我打得很愉快。就是那時我帶了歐黎去看你，我希望你沒爲那事後悔。

現在泰薩我希望你不要覺得我多管閒事，可是歐黎在他給我的一封信裡提到他在聯絡有些在美國做研究還是什麼的人。我猜想他也告訴過你這事了。我不知道他指的是什麼樣的研究，可是我得說讀到信裡那部分時我的血冷掉了。我深深覺得離開這裡對你不是件好事——如果你這樣想——到一個沒人認識你或把你當做朋友或常人的地方。我眞覺得我必須告訴你。

還有一件事我得告訴你，儘管我並不知道到底是什麼。當然歐黎不是個壞人，可是他會影響人——這時想想，不只是對女人，對男人也是——他並非不知道這點，只是不盡然負責。坦白說，我想沒有比愛上他更不幸的事了。他似乎想要以某種方式和你在一起，寫你或是這些實驗或是管他什麼事，他會對你非常友善和自然，而你可能誤會，把他這些行爲當成了別的。請別爲我這樣說而生氣。來看我。XXX，南西。

親愛的南西：

請別擔心我。歐黎每件事都讓我知道。等你收到這封信我們可能已經結婚，甚至可能已經在美國了。我很遺憾沒法看見你的新家。你眞誠的，泰薩。

腦袋裡一個洞

密西根中部的山丘上覆滿了橡樹。南西只到過這裡一次，在一九六八年，那時橡樹葉已經變色，但還掛在樹上。她習慣長了硬木樹叢的地面，而不習慣長滿了大量楓樹的樹林，在秋天裡現出紅色和金色。巨大橡樹葉暗一點的顏色，鐵鏽色或是葡萄酒色，即使是在陽光下，也沒能讓她的心情好一點。

那所私立醫院所在的丘上一棵樹都沒有，離最近的村鎮或住人的農家都相當遠。醫院建築是那種小鎮上常見的，原本是什麼重要家庭的豪宅，等那家人死絕或負擔不起了，就「翻修」變成了醫院。前門兩邊各有兩套海灣形窗戶，三樓是一整排的老虎窗。老舊骯髒的磚，毫無灌木、樹籬或蘋果園，只有是剪短的草和石子地面的停車場。

沒有任何藏身之處，如果他們有人想要逃跑的話。

她不會有這想法——或不會這麼快就有——在威爾弗生病以前。

她把車停在幾輛車旁，不知那些車子屬於工作人員還是訪客。有多少訪客會到這樣一個偏僻的地方來？

要爬上一些台階才能讀門上的牌子，上面說用轉角的側門。近前，她看見有些窗戶上了鐵柵。海灣窗上倒沒有——不過，也沒有窗帘——而是有些上面和下面的窗有，可能原本是半突出地面的地窖的窗子。

她遵照指示去的門就開在那下一層。她按鈴，然後敲門，又再按鈴。她覺得似乎聽到鈴響，但沒把握，因爲裡面聲音嘈雜。她試門把，出她意外地——既然窗上有鐵柵——門開了。她就在廚房門口，在一個機構忙碌的大廚房門口，裡面許多人正在做午餐後的清洗和整理。

廚房窗戶上光光的。高天花板，放大了噪音，牆壁和碗櫥都漆成白色。有些燈開著，儘管晴天的光正亮。

馬上就有人注意到她了，當然。可是似乎沒人急著要招呼她，問她在那裡做什麼。她還認出了別的。除了刺眼的光和刺耳的噪音，她有種就在自己家裡的感覺，那些到她家來的人感覺想必更加強烈。

那種事情不太對勁，無法修理或無法改變只能盡力抵抗的感覺。有些人一到這樣地方馬上就放棄了，他們不知道怎麼抵抗，他們感到憤怒或恐懼，必須逃離。

一個穿了白圍裙的男人推了一輛裝垃圾的車子過來。她分不出他到底是來招呼她還是只是經過她，可是他帶著微笑，好像還和善，因此她告訴他她是誰，到這裡來看誰。他聽，點了幾次頭，微笑擴大了，開始擺頭，並拿指頭拍自己嘴巴——表示他不能說話或不許說話，好像在玩某種遊戲，他繼續走下去，車子推推撞撞，下一道斜坡到下面地窖去了。

他應該是裡面的病人，而不是職員。這裡想必是那種要大家做事的地方，如果他們能做的話。理由是做事可能對他們有益，也許的確有益。

最後來了一個樣子負責的人，一個大約南西年紀穿了深色套裝的女人——而不是穿著大部分人都裹著的白圍裙——南西再整個重講一次。說她收到了一封信，裡面一個病人——院民，他們要你這樣叫——在聯絡人的欄裡填了她的名字。

她對在廚房裡工作的人不是僱員的想法是對的。

「可是他們好像喜歡在那裡做事。」女主管說。「他們覺得是件驕傲的事。」她以微笑示意向左向右，領南西到了她的辦公室，是廚房再過去的一個房間。從她們一路的談話可知她必須應付各種干擾，決定廚房的事物，每當有個穿白圍裙的人探身到門口時去排解紛爭。她想必也得處理檔案、帳單和很不合一般做法掛在牆壁鉤子上的通知。還得應付像南西這樣的訪客。

「我們從舊紀錄裡找到了親戚的名字——」

「我不是親戚。」南西說。

「反正隨便，我們寫了像你收到的那種信，好歹知道一下他們究竟要把這些案例怎麼處理。我得說回信的不多。你開這麼遠的車來眞是好。」

南西問所謂的這些案例是什麼意思。

女主管說有些在這裡好多年的人可能根本不該在這裡的。

「你要知道我是新來的。」她說。「不過我會就我所知道的告訴你。」

根據她，這地方是個名副其實的大雜燴，收了眞正的精神病患，以及衰老的，和那些不管怎樣都不會正常發展的，和那些家人不願或沒法應付的人。一向都包含很廣，現在還是。問題嚴重的在北翼，有警衛人員照管。

這裡原本是一個醫師開設經營的私立醫院。他死了以後，家人——那醫師的家人——接收了，結果他們另有一套做事的方式。一部分變成了慈善醫院，採取了一些措施以取得並非慈善病人的慈善病人補助。名單簿裡有些人其實已經去世了，有些並沒有合適的理由或資料來這裡。當然了，那些人裡面很多是以工作換取食宿，也許過去這樣做——確實也這樣做——通常對他們的情緒有益，可是無論如何還是不合常理也違法。

現在的情形是，經過一番徹底調查，這裡整個要關掉。這棟建築反正太老了。容量太小，現在做法不一樣了。嚴重的案例會換到弗陵特或是蘭興的大機構去——還沒完全確定——有些會到收容所、康復護理之家去，新趨勢是這樣，然後有些若能安排和親戚住在一起，自己就能應付的。

泰薩歸於這一類。她剛進來時似乎需要一些電擊治療，可是很久以來她只服用最輕量的藥物。

「電擊治療？」南西說。

「也許是電擊療法。」女主管說，好似這樣說就不同了。「你說你不是親戚。這表示你並不打算帶她出去。」

「我有先生——」南西說。「我有個先生，我想他——將來也會到類似這裡的地方去，可是現在我在家照顧他。」

「噢，眞是。」女主管說，嘆口既不是不信也不同情的氣。「還有個問題是她甚至不是公民。她自己不認爲她是——所以我猜你並沒興趣見她？」

「要見。」南西說。「我有興趣。我就是爲這才來的。」

「噢。也好。她就在轉角，在烘焙房。她在這裡烘焙很多年了。我想本來僱了個糕餅師的，可是他走了以後他們就沒再僱人，有泰薩在，沒有必要。」

她站起來說：「就是這樣了。也許你會要我過一陣後進來，說我有事要和你談。然後你就可以脫身了。泰薩相當聰明，知道事情怎樣，她看見你不帶她走可能會不高興。所以我會給你一個溜走的機會。」

泰薩並沒完全灰白。她的捲髮用網緊緊包到後面，露出了光潔、甚至比以前更寬更白的額頭。她身材也變寬了。罩在白色糕餅師圍裙下的龐大胸部看來像石塊一樣堅硬，儘管身負這樣重擔，以及這一刻的姿勢——彎身桌面捍一大塊麵團——她的肩膀方正又壯觀。除了一個瘦高五官漂亮、面部不斷抽搐成怪表情的女孩——不，女人，烘焙房裡只有她一人。

「噢，南西，是你。」泰薩說。她相當自然地說，不過大大抽了一口氣，是那種身負相當肉體的人不由自主的親密作風。「別那樣，艾莉諾。別傻了。去給我的朋友拿張椅子來。」

見到南西要擁抱她，就像現在人的作風，她慌了。「噢，我全身都是麵粉。就算不是，艾莉諾也可能會咬你。若有人和我太親了艾莉諾就不高興。」

艾莉諾急忙拿了一張椅子回來。南西刻意看著她的眼睛和善說。

「真謝謝你，艾莉諾。」

「她不說話。」泰薩說。「不過，她是我的好幫手。沒了她我就做不了事，是不是，艾莉諾？」

「欸。」南西說。「我很意外你認出了我。從老早以前到現在我萎縮了不少。」

「是。」泰薩說。「我不知道你會不會來。」

「我有可能死掉了，我猜。你記得吉妮・羅絲嗎？她死了。」

「記得。」

泰薩做的是派的麵皮。她切下圓圓一片麵皮，甩到錫製的派烤盤裡，然後拿在空中，技巧地一手轉動另一手拿刀修剪。她這樣快速做了好幾次。

她說：「威爾弗還沒死？」

「沒，還沒。可是腦袋不行了，泰薩。」太晚了，南西悟到這樣說不太明智，因此試圖減輕語氣。「可憐的窩爾非[2]，他變得有點怪。」好些年前她嘗試把威爾弗改叫成窩爾非，想說這名字正合他的長下顎、薄八字鬍和明亮嚴肅的眼睛。可是他不喜歡，疑心是取笑，所以她就停了。現在他不在意了，光是說那名字就讓她覺得對他更明朗更溫柔，在目前這種情形下有點幫助。

「比方說，他變得非常討厭地毯。」

「地毯？」

「他在房間裡像這樣走動。」南西說，在空中畫個長方形。「我得把家具從牆邊搬開。一圈又一圈又一圈。」意外又歉疚地，她笑了。

「噢，這裡有些人也那樣。」泰薩點頭說，以內行人的神氣加以證實。「他們不要在他們和牆中間有任何障礙。」

「而且他非常依賴我。**總是南西呢**？這些日子他只信任我一個。」

「他會動粗嗎？」泰薩又說，像個專業、行家。

「不會。不過會疑神疑鬼的。他認爲有人進來把東西藏起來讓他找不到。他認爲有人到處動鐘的手腳，甚至改報上的日期。可是我一提起某某人的病情他馬上就恢復過來下了正確診斷。心智的事可眞是怪。」

這下。又是一個不智之舉。

「他腦袋不清了，但並不粗暴。」

「那就好。」

泰薩把派烤盤放下來，開始從一個無品牌標明是藍莓的大罐頭裡舀餡出來。那餡看來滿稀的，又很黏。

「這裡。艾莉諾。」她說。「這裡是你的碎皮。」

艾莉諾就站在南西椅子正背後——南西一直刻意不回頭去看。現在艾莉諾沒抬頭溜到烤桌旁，開始把刀子切下來的碎麵皮揉在一起。

「不過那個男人已經死了。」泰薩說。「這我起碼知道。」

「你說的是什麼男人？」

「那個男人。你的朋友。」

「歐黎？你說歐黎已經死了？」

「你不知道嗎？」

「不知道。不知道。」

「我以爲你會知道的。那時難道威爾弗不知道嗎？」

「難道威爾弗現在不知道。」南西自動說，把歐黎放在活人裡來爲丈夫辯護。

「我以爲他會知道的。」泰薩說。「他們不是親戚嗎？」

南西沒回答。當然了，既然泰薩人在這裡，她會以爲歐黎已經死了。

「那我猜他是都沒說了。」泰薩說。

「威爾弗最會這樣了。」南西說。「這是在哪裡發生的？你和他在一起嗎？」

泰薩搖頭表示不是，或是她不知道。

「然後呢？他們怎麼告訴你的？」

「沒人告訴我。他們什麼都不告訴我。」

「噢，泰薩。」

「我腦袋裡有個洞。很久了。」

「是像你以前知道事情？」南西說。「你知道方法。」

「他們給我瓦斯。」

「誰？」南西嚴厲說。「你說他們給我瓦斯是什麼意思？」

「這裡的負責人。他們給我打針。」

「你說是瓦斯。」

「他們給我打針也給我瓦斯。用來醫我的腦袋。也讓我不記得。有些事我還記得，可是我不清楚是多久前的事。我腦袋裡有那個洞很久了。」

「歐黎是在你進這裡以前還是以後死的？你不記得他怎麼死的吧？」

「噢，我看到了他。他的頭包在黑外套裡。脖子上綁了一條繩子。有個人幹的。」有一會她的雙唇緊閉。「有人應該上電椅的。」

「說不定是你做的一場惡夢。很可能你把惡夢和眞事搞混了。」

泰薩抬起頭好像要糾正什麼。「那件我沒搞混。我腦袋還沒那麼不清楚。」

電擊治療，南西想。電擊治療在記憶裡留下破洞？紀錄裡應該有點線索的。她要再去和女主管談談。

她抬頭看艾莉諾拿不要的麵皮做什麼。她將它們巧妙地捏出形狀，黏上頭、耳朵和尾巴。小麵老鼠。

泰薩一個俐落手勢，在派的上層麵皮上劃了開口。小老鼠在自己的錫盤上，和派一起進烤箱。

然後泰薩伸出手，等艾莉諾用濕毛巾擦掉沾黏的麵皮或麵粉。

「椅子。」泰薩低聲說，艾莉諾拿來了一張椅子放在桌子一頭，靠近南西，好讓泰薩坐下。

「說不定你可以去給我們泡杯茶。」泰薩說。「別擔心，我們會看顧你的點心。我們會看顧你的小老鼠。」

「忘掉我們正在談的。」她對南西說。「我最後收到你的信時你不是懷孕了？是男孩還是女孩？」

「是個男孩。」南西說。「那在好多好多年前了。後來我又有了兩個女孩。現在他們都長大了。」

「在這裡人不太容易注意到時間過去。也許是件好事，也許不是，我不知道。那他們做什麼呢？」

「男孩——」

「你叫他什麼？」

「艾倫。他也學醫。」

「女孩們都結婚了。欸，艾倫也結婚了。」

「那她們叫什麼？女孩們？」

「蘇珊和派翠西亞。她們兩個都是護士。」

「你挑了好名字。」

茶端來了——在這裡水壺想必是一直都放在爐上滾——泰薩倒茶。

「不是世界最好的瓷器。」她說，把有點缺口的那只留給自己。

「很好。」南西說。「泰薩，你記得以前會的事嗎？以前你能——你能預知事情。有人掉了東西，你以前能告訴他們在哪裡。」

「噢不是，」泰薩說。「我都是裝的。」

「你不會那樣的。」

「談這個讓我的腦袋不舒服。」

「對不起。」

女主管在門口出現了。

「我不願打擾你們喝茶。」她對南西說。「可是喝完麻煩你到我房間一下——」

泰薩幾乎沒等那女人走到聽不見的地方。

「那樣你就不必和我告別了。」她說。像在細品一個老笑話。「那是她的伎倆。大家都知道。我知道你不是來帶我出去的。你怎麼可能？」
「不是因爲你，泰薩。只是我有威爾弗。」
「就是。」
「他應得的。對我他一直是個好丈夫，他盡心盡力了。我自己發誓絕不讓他進什麼院去。」
「不。不能進任何院去。」泰薩說。
「噢。那樣說眞是笨。」
泰薩微笑了，在那微笑裡南西看見了多年前讓她不解的東西。不全是優越感，而是一種異常、毫無來由的善意。
「你來看我眞是好心，南西。你看得出來我身體健康。至少有這點。你最好趕快去看看那女人。」
「我根本沒打算要去看她。」南西說。「我才不要偷偷溜走。我打定主意要和你說再見的。」這樣她就沒機會問女主管泰薩告訴她的事了，反正，她也不知道該不該問——那樣好像在泰薩背後偷偷摸摸，可能會引起報復。在這樣一個地方會帶來什麼樣的報復，你永遠沒法知道。
「好，那就等你吃了一隻艾莉諾的小老鼠以後再走。艾莉諾的瞎眼小老鼠。她要你吃的。現在她喜歡你了。別擔心——我保證她的手乾乾淨淨。」
南西吃了小老鼠，告訴艾莉諾很好吃。艾莉諾同意和她握手，然後泰薩也握手。
「如果他沒死，」泰薩以相當洪亮又合理的聲調說。「爲什麼不來這裡帶我走？他說他會的。」

南西點頭。「我會寫信給你。」她說。

她也真心要寫，可是一到家就忙著照顧威爾弗，加上到密西根那一趟讓她越來越覺得不安，又不眞，因此根本就沒寫。

一個方塊，一個圓，一顆星

七〇年代後期一個夏天午後，一個女人在溫哥華閒逛，她從沒到過這城市，可能也不會再來了。她從坐落在市區的旅館走過布拉德街橋，過了一陣發現自己在第四大道上。在那時期，第四大道上都是賣香燭、水晶、巨大紙花、薩爾瓦多·達利和白兔海報的小店，還有賣廉價衣物的，不是鮮艷單薄就是土色調厚得像毯子，在世界上的貧窮和傳奇地區製造的貨色。人經過時，這些店裡放的音樂轟然襲來——簡直就像要把你打倒。還有那些稍帶甜意的異國氣味也是，以及幾乎就住在人行道上，無所事事的男孩女孩或是年輕的男人女人。這女人聽說過這種年輕人文化，她相信是這樣叫的。這文化好些年來隨處可見，其實好像漸漸式微了。但她從沒有穿過這樣年輕人文化集中地區的需要，也從沒發現自己似乎獨自陷身其中。

她六十七歲了，瘦得嘴唇和胸部幾乎都不見了，大步而行，頭部挑戰而又探詢地往前方和左右擺動。

舉目所見，似乎沒有一個年紀和她相差少於三十歲的人。

一個男孩和女孩以鄭重卻又不免顯得有點好笑的樣子走近她。他們頭上戴了一些打辮的小緞帶環。他們要她買一小捲紙。

她問紙上是不是有她的命運。

「說不定。」女孩說。

男孩責備說：「裡面是智慧。」

「噢，既然是那樣。」南西說，在那伸出的繡花小帽裡放了一塊錢。

「現在，告訴我你們叫什麼。」她說，帶著無法壓抑而並未得到回報的笑容。

「亞當和夏娃。」女孩說，一邊拿起紙鈔塞進她身上披掛的布裡去。

「亞當和夏娃，捏緊了我，」南西說。「周末晚到河邊去……」

可是那一對後退了，帶著深沉的不屑和厭倦。

算了。她繼續往前走。

難道有什麼法律禁止我在這裡嗎？

一個小不起眼的咖啡館窗上有塊招牌。她自旅館早餐後就沒吃過東西。現在已經過了四點。

她停下來看他們的廣告。

保佑草地。在這些潦草字跡後面是一個看來氣憤、滿臉皺紋幾乎帶淚的怪物，稀薄的頭髮讓風從臉頰和額頭吹到了後面。理髮師說，髮色最好不要比膚色深。她自己的顏色深，暗棕色，幾近於黑。

不，不是。她自己現在的顏色是白。

這人在一生中只發生過幾次——起碼若你是個女人的話——就是在毫無防備之下撞上自己。正像在那些惡夢裡，她發現自己穿了睡衣，或單單穿了睡衣的上衣大方走在街上那麼糟。

過去這十或十五年來，她當然特意在刺眼的光下細看過自己的臉，好看清怎麼用化妝品來改善，或決定是不是該開始染髮了。可是她從沒像這樣震驚過，不只是看見一些新斑舊斑，或是再也不能忽視的衰老之相，而是突然看見了一個全然陌生的人。

一個她不認識也不願認識的人。

當然，她馬上撫平了自己的表情，馬上就有所改善。可以說那時她認出了自己。她並立刻就開始搜索希望，好像一刻都不能損失。她必須給頭髮噴上髮膠以免像那樣吹到臉後去。她需要一個顏色比較分明的唇膏。鮮珊瑚色，現在簡直找不到了，而不是這樣幾近赤裸，比較時髦又喪氣的粉紅棕色。這下定找到所要的決心讓她掉了頭——為了避免再經過亞當和夏娃她過了馬路。

若不是這樣，根本就不會遇見了。

另有個老人正沿人行道走來。一個男人，不高，但筆直，肌肉結實，頭頂心禿了，蓬鬆的白色細髮就像她自己的頭髮四散飛揚。頸部敞開的牛仔布襯衫，舊夾克和長褲。全身上下毫無看來在模仿街上年輕人的地方——沒有馬尾、頸巾或是牛仔褲。仍然他絕不會讓人誤認是她過去這兩周以來每天看見的那種男人。

她幾乎立刻就認出來了。是歐黎。可是她腳步馬上停下，因爲有足夠理由相信這不可能是眞的。

歐黎。活著。歐黎。

他說：「南西！」

她臉上的表情（一旦她克服了短暫的恐怖，這他似乎沒注意到）想必就和他的表情差不多。驚異、歡欣、歉意。

爲什麼覺得歉意？是爲了他們不是以朋友身分分手，這麼多年來又都沒聯絡嗎？還是爲了發生在他們身上的變化，他們現在必須呈現的自己，再也無望改善了？

想必，南西比他有更多理由感到震驚。可是她一時不會提起這事。在他們都鎮定下來之前。「我在這裡過夜。」她說。「我是說，昨晚和今晚。我剛坐遊輪到阿拉斯加旅行回來。和一大群老寡婦。威爾弗死了，你知道。他死了近一年了。我餓死了。我一直走一直走。簡直都不知道我是怎麼到這裡的。」

她又有點愚蠢地加上：「我不知道你住在這裡。」因爲她根本沒想到他住在任何地方。也不完全確信他死了。起碼就她所知，威爾弗並沒得到任何這樣的消息。儘管她沒法從威爾弗那裡探聽出什麼，他已經遙不可及了，甚至就在她千里迢迢跑到密西根去看泰薩那短暫時間裡。

歐黎在說他並不住在溫哥華，他也是短時在城裡。來做個檢查，在醫院裡，只是個一般性的檢查。他住在泰克斯達島上。究竟那島在哪裡太難解釋了。就說從這裡得搭三趟船、三趟渡輪好了。

他領她到一輛停在路邊、骯髒的白色國民廂形車，然後開車到一家館子去。她覺得，廂形車裡聞起來有海的氣味，有海草、魚和橡皮的氣味。後來才知道現在他只吃魚，絕不吃肉。那家館子只有差不多半打的小桌子，是家日式館子。一個眼神低垂表情柔和有如年輕僧侶的日本男孩在櫃檯後飛快剁魚。歐黎叫：「生意怎樣，皮特？」年輕人語氣帶了北美洲人的嘲弄回叫：「好—極—了。」絲毫不失節奏。南西倏然覺得不自在——是因爲歐黎叫年輕人的名字而年輕人並沒叫歐黎的嗎？也因爲她不希望歐黎注意到她的不自在？有些人——有些男人——很在意和商店及館子裡的人交朋友。

想到生魚她就受不了，因此叫了麵條。她不太會用這些筷子——它們似乎不像她用過一兩次的中國筷子——可是只有那種。

現在他們既然坐定，她應該談談泰薩了。但可能先等他告訴她比較妥當。

所以她先談觀光遊輪。她說就是打死她她再也不會參加那種旅遊了。不是天氣，儘管有些時候很壞，雨和霧切斷了視線。其實，他們看見夠多景色了，足夠一生享用了。一座山又一座山，一座島又一座島，還有岩石和水和樹。大家都說，這是不是偉大？是不是驚人？

驚人，驚人，驚人。偉大。

她們見到了熊。見到了海豹、海獅、一頭鯨魚。大家都照了相。邊流汗邊詛咒怕她們時髦的新相機有問題。然後下船搭有名的火車到有名的採金鎭去，照更多相，還有演員穿戴得像快樂九〇年代的款式，而大家在那裡做什麼？排隊買巧克力糖糕。

在火車上唱歌。在船上便是大肆喝酒。有些人從早餐就開始喝起。打牌，賭博。每晚跳舞，十個老太婆對一個老頭子。

「我們每個都紮緞帶、捲頭髮、戴手鐲、打扮起來像參加展覽的小狗。我跟你說，競爭可激烈的。」

在她講這故事有些時候歐黎會笑起來，雖然有一次她逮到他並不在看她，而是心不在焉又有點焦急地看向櫃檯。他已經把湯喝完，可能正在想下一道上什麼。說不定就像有些男人，若他點的東西來得不夠快就覺得有失面子。

南西的麵條老是溜走。

「還有我一直在想，天啊，我到底在這裡做什麼？大家都告訴我出外走走。威爾弗好些年神智不清，我一直在家照顧他。等他死了大家都說我應該出去參加活動。參加老年讀書會，參加老年自然健行會，參加水彩畫會。甚至參加老年義務友好會，到醫院裡去騷擾那些可憐無助的傢伙。我根本什麼都不想參加，然後大家開始叫出遠門、出遠門。我的小孩也這樣。你需要一個徹底的假期。我拖拖拉拉又不眞的知道怎麼出遠門，又有人說，那你可以參加遊輪觀光。所以我想，好，我可以參加遊輪觀光。」

「有意思。」歐黎說。「我絕沒想到失去太太會讓我想去參加遊輪觀光。」

南西神色不變。「那你聰明。」她說。

她等他說點泰薩的事，可是他的魚來了他忙著吃。他試著讓她嘗一點。

她不肯。其實，她根本放棄不吃了，點起了菸。

她說在他那篇引起轟動的文章後她一直在看，等別的。從那篇文章看得出他是個好作家，她說。

有一刻他看來莫名其妙，好似想不起來她在說什麼。然後搖搖頭，彷彿大爲驚異，說那是好多好多年前的事了。

「那並不是我眞正要的。」

「你這樣說是什麼意思？」南西說。「你和以前不同了，是吧？你不一樣了。」

「當然。」

「我的意思是，有些基本、身體上的不同。你的體格不一樣了。你的肩膀。還是我記錯了？」

他說正是那樣。他覺悟到他要比較勞動身體的生活。不。眞正發生的是，他那老魔鬼又回來了（她猜想他指的是肺結核），他才醒悟到他所做的都是錯的，因而改變了。那是好多年以前了。他去學造船。然後和一個做深海捕魚的男人合夥。他替一個擁好幾百萬的富翁照顧船。在奧瑞崗。他一路做回加拿大，就在這一帶——溫哥華——待了一陣然後在塞克爾特上弄了點地——近水，在價錢還便宜時。做起了獨木舟生意。建造，出租，賣，教課。後來他覺得塞克爾特變得太擠了，便以非常低的價錢把地賣給了一個朋友。在他知道的人裡只有他一個沒從塞克爾特的地皮賺到錢。

「可是我的生命並不在賺錢。」他說。

他聽說可以在泰克斯達島上弄到地。現在他幾乎不離那裡。他做雜事維生。部分還是獨木舟生意。還有是捕魚。受僱於人，做助手、建築工、木匠。

「勉強過得去。」他說。

他形容他自己蓋的房子給她聽，外面看來破爛，可是裡面卻很有趣，起碼他自己覺得。二樓睡覺用，有扇小圓窗。所有他需要的東西都舉手可及，都公開放，沒一樣在櫥子裡。從房子走一下，他在香草園間的泥地裡安了一只澡盆。他從房子一桶桶提熱水去，躺在星星下，甚至冬天也這樣。

他種菜，和鹿分享。

他講這些時，南西一直有個難過的感覺。不是不信——儘管有個地方不合。而是越來越覺得奇怪，然後是失望。他講的方式就跟其他男人一樣。（譬如，一個她在遊輪上交往的男人——在遊輪上她並不像她說給歐黎聽的那樣冷淡、孤僻。）太多男人對於他們的生命除了時間和地點無話可說。可是有些別的，比較趕上時代的，會發表一些聽來隨意但卻實際的長篇大論，說生命的路確實坎坷，可是不幸帶引人到更好的事上，人吸取了教訓，到了早上歡樂便果眞來到。

別的男人這樣講她不反對——通常她可以想別的事情——可是當歐黎這樣講，從搖搖欲倒的小桌子和滿盤數量驚人的魚片對面斜過身來，一陣感傷遍布她的全身。

他不一樣。眞的不一樣了。

那她呢？噢，問題就在她簡直就一樣。談遊輪旅時，她興致高昂——她喜歡聽自己說話，聽自己那源源而出的形容。並非她以前就這樣和歐黎講話——而是她但願曾這樣講，在他走了以後，有時她便在心裡這樣和他講話。（當然，等她氣消了以後。）有時發生了什麼事她會想，但願能講給歐黎聽。她以想要的方式和別人說話時，有時會做得過火。她看得出他們怎麼想。**嘲諷**，或是**挑剔**，甚至**苦澀**。威爾弗不會用那些字眼，但可能會那樣想，她沒把握。吉妮會微笑，但不是以前那樣的微笑。到了單身中年，她變得祕密、和緩又仁善了。（那祕密在她死前不久才揭穿，原來她成了佛教徒。）

因此南西非常想念歐黎，卻一直不知到底爲什麼想他。有件難解的事像低燒在他心裡燃燒，她不太能理解的事。在她認識他那短暫的期間裡讓她懊惱的事，事後看來，成了正是那發亮的事。

現在他熱切地說了。他朝她眼睛微笑。她想起以前他那迷人的手段。可是她相信他從沒在她身上使過。

她幾乎怕他會說：「我沒讓你覺得煩吧？」或：「生命眞是神奇吧？」

「我非常幸運，簡直不可思議。」他說。「就我的生命來說很幸運。噢，我知道有人不會這樣說。他們會說我做事都沒堅持到底，不然會說我沒賺到錢。他們會說我潦倒那段時間全浪費了。但並不是這樣。

「我聽見了那召喚。」他說，眉毛揚起，半對自己微笑。「眞的。我聽見了。我聽見了跳出籠子的召喚。跳出那個去—做—大—事的籠子。跳出自我的籠子。我一直都很幸運。甚至得肺結核也是。讓我免掉了大學，不然我的腦袋會給那裡的一大堆胡說八道堵塞了。而如果戰爭來早了一點會讓我免掉兵役。」

「如果你結了婚反正也不會被徵調。」南西說。

（有一度她心情酸澀，對威爾弗說出了心想的話，問他有人是不是爲了免去當兵才結婚。

「我不在乎別人的理由。」威爾弗說。他說，反正不會有戰爭。而又過了十年戰爭才來。）

「欸，是。」歐黎說。「可是其實那並不完全合法。我走在時代前面，南西。我老是忘記我並沒眞正結婚。可能因爲泰薩是個非常深沉又認眞的女人。如果你和她在一起就是和她在一起。和泰薩在一起並不容易。」

「所以，」南西說，盡可能地和緩。「所以。你和泰薩。」

「是股票大崩盤把整個搞砸了。」歐黎說。

他的意思，他接著說，是大部分的興趣，連帶地，大部分的經費，枯竭了。研究的經費。想法變了，科學界從他們認爲浪費的事物上轉移了。有一陣子，還是有些實驗進行，但只是半正經的，他說，甚至那些似乎最有興趣最認眞的——那些先和他聯絡的人，歐黎說，又不是他先和他們聯絡——那些人是最先失去聯繫，不再回信或給你通知的，直到最後才給你一封祕書寄的通知說整件事都取消了。一旦風向變了，那些人待他和泰薩便惡劣極了，好像我們是騷擾他們的人還是投機分子。

「學術界人士。」他說。「我們受了那麼多罪，還盡可能幫他們的忙。我和他們是一刀兩斷了。」

「我以爲你都是和醫師打交道。」

「醫師。創業的人。學術界人士。」

爲了轉移這些舊傷舊恨，南西問他實驗的事。

大部分是用紙牌。不是普通紙牌，而是特別的超感官知覺紙牌，用他們自己的符號。十字架，圓圈，星星，曲線，正方形。他們會在桌上攤開各有一個符號的紙牌，其他牌洗過面朝下放成一疊。泰薩得說出她面前那個符號符合那疊最上的一張。那是攤開配對測驗。盲目配對測驗也是一樣，只不過主要的五張牌面也朝下。其他測驗難度加高。有時用骰子，或是錢幣。有時什麼都不用，只用心裡的影像。有一連串的心靈影像，沒用寫的東西。受測者和實驗者在同一個房間，或在不同房間，或相距一哩遠。

然後再拿泰薩答對的結果和純粹巧合的結果比較。機率法則，他相信是百分之二十。房間裡只有一張桌子一隻椅子和一盞燈。就像拷問的房間。泰薩出來時心神交瘁。過後那些符號會繼續困擾她，不管她看哪裡。她開始頭痛。

結果並沒定論。來了各式各樣的反對言論，不是針對泰薩，而是針對那些測驗是否有瑕疵。據說人有偏好。比方說，丟銅板時，大多人會猜頭而不猜尾。就是那樣。諸如此類。再加上他先前說過的，那時的氣氛，知識界的氣氛，把這種研究歸到了浪費那一類。

天漸漸黑了。館子門上掛上了關門的牌子。歐黎不太能讀帳單上的字。原來他到溫哥華來的健康理由，便和眼睛有關。南西笑了，拿過帳單付了。

「當然——我不是個有錢的寡婦嗎？」

然後，因爲他們還沒談完——依南西看來，離那還遠得很——他們到同一條街上的丹尼去，喝咖啡。

「也許你要個好一點的地方？」歐黎說。「也許你想要喝點酒？」

南西很快說她在遊輪上喝的夠她用一輩子了。

「我以前喝的也夠我用一輩子了。」歐黎說。「我已經戒酒十五年了。正確地說，是十五年又九個月。你看見一個算月數的人，就知道他是個老酒鬼。」

在實驗期間，那些超心理學家，他和泰薩交了一些朋友。他們認識了以他們的能力謀生的人。並不是爲了所謂的科學服役，而是在算命、閱讀心靈、心電感應或心理娛樂上。有些人在一個好地點定了下來，在屋裡或店裡經營，一待許多年。那些是專門給人私人意見、預測未來、占星和別種療法的人。其他人走入了公開表演。那可能就表示加入類似查特夸的表演[3]，混合了演講、算命、從莎士比亞改編的戲、有個人唱歌劇、旅行幻燈片（教育性而不是煽情），往下一直到夾雜了一點鬧劇、催眠和幾乎半裸全身纏蛇的女人的低級表演戲團。自然，歐黎和泰薩喜歡自認是屬於第一類。他們想的確實是在教育而不在煽情。可是在那方面事情也不順利。那種格調比較高的幾乎已經沒落了。你可以從收音機上聽音樂又得到一點教育，大家也在教堂大廳裡看膩了遊記。

他們發現，唯一能賺錢的法子是加入旅行戲團，在鎮公所或秋季節市上表演。他們和催眠師、蛇女、黃色獨語人和穿羽毛的脫衣舞女共用舞台。那種東西也在走下坡，可是戰爭一來意外地又讓它起死回生了。因爲瓦斯限量，大家沒法到城市的俱樂部或大電影院去，它的命一時拖長了。電視還沒來，還沒以神奇特技娛樂坐在家裡沙發上的人。五〇年代早期，蘇利文劇場，之類的節目——那時就眞正完了。

不管怎樣，有一陣子觀眾很多，客滿——有時歐黎自己也覺得好玩，會用一場熱烈逗人的小演說來給觀眾熱身。很快他成了演出的一部分。他們得設計一點比較刺激的東西，比泰薩獨自演出時多一點戲劇或懸疑。此外還有另一個因素要考慮。就她的神經和耐力來說，她撐下來了，可是她的能力，不管是什麼，實際上並不太可靠。她開始犯錯。她必須比以前都更加專心，連那樣也常不行。頭痛不停。

大家疑心的事是眞的。這種表演充滿了騙人的勾當。充滿了把戲，充滿了騙術。有時根本全是那樣。可是大家——大部分人——也盼望的是偶爾是眞的。他們希望並不全是假的。正因爲像泰薩這樣的藝人，正正當當，知道又了解這種期望——還有誰能更了解？——他們才能開始用某些伎倆和常規來保證正確的結果。因爲每個晚上，每個晚上，你必須得到那些結果。

有時手法粗劣，就像女人被踞成兩半的箱子裡明顯的假隔間。隱藏的麥克風。通常用的是暗語，由臺上和臺下的人事先安排好。那些暗語本身就可能是藝術。暗語是祕密，沒一點寫下來的。

南西問他的暗語，他和泰薩的暗語，本身是不是就是藝術？

「那有個範圍。」他說，臉色亮了起來。「很微妙的。」

然後他說：「其實我們也滿會唬人的。我穿上一件黑披風——」

「歐黎。眞的。黑披風？」

「絕對是眞的。黑披風。然後在泰薩眼睛蒙起來了以後——一個觀眾蒙的，以確保蒙得適當——我找個自願上臺的，脫下披風裹在他或她身上，然後我對她喊：「我這披風裡的是什麼人？」或是：「在這披風裡的是什麼人？」或是我說：「大衣。」或是「黑布。」或是「我有什麼？」

或是「你看到誰？」「頭髮什麼顏色？」「高還是矮？」我可以用這些字，或是用聲調細微的變化。越來越多細節。那只是我們的開場戲。」

「你應該寫那的。」

「我也想到過。我想寫個揭露內幕之類的。可是我又想，又有誰在乎了？大家想要受愚弄，不然是不想受愚弄。他們才不要證據。另一個我想到的是懸疑小說。那是個自然而然的範疇。我想那應該很賺錢，我們就可以退出了。我還想到一個電影劇本。你有沒有看過費里尼的那部電影——」

南西說沒有。

「反正，爛。我不是說費里尼的電影。我是說我的主意。在那個時候。」

「跟我講講泰薩的事。」

「我一定寫過信給你。我沒寫信給你嗎？」

「沒。」

「我一定寫過信給威爾弗。」

「若有我想他應該會告訴我。」

「欸。說不定我沒寫。說不定那時我太低落了。」

「那是哪一年？」

歐黎不記得。韓戰正在打。哈利．杜魯門是總統。起初好像泰薩只是得了流行性感冒。可是她沒好轉，越來越衰弱，全身都是神祕瘀青。她得了白血病。

正是大夏天，他們陷在山裡的一個小鎮上。他們原本希望能在冬天前到加州的。連趕上下一場預定的演出都沒法。他們一起旅行的人自己走了。歐黎在當地廣播電臺找到了工作。在和泰薩演出期間他練出了一副好嗓子。他報廣播新聞，又做了很多廣告。有的還是他寫的。原來的正式播報員在一家給酒鬼的醫院裡接受治療。

他和泰薩從旅館搬到一家附家具的公寓裡。沒有空調，當然了，幸好有個小陽臺，一棵樹垂下一點蔭。他把沙發推到那裡，讓泰薩有點新鮮空氣。他不願送她到醫院去——錢當然是考慮，因爲他們完全沒有保險——而是他覺得她在那裡比較安詳，可以看葉子搖動。可是最後他還是得送她去，在那裡兩個星期她就死了。

「她埋在那裡嗎？」南西說。「你難道沒想到我們會寄錢給你嗎？」

「不是。」他說。「兩個問題都不是。我的意思是，我沒想到要問。我覺得那是我的責任。我讓她火化。我帶著骨灰離了鎮。好歹到了西岸。可以說那是她對我最後說的話，說她要火化，要自己的灰灑在太平洋的波浪上。」

所以他就照辦了，他說。他記得奧瑞崗海岸，在海和高速公路間窄窄的一條海灘，早上的霧氣和寒氣，海水的氣味，波浪憂鬱的轟隆聲。他脫下鞋襪，捲起長褲腿走入水裡，海鷗跟隨看他有什麼給牠們的。他只有泰薩。

「泰薩——」南西說。就沒法接下去了。

「那以後我變成了酒鬼。多少還有點管用，可是有好長一段時間我的心是塊死木頭。直到我實在非振作不可了。」

他沒抬頭看南西。那一刻氣氛沉重，他撥弄菸灰缸。

「我想你發現了生命還是繼續下去。」南西說。

他嘆氣。責備兼放心。

「嘴很利，南西。」

他開車送她回她住的旅館。廂形車裡有很多機件叮噹響，以及車子本身抖動的聲音。

那旅館並不特別昂貴或華麗——門口不見門房，裡面也沒有大把好像會吃人的花——可是當歐黎說：「我敢說很久沒這樣一堆破銅爛鐵開到這門前來了。」南西不得不笑著同意他的話。

「你的渡船呢？」

「錯過了。好久了。」

「那你睡哪裡？」

「馬蹄鐵灣一個朋友那裡。不然，如果我不願吵醒他們，就睡這裡也好。我以前就在這裡睡過很多次。」

她的房間裡有兩張床。雙人床。帶他進去可能會招來一二難看的眼神，可是她想必可以承受。反正眞相和任何人想的差得不能再遠。

她預做準備地吸了口氣。

「不。南西。」

整整這段時間她一直在等他說一句眞話。這一整個下午，或是她大半生。她一直在等，現在他終於說了。

不。

也許可以當成是拒絕她還沒出口的邀請。也許對她來說太過傲慢，受不了。然而其實她聽到的是一個既清楚又溫柔，卻比任何人對她說過的更充滿了理解的話。不。

她知道任何她可能說的話的危險。她自己的慾望的危險，因爲連她自己都不太知道是哪種慾望，是爲了什麼。多年以前他們避開了那不管是什麼的慾望，現在既然老了——並不特別老，可是老到看來不堪又滑稽——自然也得照做。偏又不幸把在一起的時間都花在了謊話上。

因爲以她的沉默，她也在撒謊。目前，她會繼續撒下去。

「不。」他再次說，帶著謙虛，但並不尷尬。「結果不會好。」

當然不會。其中一個理由是等她一回到家裡，馬上就要寫信到密西根那個地方去詢問泰薩的事，把她接回她屬於的地方。

路途容易，如果你懂得在旅行時攜帶輕便的行李。

亞當和夏娃賣給她的紙片還在她外衣口袋裡。到她總算掏出來了——回到家裡，沒再穿那外套幾乎一年以後——上頭印的話讓她既是困惑又是懊惱。

路途並不容易。寄到密西根的信給退了回來。顯然那醫院已經不在了。可是南西發現她可以詢問，便著手進行。有給女主管的信要寫，如果可能翻出紀錄。她不願放棄。她不肯相信線索已經冷了。

就歐黎來說，她也許必須承認。她寄了一封信到泰克斯達島去——想光是地址就足夠了，也許島上人口稀少到任何人都可以找到。可是信被退了回來，信封上寫著，已遷走。

她不能忍受打開看自己寫的信。會太受不了了，她相信。

窗臺上的蒼蠅

她在自己家裡的陽光室裡，坐在威爾弗的舊躺椅上。她並不打算睡覺。正是晚秋時節一個明亮的下午——其實，是雷盃節[4]，她本來應該在一個自帶菜派對上的，看電視球賽轉播。她在最後一刻捏造了個藉口擺脫了。現在大家都習慣她這樣做了——有些人說還是擔心她。可是一旦她現身了，老習慣和需要又恢復了，有時她還是難免成為派對的核心。他們因此就安心一陣。

她的子女說希望她沒養成活在過去的習慣。

可是她相信自己所做的，有時間的話，她想做的不是活在過去，而是打開過去好好看一看。

當她發現自己走進另一個房間時，她不相信她是在睡覺。陽光室，她背後明亮的房間，縮成了一間黑暗的大廳。旅館房間鑰匙在門上，就像她相信那些鑰匙以前在的地方，雖然這並不是她自己親身經歷過的事。

這地方有點窮。一個疲倦的房間，給疲倦的旅人。天花板上有支燈，一根桿子上面吊了兩支鐵絲衣架，一張粉紅花雜黃花可以拉過來遮住吊掛的衣服的簾子。那花布料用意可能在給房間增添一點樂觀甚至喜氣，但不知怎麼效用剛好相反。

歐黎突然重重躺到床上，彈簧發出了一聲哀鳴。現在他和泰薩似乎都靠車子來去，都是他開車。今天是入春後第一個熱天，一路塵土，讓他格外地累。她不會開車。她打開戲服箱時弄出了很大聲響，在那單薄隔間的浴室裡弄出更多聲響。她出來時他假裝睡著了，但由眼皮下的縫他看到她正在看穿衣鏡，因爲鏡背片片剝落鏡面都是點。她穿了長到腳踝的黃色緞裙，和黑色短上衣，配上有玫瑰圖案的黑披肩，穗子有一碼長。她的戲服是照自己意思穿的，沒什麼獨特，也不適合她。現在她皮膚上了腮紅，可是沒有光澤。頭髮夾起來又噴了膠，粗糙的髮捲壓扁了變成一頂黑頭盔。眼皮塗紫，眉毛拉高塗黑。烏鴉翅的顏色。眼皮沉重壓下來，像懲罰，蓋住她暗淡的眼睛。其實，她整個人都好像讓那些衣服、頭髮和化裝扯得墜了下來。

他無意間發出的聲音——抱怨還是不耐的聲音——讓她聽到了。她到床邊彎身脫下他的鞋子。

他要她省事。

「我馬上就要出去。」他說。「我得去見他們。」

他們指的是戲院的人，或是安排娛樂節目的人，不管是誰。

她沒說話。站在鏡前看自己，然後，照樣扛著沉重的戲服和頭髮——是假髮——和心情，她在房間裡走來走去好似有什麼可做，但沒法決定做什麼。

甚至在她彎身去給歐黎脫鞋時她也沒看他的臉。而如果他一躺到床上就閉上眼——她這樣想——可能是爲了避免看她的臉。他們變成了——一對職業搭檔，同睡同吃一起旅行，接近彼此呼吸的韻律。然而他們從不——除非是出於對觀眾共同的責任所迫——從不能看彼此的臉，怕會看見什麼太可怕的東西。

靠牆沒有合適地方放那帶了斑駁鏡子的衣櫥——衣櫥部分突出窗前，遮住了進來的光線。她不太有把握看了鏡子一下，然後竭盡全力把一角朝房間移動。她喘口氣拉開骯髒的網簾。在窗臺最偏遠的角落上，通常讓簾子和衣櫥擋住看不見的地方，有一小堆死蒼蠅。

最近某個才在這房間待過的人靠殺蒼蠅打發時間，然後把小屍體堆在一起，找到了這個地方藏起來。牠們整齊堆成了一座不太穩固的金字塔。

這景象讓她叫出聲來。不是出於厭惡或緊張。而是出於驚訝，甚至可說是出於喜歡。噢，噢，噢。那些蒼蠅讓她高興，好像是一放在顯微鏡下，整個變成閃閃發亮的藍色、金色和翡翠綠珠寶，翅膀是閃爍的細紗。噢，她叫，但不是因爲她在窗臺上看見昆蟲的光芒。她沒有顯微鏡，牠們死後也失去了光澤。

而是因爲她在這裡看見牠們，她看見了那一堆小屍體，亂堆在一起化成塵土，隱在這個角落。在她動手搬衣櫥或拉簾子以前，她就已經看見了牠們在那裡。她知道牠們在那裡，以她預知的方式。

然而有好長一段時間她不再能預知了。她什麼都不知道，要靠事先排演的伎倆和把戲。她幾乎都忘了，她簡直懷疑，是否曾有另一種方式。

現在她把歐黎吵醒了，打破了他並不寧靜的短暫休息。什麼事，他說，什麼東西螫了你嗎？他嘟囔起身。

不是，她說。指著蒼蠅。

我知道牠們在那裡。

歐黎馬上就明白了這對她的意義，對她想必是一大舒解，儘管他不太能感受她的快樂。這是因爲他自己也幾乎忘了一些事情——他幾乎忘了他曾相信過她的能力，現在他只爲她，也爲自己擔心，怕他們的騙局不順利。

你什麼時候知道的？

在我看鏡子的時候。在我看窗戶的時候。我不知道是哪個。

她好高興。她從沒爲自己能做的事高興或不高興——只視爲當然。現在她眼睛發亮，好似剛剛沖掉了塵土，她的聲音聽起來也好像才剛以甜水潤過喉。

好，好，他說。她抬起手臂圈住他的脖子，用力把頭靠在他胸上，壓得他裡面口袋裡的紙窸窣響。

這些是他從在某個鎮上遇見的一個人那裡得來的文件——他是個有名的醫師，他照顧旅人，有時並應要求爲他們提供一些不尋常的服務。他告訴那醫師他擔心他太太，她躺在床上帶著飢渴的專注瞪著天花板，一躺就好幾個鐘頭，除了在觀眾面前不得不說外，一連好幾天都不說話（這些都是實情）。他問自己，也問醫師，她的特異能力可不可能和她的心靈和天性間危險的不平衡有關。她不是個天性不好或是習慣不好的人，但她不是個普通人，她是個獨特的人，和一個獨特的人共同生活挺吃力的，事實上可能超過一個普通人所能忍受的限度。醫師理解這點，告訴他有個地方可以帶她去，休息一下。

他怕她會問他是什麼在響，她貼著他必然會聽見的。他不願說文件，引得她問，什麼文件？可是若她的能力眞的回來了——他這樣想，帶著他幾乎已經忘了的，對她那神奇的尊敬——若她就像以前那樣，那不是不用看就知道了嗎？

她確實有點知道，可是試著不去知道。

因爲，如果恢復了她一度具有的能力，以她洞察的眼睛和即刻透露的舌頭，也不過就是這樣而已，那對她豈不是更好？而且，如果事情在於她拋棄那些東西，而不是它們拋棄她，難道她不該歡迎這變化嗎？

他們可以做別的，她相信，他們可以過別種生活。

他對自己說他會儘快丟掉那些文件，他可以忘掉整件事，他也有期望和榮譽感的。

是。是。泰薩感到所有惡意從她臉頰下的窸窣聲中消失了。

得到開脫的感覺讓空氣輕了。這樣清晰，這樣有力，南西感到已知的未來在它的襲擊下像骯髒的老葉子飛掠而去了。

可是在那一刻正有某種不安定的東西等著，南西決心不理它。沒有用。她知道自己已經讓人移走了，從那兩個人拉了出來，又回到了她自己。似乎某個冷靜堅決的人——會是威爾弗嗎？——採取行動將她領出那個有鐵絲衣架和花簾子的房間。溫和地，無情地，帶領她離開開始在她背後崩塌的東西，溫柔地崩塌和暗去，變成了像是煤煙和軟灰的東西。

1 齊格飛富麗秀（Ziegfeld Follies）：二十世紀初，美國百老匯歌舞大王兼製作人佛羅倫茲・齊格飛（Florenz Ziegfeld）開始的，以大批美女華麗布景爲號召的豪華歌舞劇，因此而蔚爲風潮。

2 窩爾非：南西在這裡玩諧音遊戲，Wolfie從wolf（狼）而來。

3 查特夸（Chautauqua）：十九、二十世紀時，風行美國的旅行綜藝劇團。

4 雷盃節（Grey Cup Day）：加拿大足球聯盟決賽。

MASTER PIECE
大師名作坊

斷背山

懷俄明州故事集

安妮・普露◎著　宋瑛堂◎譯

李安獲2005年威尼斯影展最佳影片原著小說
中國時報2005年開卷年度十大好書獎（翻譯類）
聯合報2005年讀書人年度最佳書獎（文學類）
誠品200年度TOP100（翻譯文學類第4名）

AA0094　300元

每個人心裡都有一個斷背山，只是你沒有上去過。往往當你終於嘗到愛情滋味時，已經錯過了，這是最讓我悵然的。——李安

這本短篇小說集從故事第一行開始，作者安妮・普露就展示了她個人最經典的風格：銳利的意象如詩一般。

全書11則短篇小說，透過不同角色故事描寫懷俄明州殘酷艱難的自然環境，並從其人生歷練中淬瀝出神聖莊嚴之美。

本書堪稱美國當代傑出作家安妮・普露的最好作品， 其中三篇曾獲選入《年度最佳美國短篇小說集》，兩篇獲得歐・亨利短篇小說獎。

〈斷背山〉一篇，描寫兩個西部牛仔的同志戀情，本篇經國際名導李安改編搬上銀幕，拿下2005年威尼斯影展最高榮譽金獅獎。

本書曾獲1999年紐約客最佳小說獎（The New Yorker Book Award Best Fiction）及2000年博多書店原聲文學獎（Borders Original Voices Award inFiction）、English-Speaking Union's Ambassador Book Award等殊榮。

MASTER PIECE
大師名作坊

惡土

懷俄明州故事集2

安妮・普露◎著　宋瑛堂◎譯

中國時報開卷一周好書榜（2007年5月）
網路與書文學類選書（2007年6月）
聯合報讀書人每周新書金榜（2007年6月）

AA0103　250元

全美報刊媒體重量書評對《惡土》讚譽不絕

很難不把普露跟馬克吐溫相比較，但她文字的剛烈風格更讓人想起寫作《魔鬼辭典》洞察力過人的比爾斯。——Kirkus Reviews

傳統西部文壇將短篇小說定位為傳奇虛構故事，普露振興了此一傳統……。（她）一語道破了現代西部的人間趣談，筆功無人能出其右。她筆下的牛仔往往能三兩下處理家產後遠赴UCLA攻讀電影。 ——《時代雜誌》

正是她筆下那些卑微卻堅韌生存的人物讓李安的電影登上藝術高峰
安妮普露的懷俄明州故事集第二部　再登《斷背山》

《惡土》爲安妮・普露繼《斷背山》之後的第二部懷俄明故事集。書中人物在面對無以抗衡的環境狀況時仍然卯足全力掙扎。他們住在孤立而步步驚魂的世界，不是天生註定從事牧場工作，就是嚮往牧場風情而來，或是想盡辦法亟欲掙脫牧場世界。麻煩從難以逆料的角度直衝上身，他們卻能硬著頸子善用資源度難關。

大師名作坊⑩④

出走

作　者—艾莉絲・孟若
譯　者—張　讓
副總編輯—葉美瑤
編　輯—黃嬿羽
責任企劃—黃千芳
校　對—張　讓、余淑宜、黃嬿羽
董事長
發行人—孫思照
總經理—莫昭平
總編輯—林馨琴
出版者—時報文化出版企業股份有限公司
10803台北市和平西路三段二四〇號三樓
發行專線—（〇二）二三〇六—六八四二
讀者服務專線—〇八〇〇—二三一—七〇五・（〇二）二三〇四—七一〇三
讀者服務傳真—（〇二）二三〇四—六八五八
郵撥—一九三四四七二四時報文化出版公司
信箱—台北郵政七九～九九信箱
時報悅讀網—http://www.readingtimes.com.tw
電子郵件信箱—liter@readingtimes.com.tw
法律顧問—理律法律事務所　陳長文律師、李念祖律師
印　刷—凌晨印刷有限公司
初版一刷—二〇〇七年八月二十七日
定　價—新台幣三五〇元

⊙行政院新聞局局版北市業字第八〇號

國家圖書館出版品預行編目資料

出走／艾莉絲・孟若（Alice Munro）著；張讓譯. -- 初版. -- 臺北市：時報文化, 2007.08
面；　公分. --（大師名作坊；104）
譯自：Runaway
ISBN 978-957-13-4707-3（平裝）

885.357　　96012982

ISBN 978-957-13-4707-3
Printed in Taiwan